수레바퀴 아래서

수레바퀴 아래서

헤르만 헤세 | 송영택 옮김

문예출판사

Unterm Rad

Hermann Hesse

차례

- 본문의 주는 모두 옮긴이 주다.
- 인지명은 국립국어원의 외래어 표기법을 따르며 규범 표기 미확정인 경우는 원어 발음에 가깝게 표기했다.

1

중개업과 대리업을 겸하는 요제프 기벤라트 씨는 다른 사람들에 비해 별다르게 뛰어난 점이나 특별한 점은 없었다. 다른 사람과 마찬가지로 넓은 어깨에 건강한 몸을 가지고, 돈을 대단히 소중하게 여기며, 남에게 뒤지지 않을 만한 장사 수단을 지니고 있었다. 게다가 정원이 딸린 자그마한 집도 있고, 조상들이 대대로 잠들어 있는 묘지도 있었다. 교회의 가르침을 지키는 입장은 다소 보수적이고 속이 들여다보이기는 했지만, 그래도 신이나 손윗사람에게는 존경심을 품고 있었다. 특히 시민적인 예의범절과 관련해서는 그 철칙을 맹목적으로 준수했다. 술도 상당히 마시는데 결코 곤드레가 되지는 않았다. 부업으로 좀 수상쩍은 장사를 할 때도 있지만 이것도 공공연히 허가된 일 이상을 한 적은 없었다. 자기보다 가난한 사람은 가난뱅이, 자기보다 돈이 많은 사람은 졸부라고 욕했다. 그리고 시민 클럽의 일원으로 매주 금요일에는 '독수리' 식당에서 하는 체스 게임에 참석했고, 빵 굽는 날의 시식회나 순대를 먹는 모임에도 빠지지 않았다. 일을 할 때는 싸구려 잎담배를 피웠고, 식사 후와 일요일에는 질 좋은 잎담배를 피웠다.

그의 내적 생활은 보통 사람의 그것과 다르지 않았다. 그의 내부에서 아주 작은 부분을 차지하고 있을지도 모를 정서 따위는 벌써 오래전 먼지 속에 파묻히고 말았다. 인습적인 무뚝뚝한 가족 의식이라든가, 아들에 대한 자부심, 형편에 따라 일어나는 가난뱅이들에 대한 동정심 정도가 남아 있는 유일한 정서라고나 할까. 그의 정신적 능력이란 융통성 없는 타고난 잔꾀와 계산을 벗어나지 못했다. 독서는 신문에 한정되어 있었고, 예술 감상의 욕구를 채우기 위해 해마다 시민회에서 하는 소인극이나 서커스를 가끔 구경하는 정도로 그쳤다.

이웃의 이름과 주소를 그와 바꿔놓는다 하더라도 아무런 변화도 일어나지 않을 것이다. 그리고 그의 마음속 가장 깊은 곳에는 언제나 일종의 시기심에서 비롯된 본능적인 적대감이 발동하고 있었다. 그것은 남들의 뛰어난 능력과 인품에 대한 끊임없는 의혹이라든가 일체의 비범한 것, 자유로운 것, 세련된 것, 정신적인 것에 대한 질투심에서 비롯된 본능적인 감정이었다. 그것도 거리의 다른 사람들이 갖고 있는 감정과 다를 바 없었다.

그에 관해서는 이 정도로 그치자. 그 단조로운 생활과 그 속에서 살아가는 자신을 의식하지 못하는 비극을 서술한다는 것은 사려 깊은 풍자가만이 할 수 있는 일일지도 모른다.

그에게는 아들이 하나 있는데, 그 아이에 대한 이야기를 하고자 한다.

한스 기벤라트는 틀림없는 재간둥이였다. 다른 아이들 틈에 섞여 뛰놀고 있을 때 그 섬세하고 뛰어난 모습을 보더라도 금세 알 수 있었다. 슈바르츠발트의 보잘것없는 읍내에 이와 같은 인물이 태어난 것은 대단한 경사가 아닐 수 없었다. 정말 우물 안 개구리 신세를 벗어나 넓은 세상으로 눈을 돌리고 활동 무대를 넓힌 인간이 그곳에서 태어난 일은 아직껏 없었다. 이 소년이 진지한 눈매와 총명한 이마, 점잖은 걸음걸이를 누구에게 물려받았는지 아무도 몰랐다. 그의 어머니에게? 어머니는 이미 몇 년 전에 세상을 떠났고, 생전에 볼 수 있었던 것은 병고에 시달리는 모습뿐이었다. 아버지 쪽은 고려 대상도 되지 않았다. 그러니 과거 800~900년간 유능한 시민을 많이 배출했지만 아직까지 천재나 귀재라 칭할 수 있는 사람은 한 번도 태어난 적이 없었던 만큼, 이 오래된 시골 마을에 신비로운 불꽃이 하늘에서 떨어진 것이라고나 할까.

현대적으로 훈련된 예리한 관찰자라면 나약한 어머니와 대대로 훌륭한 가문의 역사를 상기하며 지성의 비대가 이제 조금씩 쇠퇴하는 징조라고 말할지도 모른다. 그러나 이 읍에는 다행히 그와 같은 예리한 사람이 살고 있지 않았다. 관리들이나 학교 선생들, 아니면 젊은 친구들이나 맹랑한 친구들만이 신문 논설 같은 것으로 그와 같은 현대적 인간의 존재를 막연히 알고 있을 뿐이었다. 그들의 부부 생활은 견실하고 대체로 행복했다. 하지만 생활 전반에 걸쳐 고치기 어려운 낡은 관습을 지니고 있었다. 아무런 아쉬움 없이 편안히 살아갈 수 있는 시민들 가운데에는 최근 20년 사이에 직공에서 공장 주인이 된 사람도 적지 않았다. 그러나 그들은 관리 앞에서는 모자를 벗어들고 그들과 교제를 바라면서도 자기들끼리는 관리를 가리켜 인색한 놈이니, 관리 조무래기니 하며 비난했다.

그러나 묘하게도 그들의 가장 큰 야심은 될 수만 있으면 자기 아들을 대학에 보내서 관리로 만드는 것이었다. 섭섭하게도 이것은 거의 예외 없이 충족될 수 없는 아름다운 꿈에 지나지 않았다. 그들의 자식들은 대개 라틴어 하급 중학교에서조차도 헐떡거리며 몇 번이나 낙제를 하기 일쑤였기 때문이다.

한스 기벤라트의 재능은 의심의 여지가 없었다. 선생이나 교장, 이웃 사람, 읍내 목사, 동급생 모두가 이 소년이 비상한 두뇌의 소유자이고 특별한 존재라는 것을 인정했다. 따라서 그의 장래는 확실히 정해진 것이나 마찬가지였다. 왜냐하면 슈바벤 지역에서 재능 있는 아이에게는 부모가 부자가 아닌 이상 오직 하나의 좁은 길만 있을 뿐이었기 때문이다. 그것은 주(州) 시험을 치르고 신학교에 들어간 다음, 튀빙겐대학교에 입학하여 목사가 되든가 가정교사가 되든가 하는 길이었다. 해마다 40, 50명 정도의 시골뜨기 소년들이 이런 조용하고 안전한 길을 밟아나갔다. 갓 견진성사를 치르고 난, 과도한 공부에 시달려 몸이 몹시 야윈 소년들이 국비로 라틴어 학문의 여러 가지 분야를 서둘러 배우고 나서 8, 9년 후에는 인생 행로의 후반기(대개는 긴 세월이지만)에 들어서게 된다. 그러고 나서 국가에서 받은 은혜를 갚아나가는 것이다.

몇 주 후에는 또 주 시험이 있을 예정이었다. 해마다 국가에서 지방의 수재를 뽑는 큰 행사를 그와 같이 '주 시험'이라 불렀다. 이 기간에는 시험이 실시되는 주의 수도에 작은 읍이나 마을의 수많은 가정에서 보내는 탄식과 기원과 소망이 집중되었다.

한스 기벤라트는 이 작은 마을에서 고통스러운 경쟁의 장으로 가게 될 단 한 명의 후보였다. 그 명예는 대단하지만 결코 공짜로 얻을 수 있는 것은 아니었다.

매일 4시까지 계속되는 수업에 이어 교장 선생 댁에서 그리스어 보충수업이 있었다. 그다음 6시에는 목사가 친절하게 라틴어와 종교 복습을 해주었다. 거기에다 일주일에 두 번씩 저녁 식사가 끝난 다음 수학 선생 댁에서 지도를 받았다. 그리스어는 불규칙 동사 다음으로 무엇보다도 불변화사로 표현되는 문장 결합의 변화에 중점을 두었고, 라틴어는 문체를 간결하게 하는 법, 특히 여러 가지 시형학상(詩形學上)의 자세한 점을 아는 것이 초점이었다. 또 수학에서는 복잡한 비례법에 치중했다. 이것은 선생이 때때로 강조했듯이, 앞으로의 연구나 생활에는 아무런 가치가 없는 듯 보이지만 어디까지나 표면적으로 그렇게 보일 뿐 사실은 대단히 중요한 것이었다. 논리적인 능력과 일체의 분명하고 정확한 사고의 기초가 되는 것으로서 필수 과목보다 중요했다.

그러는 한편 지력의 연마로 인한 과중한 정신적 부담으로 정서를 등한시하거나 고갈시키지 않기 위해 한스는 아침마다 수업이 시작되기 한 시간 전에 견진성사를 위한 수업을 들어도 좋다는 허락을 받았다. 거기에서는 브렌츠의 종교 문답서를 사용하여 감격적인 문답을 암송함으로써 젊은이들의 마음속에 종교적인 생명의 입김을 시원하게 불어넣었다. 그러나 섭섭하게도 한스는 이 휴식 시간을 스스로 단축시켜 모처럼의 축복을 망쳐놓고 말았다. 그는 그리스어나 라틴어 단어와 연습문제를 적어놓은 단어장을 몰래 문답서 가운데 끼워 넣고는 거의 한 시간 동안이나 이와 같은 세속적인 학문에 몰두했다. 그렇지만 그의 양심은 그리 무디지 않았으므로 그렇게 하면서도 언제나 안절부절못하며 침착성을 잃고 남모르는 불안감을 느꼈다. 담임목사가 가까이 다가오거나 정면으로 이름이라도 부를라치면 겁을 잔뜩 먹고서 온몸을 부르르 떨었다. 대답을 해야만 할 경우에는 이마에 땀방울이 송송 맺히고 가슴이 두근거렸다. 그러나 대답은 발음까지도 나무랄 데 없이 정확했다. 그러면 목사는 언제나 탄복을 금치 못했다.

쓰기나 외우기, 복습이나 예습 같은 숙제는 수업 시간마다 쌓이기 때문에 밤늦게까지 희미한 등잔불 밑에서 집중하지 않으면 안 되었다. 가정의 평화롭고 고요한 분위기에서 하는 공부는 특히 머리에 잘 들어가고 진도도 잘 나간다고 선생은 항상 말했다. 그래서 화요일과 토요일에는 대개 10시까지 공부했으며, 다른 날에는 11시나 12시, 때로는 더 늦게까지 계속되었다. 아버지는 기름을 한정 없이 낭비한다며 불평을 늘어놓기도 했지만, 속으로는 아들이 공부하는 모습을 기뻐하며 자랑스럽게 바라봤다. 시간 여유가 있을 때나 우리들 생애의 7분의 1을 차지하는 일요일 같은 때에는 학교에서 읽지 못한 책을 서너 권 읽는다든가 문법을 충분히 복습하도록 지도받았다.

"물론 적당히 해야지. 일주일에 한두 번은 산책을 나가는 것도 필요해. 그게 오히려 좋은 결과를 가져올 수도 있으니까. 날씨가 좋으면 책을 가지고 교외로 나가는 것도 괜찮아. 교외의 시원한 공기 속에서는 얼마나 쉽고 또 즐겁게 외워지는지 알게 될 거야. 하여간 이상을 높이 두고 즐겁게 해야 돼."

그래서 한스는 될 수 있는 대로 이상을 높이 두고 그때부터는 산책하는 시간도 공부하는 데 이용했다. 그리고 잠이 부족한 얼굴을 하고 푸르스름한 빛의 피곤한 눈으로 얼뜨기가 된 것처럼 소리 없이 걸어다녔다.

"기벤라트는 어떻게 될까요? 합격하겠지요?"

어느 날 담임 선생이 교장에게 말했다.

"그럼, 하고말고요."

교장은 유쾌한 듯이 소리쳤다.

"그 애만큼 영리한 아이는 없어요. 주의해서 관찰해봐요. 그 아이의 행동 하나하나가 정신적으로 충만해 보이지 않나요?"

최후의 일주일간은 정신세계가 더욱 깊어진 것이 눈에 띄게 나타났다. 귀엽고 고운 얼굴에는 불안에 못 이겨 음푹 들어간 눈이 초조하게 빛나고 있었다. 아름다운 이마에는 바로 정신을 연상케 하는 가느다란 주름이 경련을 일으켰다. 그렇지 않아도 가느다랗고 야윈 팔과 손이 보티첼리를 연상시키며 피곤해서 잠든 우아한 여신같이 늘어져 있었다.

드디어 그날이 다가왔다. 내일 아침이 되면 한스는 아버지와 함께 슈투트가르트로 가서 주 시험을 치르고 신학교의 좁은 수도원 문으로 들어갈 자격이 있는지 여부를 판가름해보게 된다. 한스는 지금 막 교장 선생 댁에서 작별 인사를 마치고 나온 길이었다.

마지막으로 몇 가지 주의할 점을 당부하면서 교장은 전에 없던 다정한 얼굴로 말했다.

"오늘 저녁엔 공부해서는 안 된다, 알았지? 그러기로 약속하자. 내일은 단연코 기운찬 모습으로 슈투트가르트에 가야지. 지금부터 한 시간만 산책하고 일찍 자거라. 젊은 사람들은 일한 만큼은 잠을 자야 돼."

한스는 주의를 많이 들을 줄 알고 겁을 집어먹고 있었는데 이처럼 부드러운 대접은 정말 뜻밖이었다. 그는 안도의 한숨을 내쉬며 사택을 나왔다.

교외 동산의 높다란 보리수 잎 위로 늦은 오후의 따가운 햇빛이 비치고 있었다. 시청 앞 광장에는 커다란 분수 두 개에서 솟구친 물줄기가 소리를 내며 반짝였다. 불규칙적으로 늘어서 있는 지붕 위로 가까이에 있는 짙푸른 전나무 산이 넘어다 보였다. 그 모든 것을 상당히 오랫동안 구경해본 적이 없었던 것 같은 생각이 들었다. 어느 것이나 대단히 아름다웠으며 그의 마음을 사로잡았다. 두통이 났으므로 오늘은 공부를 하지 않기로 했다.

그는 천천히 시청 앞 광장을 가로지르고 낡아빠진 시청 건물을 지나 시장 골목과 대장간을 거쳐 낡은 다리까지 갔다. 거기서 잠시 서성이다가 마침내 폭이 넓은 난간에 자리를 잡았다. 몇 개월 동안 매일 이곳을 지나치면서도 다리 가에 세워져 있는 고딕식 예배당과 강과 수문과 둑 그리고 물레방아에 눈길 한번 던지지 않았다. 수영하는 강가 옆 풀밭도, 버드나무가 우거진 강가도 무심코 지나쳤다. 거기에는 가죽을 말리는 건조장이 줄지어 있었고, 호수처럼 깊고 검푸른 강물이 잔잔히 물결쳤다. 활처럼 늘어진 가느다란 버들가지가 물에 닿을 듯 처져 있었다.

한스는 자신이 반나절 혹은 온종일 여기서 보낸 것을 회상해봤다. 또 자신이 여기서 얼마나 헤엄치고 잠수하고 노를 젓고 낚싯대를 드리웠던가를 떠올렸다. 아, 낚시! 그것도 지금은 거의 잊어버리고 말았다. 지난해 시험 때문에 낚시질을 금지당했을 때 서러움에 북받쳐 울기까지 했다. 낚시! 그것은 기나긴 학창 시절에 가장 아름다운 추억이었다. 희미한 버들가지 그늘 밑에 서 있노라면 물레방아 둑에 물 떨어지는 소리가 가까이서 들린다. 그 깊고 고요한 물소리! 강물 위로 번지는 빛의 꿈틀거림, 산들바람에 흔들리는 긴 낚싯대, 고기가 미끼를 물고 잡아챌 때의 흥분, 빠져나가려고 펄떡펄떡 꼬리치는 통통한 고기를 잡아 올렸을 때의 그 말할 수 없는 쾌감이 느껴졌다.

그는 몇 번이나 살찐 잉어를 잡은 일도 있었다. 잉어와 은어, 맛있는 황어와 조그맣긴 하지만 예쁜 피라미도 낚았다. 그는 오랫동안 물 위를 응시했다.

푸른 강물을 바라보며 그는 우울한 상념에 사로잡혔다. 생각하면 아름답고 제 마음대로 뛰놀던 어린 시절의 기쁨은 먼 옛날 일이 되어버렸다. 한스는 무심히 빵 한 조각을 호주머니에서 꺼내 크고 작은 조각을 만들어 물에 던졌다. 그러고는 그것을 지켜봤다. 처음에는 작은 고기가 와서 작은 조각을 집어삼키고는 큰 조각을 먹고 싶은 듯 조그만 주둥이로 툭툭 쳐대고 있었다.

그다음에는 비교적 큰 잉어란 놈이 천천히, 그러나 매우 조심스럽게 다가왔다. 그 넓적하고 까만 등은 강바닥에서는 분명히 구분할 수가 없었다. 이놈은 신중하게 빵 조각 주위를 돌더니 갑자기 크고 둥근 주둥이를 벌리고 삼켜버렸다. 느릿느릿 흘러가는 강물 위로 축축하고 미지근한 안개가 피어오르고 흰 구름 서너 조각이 희미하게 파란 수면에 비쳤다. 물방앗간에서 회전 톱니바퀴가 삐걱거리고, 두 군데 둑에서 나온 물이 합쳐져서 시원한 소리를 내며 흘러가고 있었다.

소년은 일요일에 있었던 견진성사를 생각했다. 그날 식이 진행

되고 모두가 마음속으로 감동하고 있을 때, 그는 그리스어 동사를 외우고 있는 자신을 발견했다. 그 밖에도 요즘 머리가 혼란스러워 수업 중인 과목이 아닌 벌써 지나간 일이나 앞으로 하게 될 공부를 생각하는 일도 있었다. 그러나 어찌됐건 시험은 잘 볼 수 있으리라 믿었다.

얼빠진 사람처럼 자리에서 일어섰으나 어디로 가야 한다는 분명한 방향감각을 잃었다. 그때 억센 손목이 그의 어깨를 잡아끌어 깜짝 놀라게 했다. 그러나 그 목소리는 부드러웠다.

"얘 한스, 잠깐 같이 걸을까?"

그는 구두장이 플라크 씨였다. 예전에 한스는 가끔 저녁에 한 시간쯤 이 사람 집에서 지낸 일이 있었다. 그러나 오래전부터 그에게 가지 않았다. 한스는 그와 같이 걸으면서 이 신앙심 깊은 경건파 신자가 말하는 것을 그다지 주의 깊게 듣지 않았다. 플라크 씨는 시험에 관해서 이야기하고 한스의 성공을 빌며 격려해주었다. 그러나 그는 궁극적으로 그런 시험 같은 건 세속적인 것이며, 그다지 신통치도 않다는 것을 말해주려고 했다. 낙방을 해도 부끄러울 것 없고, 공부를 아무리 잘하는 놈이라도 낙방할 수 있다는 것이다. 만약 한스에게 그런 일이 닥친다 해도 하느님은 모두에게 특별한 뜻을 지니고 각 개인의 행로에 합당한 길을 걷게 한다는 것을 알아주었으면 좋겠다는 말도 했다.

한스는 이 사람에 대해서 다소 의심스러운 점을 발견했다. 그의 사람됨과 확고하고 당당한 태도에 존경심을 갖고 있었으나 그와 같이 시간마다 기도드리는 신자에 대해 사람들이 하는 농담을 듣고서 무의식중에 덩달아 웃은 적이 가끔 있었다. 그 외에도 날카로운 질문을 피해서 오래전부터 불안하게 그 구두장이를 피해온 자신의 비겁함이 부끄러웠다. 한스가 선생들의 자랑거리가 되고 스스로 어느 정도 자부심을 가질 때, 플라크 씨는 그를 가끔 우습게 쳐다보며 좀 겸손해지라고 타이르곤 했다. 그러나 그 때문에 소년의 마음은 기껏 호의를 가지고 이끌어주려는 사람에게서 다시 멀어지고 말았다. 한스가 소년다운 모험심이 강한 나이인 데다 자존심을 건드리는 말에 민감했기 때문이다. 지금도 그의 말을 들으면서 걷고 있으나 이 사람이 얼마나 염려되고 친절한 마음으로 자기를 바라보고 있는지는 알지 못했다.

꽃집 골목에서 두 사람은 목사를 만났다. 구두장이는 지나치게 딱딱한 태도로 냉정하게 인사하고 서둘러 가버렸다. 그 이유는 이 신출내기 목사가 부활을 믿지 않는다는 소문이 돌고 있었기 때문이었다.

목사는 소년을 데리고 걷기 시작했다.

"건강은 어때? 이쯤 되면 안심해도 되겠지?"

목사가 물었다.

"네, 좋아요."

"잘해봐! 모두가 네게 희망을 걸고 있으니까. 특히 라틴어에서 좋은 성적을 거둘 거라고 난 기대하고 있단다."

"그래도 떨어지면……."

한스는 수줍은 듯이 말했다.

"떨어져?"

목사가 깜짝 놀라며 걸음을 멈추었다.

"떨어지다니! 상상도 할 수 없는 일이다. 아주 몹쓸 생각이야!"

"만일 어쩌다 그렇게 된다면…… 하고 생각했을 뿐이에요."

"그런 일은 없어. 정말 있을 수 없는 일이고말고. 그런 걱정은 정말 쓸데없는 거야. 자, 그럼 아버지께 안부 전하고 기운을 내라!"

한스는 목사를 배웅했다. 그러고는 구두장이가 있는 쪽을 쳐다봤다. 저 사람이 대체 무슨 말을 했던가. 라틴어 같은 건 그다지 중요하지 않으며, 마음만 비뚤어지지 않고 하느님을 공경하고 두려워하면 된다고 말했다. 하긴 말이야 쉽지. 그렇지만 목사님! 만일 낙방한다면 두 번 다시 목사님 앞에 나설 수 없으리라.

지친 몸을 이끌고 집으로 돌아와 경사가 급한 아담한 정원으로 들어섰다. 거기에는 벌써 오래전부터 쓰지 않는 허름한 헛간이 하나 있었다. 한스는 그 안에 토끼집을 만들어 3년간이나 토끼를 기른 적이 있었다. 그 토끼는 지난가을 시험 때문에 빼앗기고 말았다. 여가 시간을 즐길 틈이 없었던 까닭이다.

정원에도 벌써 오랫동안 발을 들여놓지 못했다. 텅 빈 칸막이는 손도 쓸 수 없게 낡았고, 벽 한 귀퉁이의 종유석 덩어리는 허물어졌으며, 나무로 된 작은 물레바퀴가 수도관 옆에 찌그러져 뒹굴고 있었다. 2년 전 일이었으나 먼 옛날 같은 생각이 들었다. 그는 작은 물레바퀴를 비틀어버린 다음 산산이 부수어 울타리 너머로 던져버렸다. 이런 것들은 없애버려야 해! 옛날에 벌써 끝난 일들이니까.

그때 문득 동창생 아우구스트가 머리에 떠올랐다. 그는 물레바퀴를 만들 때나 토끼집을 고칠 때 늘 한스를 도와주었다. 돌을 주워들어 팔매질을 하고, 고양이를 쫓고, 천막을 치고, 오후 간식으로 홍당무를 날로 먹으며 이따금씩 여기서 놀았다. 그러나 그 후 한스는 눈코 뜰 새 없이 공부하지 않으면 안 되었다. 아우구스트는

1년 전에 학교를 그만두고 기계 수습공이 되었다. 그 후로 두 번 정도 얼굴만 잠시 봤을 뿐이다. 물론 그 친구도 지금은 시간이 없다.

구름의 그림자가 다급히 골짜기 위를 스치고 지나갔다. 태양은 벌써 산기슭에 다가가고 있었다. 소년은 피로에 지친 육신을 내던지고 소리 내어 통곡하고 싶은 심정에 사로잡혔다. 그는 마구간에서 작은 도끼를 가지고 나와 야윈 팔을 쳐들고는 토끼집을 사정없이 부숴버렸다. 얇은 널빤지가 사방으로 흩어지고 못은 끼익 소리를 내며 구부러졌다. 그렇게 하면 토끼나 아우구스트나 그 밖에 어린 시절 같이 놀던 것들에 대한 그리움을 지울 수 있다는 듯이.

"뭘 하는 거냐?"

창문에서 아버지가 소리쳤다.

"장작 패는 거예요."

한스는 그 이상 아무 대답도 하지 않고 도끼를 팽개친 다음 안뜰에서 골목길로 뛰어나갔다. 그는 강 상류 쪽으로 거슬러 올라갔다. 양조장 근처에 뗏목 두 대가 매어 있었다. 전에는 자주 뗏목을 타고 몇 시간이나 강을 내려가곤 했다. 무더운 여름날 오후 나무토막 사이로 풀쩍풀쩍 물이 튀어오르는 뗏목을 타고 가노라면 통쾌하고 즐거웠다. 그는 흔들리는 뗏목에 뛰어올라 차곡차곡 쌓아놓은 버드나무 위에 한가로이 드러누워 생각에 잠기곤 했다. 뗏목이 떠내려가고 있다. 초원, 밭, 마을, 시원한 숲을 지나고 다리와 수문 아래를 빠져나가 빠르게 혹은 느리게 물 위를 가고 있다. 그리고 나는 그 위에 드러누워 있다. 모든 것이 옛날과 다름없다. 가프베르크에 토끼 먹이를 얻으러 가고, 강기슭 피혁 공장 앞에서 낚시를 하던 때처럼 두통도 없고 걱정도 없던 그런 때가 온 것이다.

피곤에 지친 얼굴을 하고 그는 저녁을 먹으러 집으로 갔다. 아버지는 내일로 다가온 슈투트가르트로의 시험 여행 때문에 공연히 들떠 있었다. 책은 가방에 넣었느냐, 까만 옷은 준비했느냐, 가는 도중에 문법을 읽어볼 생각은 없느냐, 기분은 좋으냐 등의 질문을 열두 번도 넘게 했다. 한스는 짧게 대답했을 뿐 저녁도 제대로 먹지 않고 곧 밤인사를 해버렸다.

"자거라, 한스. 잘 자야 한다! 내일 아침 6시에 깨워줄게. 사전은 잊지 않았지?"

"네, 사전을 잊어버리다뇨. 안녕히 주무세요!"

한스는 조그마한 제 방에서 불을 켜지 않고 오랫동안 앉아 있었다. 오늘 이 시간까지 이 방은 시험 소동 속에서도 축복받은 유일한 장소였다. 조그마하긴 해도 그만의 방이었다. 여기 있으면 자신이 왕이고 누구에게도 방해받지 않았다. 여기에서 그는 피로와 졸음, 때를 가리지 않고 찾아오는 두통과 싸우면서 저녁 늦게까지 시저나 크세노폰, 문법과 사전, 수학 문제에 골몰했다. 끈질기고 고집스럽고 공명심에 불탔으나, 절망적인 기분이 들 때도 가끔 있었다. 그리고 빼앗긴 장난감 이상으로 가치 있는 시간을 여기서 조용히 맛볼 때도 있었다. 그것은 승리의 기분에 도취된 꿈과 같은, 뭐라고 표현할 수 없는 시간이었다.

그럴 때면 그는 꿈결 같은 세계에서, 학교도 시험도 모두 다 초월한 이상적인 세계를 꿈꾸었다. 그러면 볼이 도도록한 귀염성 있는 친구들과는 아주 다른 훌륭한 인간이 되어, 언젠가 한 번은 꼭 아득히 높은 지위에서 유연히 그들을 내려다보게 되리라는 느낌이 들었다. 지금도 그는 방 안 가득 자유롭고 시원한 바람이 충만해 있기나 한 듯이 숨을 깊이 들이마시고는 침대에 기대앉아 꿈과 희망과 예감에 사로잡혀서 몇 시간이고 멍하니 보냈다. 밝은 눈시울이 과도한 공부에 지친 그의 큰 눈 위로 차츰 내려앉기 시작했다. 다시 한번 눈을 떴으나 몇 번 깜박이고는 이내 감기고 말았다. 창백한 소년의 얼굴은 여윈 어깨 위에 꺾이고 가느다란 두 팔은 맥없이 늘어졌다. 그는 옷을 입은 채 잠이 들었다. 어머니같이 부드러운 잠의 손길이 흥분한 소년의 심장을 진정시켜주고 예쁜 이마에 작은 주름을 만들었다. 지금까지 한 번도 없었던 일이었다.

이른 아침 시간인데도 교장 선생이 몸소 기차역까지 나왔다. 검정 프록코트를 입은 기벤라트 씨는 흥분과 기쁨과 자부심으로 잠시도 가만히 있지를 못했다. 그는 초조하게 교장 선생과 한스 주위를 서성거렸다. 역장과 역무원 일동에게서 안전한 여행과 아들이 시험을 잘 치르기를 바란다는 인사도 받았다. 그는 조그맣고 딱딱한 가방을 오른손에 들었다 왼손에 들었다 했다. 우산을 팔 밑에 끼웠는가 하면 이번에는 또 무릎 사이에 끼우는 등 안절부절못하다가 몇 번이나 떨어뜨렸다. 그때마다 가방을 놓았다가 다시 들곤 했다. 사람들은 그가 왕복 차표를 가지고 슈투트가르트에 가는 것이 아니라 미국에라도 가는 것으로 생각했으리라. 아들은 아주 침착한 듯했으나 남모르는 불안에 숨이 턱턱 막혔다.

기차가 와서 멈추자 사람들이 올라탔다. 교장 선생이 손을 흔들었고 아버지는 담배에 불을 붙였다. 아래쪽 골짜기로 마을과 강 풍경이 사라졌다.

두 사람에게 여행은 오히려 고통이었다.

슈투트가르트에 도착하자 아버지는 별안간 활기에 넘쳐 즐거운 얼굴로 상냥하고 사교적인 사람이 되었다. 그 며칠간은 도시로 올라온 촌뜨기 같은 기쁨에 생기가 돌아 보였다.

그러나 한스는 점점 말이 없어지고 불안해졌다. 도시에 도착한 순간 가슴이 억눌리는 감정에 사로잡히고 말았다. 낯선 얼굴, 사람을 내려다보는 듯 높고 알록달록한 건물, 멀미가 날 지경으로 긴 도로와 마차와 철도와 거리의 소음이 그를 위협하고 고통을 주었다.

두 사람은 아주머니 댁에 숙소를 정했다. 거기서도 낯선 방과 아주머니의 친절, 잔소리, 또 오랫동안 멍하니 앉아 있어야 하는 일, 아버지의 쉴 새 없는 격려의 설교 등에 소년은 완전히 녹초가 될 지경이었다. 그는 객지에 와서 길을 잃은 나그네처럼 멍하니 방 안에 틀어박혀 있었다. 낯선 주위며, 아주머니의 도회풍 의상이며, 큰 무늬가 있는 양탄자며, 앉은뱅이 시계며, 벽의 그림 또는 창문으로 시끄러운 거리를 바라보고 있으면 자신이 외톨이처럼 느껴졌다. 집을 떠난 지 벌써 오랜 시간이 흘렀고, 애써 배운 것도 일시에 모두 잊어버린 것 같은 기분이었다.

오후에 그는 한 번 더 그리스어의 불변화사를 복습할 작정이었는데, 아주머니가 산책을 하자고 제안했다. 순간 한스의 마음속에 푸른 초원과 숲속의 잔잔한 바람 소리 같은 것이 불현듯 떠올랐다. 그래서 기꺼이 따라나섰다. 그러나 그는 곧 대도시에서의 산책은 시골에서와는 전혀 다른 종류의 오락이라는 걸 알게 되었다.

아버지는 아는 사람을 방문할 일이 있었기 때문에 한스는 아주머니와 단둘이서 나갔다. 집을 막 나서려는데 계단 중간쯤에서 뜻밖의 일이 벌어졌다. 거만하게 보이는 2층에 사는 뚱뚱한 부인을 만난 것이다. 아주머니는 그 부인에게 무릎을 굽혀 인사했다. 그

부인은 대뜸 능숙한 말솜씨로 떠들어대기 시작했다. 그녀의 수다는 15분 이상 계속되었다. 한스는 그 옆의 층계 난간에 몸을 기대고 서 있었다. 그 부인의 작은 개가 그의 발 아래로 다가와서 짖어댔다. 뚱뚱한 부인이 몇 번이나 코안경 너머로 그를 머리끝에서 발끝까지 뚫어지게 쳐다봤으므로 한스는 자기에 관한 이야기를 하는 것이라고 어렴풋이 짐작했다.

거리에 나서자 아주머니는 가게로 들어갔다. 그러고는 좀처럼 나올 생각을 하지 않았다. 그동안 한스는 겁에 질린 표정으로 거리에 서서 지나가는 사람들에게 밀리기도 하고 골목대장들의 놀림감이 되기도 했다. 이윽고 아주머니가 가게에서 나와 그에게 초콜릿 한 개를 건넸다. 한스는 초콜릿을 좋아하진 않았지만 공손하게 인사를 하고 받았다. 다음 거리에서 두 사람은 철로 마차를 탔다. 손님을 가득 태운 마차는 쉴 새 없이 방울을 울리며 거리를 몇 개 빠져나가 마침내 큰 가로수가 서 있는 공원에 도착했다. 그곳에는 분수가 물을 내뿜고 있었으며, 목책을 둘러친 화단에는 꽃들이 피어 있었다. 조그만 연못에서 금붕어가 헤엄을 치고 있었다.

한스는 아주머니와 함께 산책하는 사람들 사이를 이리저리 거닐었다. 수많은 얼굴과 우아한 차림새, 그 밖의 여러 가지 다른 옷차림, 자전거, 환자용 휠체어, 유모차 등이 눈에 띄었다. 시끄러운 소음과 함께 공기는 미지근하고 먼지로 가득한 느낌이었다. 한참 후 둘은 다른 사람과 나란히 벤치에 자리를 잡았다. 아까부터 줄곧 떠들어대던 아주머니가 자리에 앉자 깊은 숨을 내쉬고 한스에게 정답게 웃어주었다. 여기서 초콜릿을 먹으라고 권했으나 그는 별로 먹고 싶은 생각이 없었다.

"얘 봐, 너 사양하는 거니? 그러지 말고 먹어. 자, 먹어."

한스는 초콜릿을 꺼내 잠깐 동안 종이를 만지작거리다가 결국에는 아주 조그맣게 한 조각을 베어 먹었다. 그는 초콜릿을 좋아하지 않았지만 그런 자기의 기호를 아주머니에게 말할 용기가 나지 않았다. 그가 초콜릿 조각을 물고 조금씩 녹여 먹고 있을 때 아주머니가 사람들 중에서 아는 얼굴을 발견했다.

"여기 좀 앉아 있어봐. 내 얼른 갔다올게."

한스는 안도의 숨을 내쉬며 이 기회를 이용하여 초콜릿을 잔디밭 저쪽으로 던져버렸다. 그런 다음 박자에 맞춰 발을 흔들면서 많은 사람들을 보고 있으려니 언짢은 생각이 들었다. 한스는 불규칙 동사를 외우려고 했다. 그러나 기가 막히게도 거의 아무것도 생각나지 않았다. 아주 까맣게 잊어버린 것이다. 내일이 주 시험인데 말이다.

이윽고 아주머니가 돌아왔다. 아주머니는 올해 시험의 지원자가 118명이라는 소리를 듣고 왔다. 합격할 수 있는 사람은 36명이라고 했다. 그 말을 듣고 소년은 아주 낙담하여 집으로 돌아가는 도중 한마디도 하지 않았다.

집에 돌아온 한스는 두통이 나서 아무것도 먹을 수 없었고, 난감한 기분이 들었다. 아버지가 심하게 꾸중을 했다. 아주머니도 그를 형편없는 아이라고 생각하는 듯했다. 밤에는 뒤숭숭하고 무서운 꿈에 시달렸다. 그는 117명의 친구들과 함께 시험장에 앉아 있었다. 시험관은 고향의 목사를 닮은 것도 같고, 아주머니를 닮은 것도 같았다. 그는 한스 앞에 초콜릿을 산더미같이 쌓아놓고 그것을 먹으라고 했다. 한스가 눈물을 흘리며 그것을 먹는 동안 친구들이 한 사람씩 일어서서 조그만 문으로 사라졌다. 모두가 그 초콜릿을 먹어치웠으나, 그의 초콜릿은 눈앞에서 점점 커져서 책상과 의자에까지 넘쳐 그를 질식시킬 것만 같았다.

다음 날 아침 한스가 시험에 지각할까 봐 시계에서 눈을 떼지 않고 커피를 마시는 동안, 그의 고향에 있는 많은 사람들도 그를 생각하고 있었다. 맨 먼저 구두장이 플라크 씨가 아침 식사를 하기 전에 기도를 드렸다. 직공들과 두 사람의 수습공과 함께 가족이 식탁에 둘러앉았다. 그는 여느 때의 아침 기도에다 오늘은 다음과 같은 말을 덧붙였다.

"주여! 오늘 시험을 보는 한스 기벤라트 학생을 보호하사, 그를 축복하고 힘을 북돋아주소서. 다음 날 그가 신의 성스러운 이름을 알리는 올바르고 용감한 인간이 되게 하소서."

고향의 목사는 한스를 위해 기도드리지는 않았다. 그러나 아침 식사를 할 때 그의 아내에게 이렇게 말했다.

"이제야 기벤라트가 시험을 치겠군. 그놈은 언젠가는 특출한 놈이 될 거야. 사람들이 분명히 그를 눈여겨보게 될 거라고. 그러면 라틴어를 봐준 게 손해는 아니겠지."

담임 선생은 수업이 시작되기 전에 학생들에게 말했다.

"그래, 지금 슈투트가르트에서는 주 시험이 시작되고 있다. 그러니 우리는 기벤라트의 성공을 빌어주자! 물론 그럴 필요도 없겠지. 너희들 같은 게으름뱅이는 열 명을 모아놓아도 그 애와 비교할 수 없을 테니까."

학생들 역시 거의 모두가 그 자리에 없는 한스를 생각했다. 그 중에서도 한스가 합격하느냐 낙방하느냐를 놓고 내기를 건 학생들은 더욱 그랬다. 진심에서 우러나오는 기도와 관심은 공간을 초월하는 것이기에 한스도 고향에서 모두가 자기를 생각하고 있다는 것을 충분히 실감했다.

아버지에게 이끌려 시험장에 들어섰을 때, 한스는 가슴이 두근거려 조교의 지시에도 몸이 떨렸다. 핏기 없는 소년들이 가득 찬 커다란 교실을 둘러보며 한스는 고문실에 들어선 범죄자와 같은 기분에 사로잡혔다. 그러나 교수가 들어와서 정숙을 명하고 라틴어 문체 연습의 원문을 쓰게 했을 때 이 정도면 누워서 떡 먹기라고 안도의 숨을 내쉬었다. 기쁨을 감출 수 없었지만 천천히 작문을 끝낸 후에 다시 한번 신중하게, 그리고 깨끗하게 정서를 했다. 그는 가장 먼저 답안지를 제출한 학생 중 한 명이었다.

그러고 나서 아주머니 댁으로 가는 길을 잘못 들어 뜨거운 도시의 거리를 두 시간이나 헤맸지만 마음의 평정은 그다지 흐트러지지 않았다. 오히려 아주머니나 아버지에게서 잠깐 동안이나마 떨어져 있는 것이 기쁠 정도였다. 낯선 도시의 시끄러운 거리를 헤매고 있으려니 무모한 모험가와도 같은 기분이 들었다. 길을 물어물어 간신히 집에 돌아오자 질문이 빗발처럼 쏟아졌다.

"어떻게 했니? 어떻더냐? 잘 봤니?"

"쉬웠어요."

그는 자랑스럽게 말했다.

"그 정도는 5학년 때 벌써 해석했는걸요."

그는 몹시 배가 고팠으므로 가리지 않고 아무거나 실컷 먹었다.

오후는 한가했다. 아버지는 한스를 데리고 친척과 친구들의 집을 돌아다녔다. 그중 한 집에서 까만 옷을 입은 수줍은 소년을 만났다. 그도 마찬가지로 주 시험을 치르기 위해 괴핑겐에서 왔다고 했다. 그들은 둘만 남게 되었을 때 부끄럽긴 했지만 호기심에 서로의 얼굴을 쳐다보기도 했다.

"라틴어 문제 어땠어? 쉽지 않았니?"

한스가 물었다.

"아주 쉬웠지. 그러나 그게 바로 함정이야. 쉬운 문제가 제일 틀리기 쉬우니까 말이야. 주의를 하지 않거든. 거기다 숨겨진 함정이 바로 그 속에 있으니까."

한스는 약간 놀라며 생각에 잠겼다. 그러고는 더듬더듬 물어봤다.

"너, 시험 문제 가지고 있니?"

소년이 수첩을 가지고 왔다. 둘은 문제를 빠짐없이 하나하나 살펴봤다. 괴핑겐에서 온 소년은 꽤 세련된 라틴어를 하는 것 같았다. 그는 한스가 전혀 들어보지도 못한 문법 용어를 두 번이나 사용했다.

"내일은 무슨 과목을 볼까?"

"그리스어와 작문이야."

괴핑겐 소년이 한스의 학교에서는 수험생이 몇 명이나 왔냐고 물었다.

"나 말곤 없어."

"뭐? 우리 괴핑겐에서는 열두 명이나 왔어. 아주 영리한 아이가 셋인데 그중에서 수석이 나올 거라고 모두 기대하고 있지 뭐야. 작년에도 수석은 괴핑겐 학생이었으니까. 만약에 떨어지면 넌 고등학교로 가니?"

한스는 그런 일에 대해서는 전혀 생각해본 적이 없었다.

"몰라……. 아니, 그러진 않을 거야."

"그래? 난 이번에 낙방하든 말든 공부는 계속할 거야. 떨어지면 어머니가 울름에 보내주신대."

그의 말을 들으니 한스는 상대방이 꽤 훌륭한 학생처럼 느껴졌다. 아주 영리한 세 학생을 비롯해 괴핑겐 학생 열두 명이 그를 불안하게 했다. 이래서는 아무래도 합격하기 힘들 것 같았다.

집에 돌아온 한스는 책상 앞에 앉아 'mi'로 끝나는 동사를 한 번 더 조사해봤다. 라틴어는 조금도 불안하지 않았다. 그것은 자신이 있었다. 그러나 그리스어는 조금 달랐다. 그는 그리스어를 좋아할 뿐더러 거기에 골몰했다. 하지만 그것은 읽기 위해서였다. 특히 크세노폰은 아주 아름답고 감동적이고 발랄했다. 그러나 난해한 문법 문제를 만나거나 독일어를 그리스어로 번역해야 할 때에는 서로 모순되는 규칙과 그 형식의 미로 속에서 헤맸다. 아직 그리스어 알파벳조차 읽지 못하고 처음 배우던 때와 거의 같은 불안과 두려움을 이 외국어에 대해서 느끼고 있었다.

이튿날에는 그리스어와 독일어 작문 시험을 봤다. 그리스어는 문제가 상당히 길어서 결코 쉽지 않았다. 작문의 주제는 매우 까다로웠고, 잘못 생각할 염려도 있었다. 12시부터 넓은 교실 안은 찌는 듯이 무더웠다. 한스는 좋은 펜을 갖고 있지 못했으므로 그리스어 답안지를 정서해서 내기까지 종이를 두 장이나 허비했다.

작문을 할 때 옆에 앉은 학생이 옆구리를 쿡쿡 찌르며 질문을 쓴 종이를 한스에게 내밀고 답을 알려달라고 하여 무척 난처했다. 같이 앉은 사람과 말하는 것이 엄격히 금지되어 있었다. 만일 규칙을 어긴다면 가차없이 시험장에서 쫓겨났다. 두려움에 식은땀을 흘리며 한스는 그 종이에다 "방해하지 말아줘"라고 써서 보이고 그에게서 돌아앉았다.

굉장한 더위였다. 감독 교수는 끈기 있게 규칙적으로 교실 안을 왔다 갔다 했다. 조금도 쉬지 않았으며, 얼굴을 타고 흐르는 땀을 손수건으로 몇 번이나 닦았다. 한스는 견진성사 때의 두꺼운 옷을 입고 있었으므로 땀이 차고 두통이 났다. 그래서 결국 결점투성이 답안지를 내면서 이제는 마지막인 것 같다는 비장한 마음까지 들었다.

집에 돌아온 한스는 식사 도중 한마디도 하지 않았다. 무슨 말을 들어도 어깻죽지를 축 늘어뜨리고 범죄자와 같은 얼굴을 했다. 아주머니가 그를 달랬으나 아버지는 흥분하여 무뚝뚝하게 대했다. 식사 후 아버지가 소년을 옆방으로 데리고 가서 한 번 더 캐물어보려고 했다.

"틀렸어요."

"조심을 하지 그랬어? 침착하게 보라고 그랬잖니! 어쩔 수 없는 놈이구나!"

한스는 아무 말 없이 잠자코 있었으나 아버지가 다그치자 얼굴이 상기되어 이렇게 말했다.

"아버지는 그리스어 같은 건 전혀 모르시잖아요."

곤란한 일은 2시에 면접을 보러 가야 하는 것이었다. 그는 면접을 가장 겁내고 있었다. 찌는 듯이 무더운 거리를 걸어가며 그는 자신이 아주 불쌍하다는 생각이 들었다. 고통과 불안과 현기증 때문에 눈도 제대로 뜰 수 없을 정도였다.

커다랗고 파란 책상을 향해 앉은 세 선생 앞에 10분 동안 앉아서 라틴어 문장을 서너 개 번역하고 제시된 질문에 대답했다. 그다음 10분 동안은 다른 세 선생 앞에 앉아서 그리스어를 번역하고 여러 가지 질문을 받았다. 마지막 선생이 그리스어의 불규칙적인 과거형을 하나 물었다. 한스는 대답하지 못했다.

"가도 좋아요. 저기 오른쪽 문으로……."

그는 걸어갔다. 문 앞에서 그리스어의 과거형이 생각났다. 그는 멈춰 섰다.

"나가요."

시험관이 소리를 질렀다.

"나가요. 어디 불편한 데라도 있나요?"

"그렇지 않습니다. 아까 그 과거형이 이제 생각났습니다."

그는 방 안을 향해 과거형을 큰 소리로 말했다. 선생들 중 한 사람이 웃는 것을 보고 그는 터질 듯한 머리로 밖으로 뛰어나왔다. 질문과 자신이 말한 답을 생각해내려고 애썼으나 모두 뒤죽박죽되고 말았다. 다만 커다랗고 파란 책상과 나들이옷을 입은 세 사람의 엄숙한 표정과 펼쳐놓은 책, 그 위에서 떨고 있는 자기 손이 계속 눈에 어른거렸다. 도대체 내가 뭐라고 답을 한 거지!

거리를 걷고 있으려니 이 도시에 온 지 벌써 몇 주나 지났고, 이제 다시는 되돌아갈 수 없을 것만 같았다.

고향집 정원, 전나무, 푸른 산과 들이며 강가의 낚시터. 이 모든 것이 무척 멀리 떨어진 무엇 같은, 또 오래전에 한 번 본 적이 있는 어떤 것 같다는 생각이 들었다. 아! 오늘이라도 집에 돌아갈 수 있다면! 여기에 있어봐야 아무 소용이 없어. 이렇든 저렇든 간에 시험을 망쳐버렸으니까.

그는 우유빵을 하나 샀다. 아버지에게 변명해야 하는 것이 싫어 오후 내내 거리를 배회했다. 나중에 집에 돌아가자 모두가 그를 걱정하고 있었다. 그는 피곤에 지쳐 애처롭게 보였기 때문에 달걀이 든 수프를 먹은 다음 잠자리로 들어갈 수 있었다.

내일은 또 수학과 종교 시험이 있었다. 그러고 나면 집에 돌아갈 수 있는 것이다.

다음 날은 아주 잘 풀렸다. 어제 중요한 과목을 실패하고 난 후 오늘은 모두가 성공적인 것이 쓰디쓴 아이러니 같았다. 이젠 아무래도 좋았다. 지금은 출발하는 일만 남았다. 집으로 갈 수 있는 것이다!

"시험은 끝났습니다. 이제 집으로 가도 좋습니다."

그는 집으로 돌아가자마자 아주머니에게 보고했다. 아버지는 오늘 하루만 더 있자고 했다. 모두 칸슈타트로 가서 그곳 온천 공원에서 커피를 마시자는 것이었다. 그러나 한스가 하도 애원하는 바람에 아버지는 아들이 혼자서 떠나는 것을 허락했다.

한스는 기차역까지 배웅을 받았다. 차표를 손에 쥐고 아주머니에게 작별의 키스를 받고 먹을 것을 얻었다. 그러고는 지칠 대로 지친 채 멍하니 흔들리는 기차에 몸을 싣고 푸른 구릉지대를 지나 고향으로 향했다. 짙푸른 전나무와 우거진 산과 들이 나타났을 때 소년은 비로소 구원받은 것과 같은 희열에 사로잡혔다. 나이 든 하녀와 그의 방과 교장 선생과 그 밖에 온갖 것이 기쁘게 기다려졌다.

다행스럽게도 궁금해하는 사람은 한 명도 기차역에 나와 있지 않았다. 쥐도 새도 모르게 조그만 짐보따리를 가지고 집으로 곧장 달음박질쳐 갈 수 있었다.

"슈투트가르트는 좋았니?"

늙은 안나 아주머니가 물었다.

"좋다니요? 도대체 시험이 좋은 거라고 생각해요? 돌아온 게 그저 기쁠 뿐이죠. 아버진 내일이나 돌아오셔요."

그는 금방 짜온 우유를 한 컵 마시고는 창밖에 걸려 있는 수영복을 집어들고 달려나갔다. 그러나 공동 수영장이 있는 초원 쪽으로는 가지 않았다.

그는 더 빨리 달려서 마을 변두리로 갔다. 그곳은 수심이 깊고 키 큰 덩굴 사이로 강물이 천천히 흐르고 있었다. 거기서 옷을 벗고는 먼저 손을, 그다음 발을 적시고 차가운 물에 조심스럽게 들어갔다. 몸이 약간 떨렸으나 얼른 위로 솟구쳐 물속으로 뛰어들었다. 느린 물살을 거슬러 천천히 헤엄쳐 가면서 요 며칠 동안의 땀과 불안이 몸에서 떨어져나가는 해방감을 느꼈다.

그의 가냘픈 몸뚱이가 물살에 안겨 식어가고 있을 동안 그의 마음은 이 아름다운 고향을 한결 새로운 기쁨으로 끌어안았다. 빨리 헤엄쳐 가다가는 쉬고, 또 은근히 스며오는 차가움과 피로함이 주는 쾌감을 느꼈다. 배영을 하면서 그는 황금빛 원을 그리며 희미하게 윙윙거리는 파리 떼 소리에 귀를 기울였다. 또 저녁노을이 내린 하늘을 조그마한 제비가 재빠른 맵시로 가로지르는 것을 봤다. 벌써 산 뒤에 숨은 태양이 하늘을 장밋빛으로 물들이고 있었다. 옷을 주워 입고 꿈꾸듯이 집으로 어슬렁어슬렁 돌아갈 때 골짜기에는 벌써 땅거미가 드리워져 있었다.

집으로 가는 도중에 상인 자크만의 정원을 지나게 되었다. 거기에서 한스는 아주 어렸을 때 다른 아이들 서너 명과 같이 채 익지 않은 살구를 훔친 일이 있었다. 그리고 하얀 전나무 목재들이 흩어져 있는 키르히너 목공소 옆을 지났다. 그 목재 밑에서 예전에는 낚싯밥으로 쓰는 지렁이를 잡곤 했었다.

그다음 검사관 게슬러의 조그마한 집 옆을 지나갔다. 2년 전 얼음을 지칠 때 그 집 딸 엠마와 가까워지고 싶은 마음이 간절했었다. 엠마는 마을의 여학생들 중에서 제일 예쁘고 제일 얌전했다. 나이는 한스와 같았다. 그때 한동안 엠마와 말을 해보거나 악수라도 한번 해보려는 욕망이 걷잡을 수 없이 솟아올랐다. 결국 그 일은 성공하지 못했다. 너무도 수줍었던 탓이다. 엠마는 학교 기숙사로 가버렸고, 이젠 그 얼굴조차 희미했다. 어린 시절의 일들이 마치 먼 세계의 일인 것처럼 한스의 머릿속을 누볐다. 그것은 여태까지 경험한 어떤 것보다도 강한 색채를 띠고 이상하게도 불안한 향기를 뿌렸다.

그때는 또 저녁때면 나숄트 집안의 리제와 같이 대문 앞에 앉아서 감자껍질을 벗기기도 하고 여러 가지 이야기도 들었다. 일요일이면 새벽부터 아랫마을 강둑에서 바지를 높이 걷어올리고 불안한 마음으로 새우나 고기를 잡았는데 나들이옷을 전부 적시는 통에 아버지에게 매타작을 당하는 일도 있었다. 그때는 수수께끼 같은 이상한 사건이나 사람들도 많았다. 그러한 것들을 그는 매우 오랫동안 까맣게 잊고 있었다. 목이 굽은 구두수선공 슈트로마이어가 그의 부인을 독살한 게 확실하다는 이야기 등등. 그리고 기괴한 베크 씨, 그 사람은 지팡이와 점심을 싸들고 각지를 떠돌아 다녔지만 그래도 옛날엔 마차와 말 네 마리를 가진 부자였기 때문에 그 사람에게 '씨'라는 존칭을 붙여주었다. 한스는 이제 이들에 관해서는 이름밖에 기억나는 것이 없고, 이 작고 어두운 골목길의 세계가 갑자기 멀어져버렸다는 것을 은연중에 느꼈다. 그렇다고 다른 생기가 돌 만한 일이라든가 부딪쳐볼 만한 가치 있는 일이 생긴 것도 아니었다.

그는 다음 날도 휴가를 얻었기 때문에 대낮까지 늦잠을 자고 자유를 즐겼다. 점심때쯤에는 아버지를 마중하러 나갔다. 아버지는 아직도 슈투트가르트에서 맛본 갖가지 즐거움에 행복해했다.

"합격하면 뭐든지 네가 원하는 것을 말해도 좋다. 잘 생각해놓아라!"

아버지는 기분이 좋아서 말했다.

"틀렸어요."

소년은 한숨을 쉬었다.

"떨어질 게 틀림없어요."

"바보 같은 녀석, 왜 그런 말을 해. 아버지가 후회하기 전에 뭐든지 하고 싶은 걸 말해두는 게 좋아!"

"방학을 하면 또 낚시질을 가고 싶어요. 가도 좋아요?"

"좋지. 시험에만 합격하면 가도 좋고말고."

일요일에는 소나기가 내리퍼부었다. 한스는 몇 시간이나 제 방에 틀어박혀서 책을 읽기도 하고 생각에 잠기기도 했다. 한 번 더 슈투트가르트에서 본 시험 문제를 곰곰이 생각해봤다. 그때마다 실망감에 후회를 하면서 더 훌륭한 답안지를 써낼 수 있었다는 결론에 도달했다. 이제는 절대 합격할 가망이 없으리라. 얼마나 두려운 일인가! 차츰 막연한 불안감이 밀려오면서 가슴이 답답하여 견딜 수 없었다. 걱정에 휩싸인 그는 아버지에게 달려갔다.

"아버지!"

"왜 그래?"

"좀 물어볼 게 있어요. 뭘 하면 좋을까 하는 건데요, 차라리 낚시질을 그만두겠어요."

"왜 그런 말을 하니?"

"저…… 묻고 싶어요. 만약에……."

"다 말해봐! 농담이라도! 도대체 뭐냐?"

"저…… 만약에 시험에 떨어진다면 고등학교에 가도 좋은지 어떤지……."

기벤라트 씨는 어처구니없다는 얼굴을 했다.

"뭐? 고등학교?"

그는 대뜸 고함을 질렀다.

"네가 고등학교? 누가 그런 데 가라고 했냐?"

"아무도 아녜요. 제가 그렇게 생각했을 뿐이에요."

절망적인 고민이 소년의 얼굴을 스쳐 가는 것을 아버지는 알아채지 못했다.

"그만 나가봐라. 가봐!"

아버지는 억지로 웃으며 말했다.

"당치도 않은 소리다. 고등학교라니! 내가 상공회의소 고문인 줄 알아?"

아버지가 강한 어조로 반대했기 때문에 한스는 단념하고 힘없이 걸어나갔다.

"아주 형편없는 녀석이야. 도대체 말이 되기나 해!"

아버지는 아들에게 으르렁댔다.

"그럴 수가 있어? 이제는 뭐 고등학교에 간다고? 바보같이 어림도 없는 생각이란 말야."

한스는 반 시간 동안이나 창가에 앉아 깨끗이 닦은 마룻바닥을 내려다보며, 정말 신학교도 고등학교도 학문도 아무것도 못한다면 장차 어떻게 될지 생각해보려고 애썼다. 아마 수습공 아니면 치즈 가게나 사무소에 들어가 평생을 평범하고 보잘것없는 한 사람으로 생을 마치겠지. 그런 인간을 한스는 멸시했다. 어떻게든 뛰어난 인물이 되려고 했다. 그 귀엽고 영리해 보이는 학생다운 얼굴이 분노와 슬픔에 찬 찌푸린 얼굴이 되었다. 그는 미친 듯이 자기 방으로 뛰어가서 침을 퉤퉤 뱉고는 라틴어 시선집을 들어 벽에 힘껏 내동댕이쳤다. 그러고는 빗속으로 뛰어나갔다.

월요일 아침, 그는 다시 학교로 갔다.

"어땠니?"

교장 선생이 물어보면서 악수를 청했다.

"어제 나한테 올 줄 알았는데, 시험은 어떻더냐?"

한스는 머리를 숙였다.

"응? 왜 그래? 잘못 봤니?"

"그런 것 같아요."

"조금만 기다려봐! 오늘 오전 중으로 슈투트가르트에서 소식이 오겠지."

오전 시간은 몹시 길었다. 그리고 아무런 소식도 오지 않았다. 점심 시간에 한스는 치밀어오르는 갑갑증 때문에 음식을 삼킬 수가 없었다.

오후 2시에 교실에 들어가니 담임 선생이 벌써 와 있었다.

"한스 기벤라트!"

선생이 큰 소리로 불렀다. 한스가 앞으로 나가자 선생이 손을 내밀었다.

"축하한다 기벤라트. 네가 주 시험에 2등으로 합격했어."

교실 안에 축복의 침묵이 흘렀다. 문이 열리고 교장 선생이 들어왔다.

"축하한다. 자, 소감이 어때?"

소년은 놀라움과 기쁨에 가슴이 부풀었다.

"얘, 무슨 말을 좀 해야지?"

"이럴 줄 알았다면! 아주 1등을 해버릴걸."

그는 자기도 모르게 말했다.

"이제 집으로 가보거라. 아버지께도 그렇게 말씀드려라. 그리고 이젠 학교에 나오지 않아도 좋아. 그러잖아도 일주일만 있으면 방학이니까."

교장 선생이 말했다.

현기증을 느끼며 소년은 거리로 나왔다. 굳건히 서 있는 보리수나무와 햇빛이 반사되고 있는 시청 광장이 눈에 띄었다. 온갖 것이 그전보다도 더 아름답고 의미 깊으며 즐거워 보였다. 합격을 하다니. 그것도 2등으로! 최초의 회오리 같은 기쁨이 사라지자 뜨거운 감사의 마음이 올라왔다. 이제는 목사를 피해 다닐 필요가 없다. 이제 공부를 계속할 수가 있다. 치즈 가게나 사무소에 들어갈까 봐 겁낼 필요가 없다. 그리고 이제야말로 다시 낚시질을 갈 수도 있다.

집에 돌아오자 아버지가 바로 문 앞에 서 있었다.

"무슨 일이냐?"

아버지가 대수롭지 않게 물었다.

"별것 아녜요. 이젠 학교에 나오지 않아도 좋대요."

"뭐라고? 도대체 왜?"

"이제 전 신학교 학생이니까요."

"그래…… 자식, 합격했구나!"

한스는 고개를 끄덕였다.

"성적은 어때?"

"2등이래요."

예기치 않은 성과였다. 아버지는 무슨 말을 어떻게 해야 할지 몰라 몇 번이나 아들의 어깨를 두드리며 웃다가는 머리를 흔들었다. 뭐라 말하려고 입을 벌렸으나 아무 말도 하지 못한 채 머리만 또 흔들 뿐이었다.

"장하다!"

결국 이렇게 한마디 하고는 또 한 번 "장한 일이야"라고 했다.

한스는 집 안으로 뛰어들어가 계단을 올라가서 위층 다락방으로 들어갔다. 아무도 쓰지 않는 위층 다락문을 열고 안을 뒤적거려 여러 가지 상자와 끈, 코르크 등을 끄집어냈다. 낚시 도구였다. 이제 쓸 만한 낚싯대를 잘라야 했다. 그는 아버지에게 내려갔다.

"아버지 칼 좀 빌려주세요!"

"뭘 하려고?"

"낚싯대를 잘라야 해요."

아버지가 호주머니에 손을 집어넣었다.

"자. 옛다, 2마르크다. 네 칼을 사도 좋아. 한프리트 씨에게 가지 말고 대장간에 가서 사야 한다."

아버지가 눈을 반짝이며 호탕하게 말했다.

한스는 급히 달려갔다. 대장간 주인도 시험에 대해서 물었다. 그리고 기쁜 소식을 듣자 특별히 좋은 칼을 골라주었다. 아랫동네의 브뤼엘 다리 아래쪽에 아름다운 개암나무와 오리나무가 서 있었다. 거기에서 한스는 오랫동안 고른 끝에 강하고 탄력성이 있어 보이는 나무랄 데 없는 가지를 잘라서 집으로 돌아왔다.

빨갛게 상기된 얼굴로 그는 눈을 반짝이며 낚시 도구를 장만하는 즐거운 일에 착수했다. 그 일은 낚시질 못지않게 유쾌한 일이었다. 오후에도 쭉, 그리고 저녁때에도 계속 2층에 틀어박혀 있었다. 하얀 실, 갈색 실, 파란 실을 골라놓고 조심스럽게 살핀 뒤 실을 잇기도 하고 매듭을 풀기도 했다. 모양과 크기가 제각각인 코르크와 찌를 검사하고 새로 자르거나 조그만 납덩어리를 두들겨서 동그랗게 만들어 실에 매달았다. 낚싯바늘은 전에 남겨둔 것이 약간 있었다. 일부는 네 가닥 검정색 실에, 일부는 악기의 거트현*에, 나머지는 잘 끼워 맞춘 말총에다 나누어 꽉 동여맸다.

저녁때쯤 되어서야 일이 끝났다. 이로써 한스는 기나긴 7주 동안의 방학을 지루하지 않게 보낼 수 있는 준비를 모두 마쳤다. 낚싯대만 있으면 아침부터 저녁까지 매일 강가에서 혼자 시간을 보낼 수 있었다.

---

* 양의 소장을 정제해서 만든 가는 줄로 바이올린 계통의 현악기나 하프 등에 쓴다.

2

여름방학은 이래야만 한다! 용담꽃처럼 파란 하늘이 온 산을 덮고 있었다. 눈부시게 무더운 여름날이 몇 주씩이나 계속되고 있었고, 간간이 소나기가 세차게 쏟아졌다. 강물은 사암과 전나무 그늘과 좁은 골짜기 사이를 흘렀으나 물이 따뜻해서 저녁 늦게까지도 멱을 감을 수가 있었다. 풀을 베어낸 자리에서 풀 냄새가 마을을 휘감았다. 좁고 기다란 보리밭은 노랗게 물들었다가 금갈색이 되어 있었다. 강가에는 하얀 꽃이 피는 독미나리 같은 풀이 사람 키보다 높이 자라고 있었다. 그 꽃에는 우산 모양의 조그만 딱정벌레가 언제나 달라붙어 있었다. 속이 빈 그 줄기를 자르면 크고 작은 피리를 만들 수가 있었다.

숲 모퉁이에는 부드러운 털이 있고 노란 꽃이 피는 소영도리나무가 줄을 지어 늘어서 있었다. 부처꽃과 협죽도가 날씬하고 강한 줄기 위에서 흔들리며 골짜기를 온통 오랑캐꽃 빛깔로 물들였다.

전나무 밑에는 빨간 디기탈리스가 위엄 있게 서 있었다. 디기탈리스는 부드러운 은색 털이 있는 줄기와 든든한 꽃받침 위로 아름다운 분홍색 꽃이 나란히 피어 있었다. 그 옆에는 여러 종류의 버섯이 자라고 있었다. 빨간 윤곽이 드러나는 파리잡이버섯, 넓고 도톰한 우산버섯, 이상한 선모, 빨갛고 가지 많은 싸리버섯, 좀 별다르게 색깔이 없고 병적으로 두터운 석장초, 숲과 초원 사이 잡초가 우거진 경계선에는 가시금작화가 노란 불꽃처럼 빛나고 있었다. 그리고 연한 자주색 에리카가 피어 있고, 그 뒤로 초원이 펼쳐졌다. 거기에는 벌써 두 번째 풀베기를 앞두고 황새냉이, 원추리, 샐비어, 송충초 등이 무성하게 자라고 있었다. 활엽수 숲에서는 방울새가 끊임없이 노래를 불렀다. 전나무 숲에서는 자색 다람쥐가 나뭇가지 사이를 달렸다. 길이며 담장, 마른 도랑 할 것 없이 파란 도마뱀이 기분 좋게 숨을 쉬며 햇볕에 몸을 쬐고 있었다. 목초지 일대에서는 지리한 줄 모르게 드높은 매미 소리가 울려퍼졌다.

마을은 이맘때쯤 되면 농촌다운 느낌을 짙게 풍겼다. 건초를 실은 마차와 건초 냄새와 낫 가는 소리가 거리와 하늘에 가득했다. 두 군데 공장만 없었더라도 아주 시골 한구석에 파묻힌 느낌을 받았으리라.

방학 첫날 아침, 늙은 안나가 일어나기도 전에 한스는 참을 수 없다는 듯이 일찌감치 부엌에 들어가 커피가 끓기를 기다렸다. 그는 불 피우는 일을 도와주었다. 방금 짜온 우유를 넣은 커피를 서둘러 마신 후 빵을 호주머니에 집어넣고 밖으로 달려나갔다. 윗마을 철둑에서 걸음을 멈추고 바지 주머니에서 둥근 통조림 깡통을 꺼내 부지런히 메뚜기를 잡기 시작했다. 기차가 옆으로 스쳐 갔으나 빠르게 달리지는 않았다. 선로가 급한 경사를 이루는 탓에 기차는 천천히 달렸다. 기차의 창문이 활짝 열려 있었다. 얼마 안 되는 승객을 태운 기차는 증기와 연기를 느릿하게 뒤로 보내면서 달려갔다. 한스는 하얀 연기가 소용돌이치며 이른 아침 맑게 갠 하늘로 이내 사라지는 것을 물끄러미 쳐다봤다. 얼마나 오랫동안 이 모든 것을 못 보고 살았던가! 그는 숨을 깊이 들이마셨다. 잃어버린 아름다운 시절을 지금에야 곱절로 되새기며 아무런 거리낌도, 불안함도 없이 다시 한번 어린 시절로 되돌아가려는 듯이.

메뚜기를 잡아 넣은 깡통과 새로 만든 낚싯대를 가지고 다리를 건넌 다음 뒤에 있는 채소밭을 지나서 제일 깊은 웅덩이로 걸어가는 동안 한스의 가슴은 은근한 환희와 낚시에 대한 기대감으로 두근거렸다. 그곳에서는 버드나무 가지에 기대 다른 어느 곳보다 편안하게 방해받지 않고 낚시를 할 수 있었다. 그는 실을 풀어 조그만 납덩어리를 달고 살찐 메뚜기를 모질게 바늘에 꿰어 강 한가운데로 힘껏 던졌다. 오래전부터 몸에 젖은 유희가 시작되었다.

조그만 붕어 새끼가 떼 지어 미끼를 잡아채려고 했다. 미끼는 곧 다 먹히고 말았다. 두 번째 메뚜기를 매달았다. 그다음 또 하나, 연이어 네 번, 다섯 번 조심스럽게 미끼를 바늘에 꿰었다. 드디어 또 하나의 납덩어리를 실에 매달았다. 겨우 알맞은 물고기가 입질을 하기 시작했다. 그 물고기는 미끼를 살짝 물었다가 놓아버리고 다시 한번 시험해본 다음 그것을 물어뜯었다. 낚시의 달인은 낚싯대를 거쳐서 손끝에 전해지는 움직임을 놓치지 않는 법이다. 한스는 일부러 탁 한 번 쳤다가는 조심조심 끌어당기기 시작했다. 물고기가 낚싯바늘을 물고 있었다. 그놈을 보는 순간 황어라는 걸 금방 알 수 있었다. 담황색으로 빛나는 넓은 몸뚱이와 삼각형 머리, 특히 아름다운 빛깔을 띤 배를 보면 알 수가 있었다. 무게가 얼마나 될까? 그런데 미처 확인할 겨를도 없이 고기는 필사적으로 퍼덕거리면서 몇 번 몸부림을 치다가 물속으로 달아나버렸다. 한스는 고기가 물속에서 서너 번 맴돌다가 은빛 섬광과도 같이 사라져버리고 마는 것을 지켜봤다. 미끼를 어설프게 달아놓은 게 문제였다.

낚시꾼은 드디어 흥분의 도가니 속으로 빠져들었다. 그의 눈은 날카롭게 빛나며 물에 잠긴 가느다란 갈색 실을 꼼짝 않고 주시했다. 그의 뺨은 붉게 물들고 그의 동작은 빈틈없이 빠르고 정확했다. 두 번째 황어가 물자 줄을 끌어당겼다. 그다음은 잉어였는데 작아서 여간 섭섭하지 않았다. 이어서 연속적으로 모래무지 세 마리가 올라왔다. 아버지가 즐기는 고기여서 한스는 무척이나 기뻤다. 모래무지는 비늘이 작고 몸뚱이가 기름지며, 두툼한 머리에 익살맞은 하얀 수염이 있고, 눈은 작고 꼬리 쪽이 날씬했다. 색깔은 파란색과 갈색 중간이고, 땅 위에 올라오면 강철 빛깔을 띠었다. 그동안에 태양이 높이 떠올랐다. 위쪽 둑에는 물거품이 눈처럼 하얗게 빛나고, 물결 위로 따스한 미풍이 떨고 있었다. 쳐다보니 무크베르크산 위에 손바닥만 한 눈부신 구름이 서너 조각 떠 있었다. 몹시 무더운 날이었다.

한가운데 움직이지 않고 떠 있는 구름, 오래도록 보고 있기 힘들 정도로 빛을 담뿍 머금고 있는 고요한 조각구름처럼 한여름 무더위를 잘 표현하는 것은 없다. 그러한 구름이 없으면 얼마만큼 더운가를 알아차리지 못할 때가 많다. 파란 하늘도, 반짝이는 수면도 아니고, 대낮의 뭉게구름을 보면 별안간 태양이 이글이글 타오르는 것같이 느껴져서 그늘을 찾고 땀에 젖은 이마를 손으로 훔치곤 했다. 한스는 차차 낚싯줄을 그다지 주시하지 않게 되었다. 약간 피곤하기도 했고, 점심때쯤에는 고기가 거의 낚이지 않는 게 보통이었다. 황어는 가장 늙고 큰 놈도 한낮에는 볕을 쬐기 위해 위쪽으로 떠오른다. 그놈들은 까만 줄을 크게 그으며 꿈꾸듯 수면에 바싹 떠올라 상류로 헤엄쳐 간다. 그리고 때때로 이렇다 할 이유도 없이 갑자기 놀라곤 한다. 이런 시각에 그놈들은 낚시에 걸리지 않는다.

한스는 버드나무 사이로 낚싯줄을 물속에 드리운 채 땅바닥에 주저앉아 푸른 강을 내려다봤다. 고기가 떠올랐다. 까만 등이 차례로 수면에 나타났다. 따스함에 이끌려 넋이 나간 듯 천천히 헤엄쳐 가는 고기 떼. 미지근한 물살이 기분 좋은 모양이었다. 한스는 목이 긴 구두를 벗어던지고 강물에 발을 담갔다. 물이 미지근했다. 그는 낚아 올린 고기를 내려다봤다. 고기는 커다란 물뿌리개 안에서 간간이 파닥거릴 뿐이었다. 이 얼마나 아름다운 고기들인가! 흰색, 갈색, 유록색, 금색, 파란색, 은색, 그 밖에 여러 빛깔이 비늘과 지느러미 사이로 비치고 있었다.

주위는 정적에 싸여 있었다. 다리를 건너는 마차 소리마저 들리지 않았다. 덜그럭거리는 물방아 소리도 여기선 가냘픈 숨소리로 들릴 뿐이었다. 둑에 부딪힐 때마다 부드럽게 일어나는 하얀 물거품 소리만이 고요하고 나른한 졸음을 가져다주는 듯 들려오고 있었다. 뗏목 사이로 부딪쳐서 빙빙 돌아가는 낮은 물소리가 들렸다. 그리스어와 라틴어, 문법과 문체론, 수학과 암기, 게다가 초조했던 1년간의 불안이 이제 하나 남김없이 나른하고 포근한 시간 속에 고요히 사라지고 말았다.

한스는 두통을 약간 느꼈다. 이번에는 다른 때처럼 그렇게 심하지는 않았다. 지금은 옛날처럼 물가에 앉아 있을 수가 있다. 그는 둑에 부딪혀 부서지는 물거품을 보다가 눈을 가늘게 뜨고 낚싯줄을 바라봤다. 물뿌리개 안에 낚은 고기들이 떠 있었다. 한량없는 기쁨이 온몸을 휘감았다. 때때로 주 시험에 합격했다는, 더구나 2등으로 붙었다는 생각이 그의 머리를 스쳤다. 그럴 때면 이유 없이 맨발로 물을 휘정휘정 젓다가 바지 주머니에 두 손을 집어넣고 휘파람을 불곤 했다. 그러나 사실 그는 휘파람을 잘 불지 못했다.

그것은 그전부터 괴로운 일이었다. 그 때문에 친구들에게 말할 수 없는 놀림을 받기도 했다. 그는 치아 사이로 약간 소리를 낼 수 있었는데, 다른 사람에게 들려주려는 것이 아니므로 그 정도면 충분했다. 지금은 물론 아무도 듣는 사람이 없다. 친구들은 지금 교실에 앉아서 지리 수업을 받고 있다. 자신만이 학교에 가지 않아도, 수업을 받지 않아도 좋은 것이다. 그는 다른 사람들을 앞질렀다. 다른 친구들은 지금 한스의 발아래 있다. 그는 아우구스트 외엔 친구가 없고, 씨름이나 장난에 별로 흥미가 없어서 또래들의 놀림감이 되기도 했다. 이제 그 얼간이들과 멍청이들이 자신을 부러워하고 있지 않은가. 별안간 그들에 대한 감정이 지나치게 경멸적인 것을 느끼고 잠깐 휘파람을 그쳤다. 그리고 입술을 깨물었다. 낚싯줄을 감아 올려보니 미끼가 몽땅 사라지고 없었다. 그는 웃지 않을 수 없었다. 깡통에 남은 메뚜기를 놓아주자 얼떨떨한지 내키지 않는 듯 짧은 풀 속으로 기어갔다. 그 옆 피혁 공장은 벌써 점심시간이었다. 밥 먹으러 갈 시간이 다 된 것이다.

점심을 먹는 동안 그는 거의 한마디도 하지 않았다.

"몇 마리나 잡았니?"

아버지가 물었다.

"다섯 마리요."

"응, 그래. 큰 놈은 잡지 않도록 조심해라. 새끼들이 씨가 마를 수 있으니까."

이야기는 그 이상 하지 않았다.

날씨가 굉장히 더웠다. 식사를 하고 바로 수영하러 갈 수 없다는 건 원통한 일이었다. 대체 왜 그럴까? 몸에 해롭다니, 정말로 그럴까? 한스는 못하게 하는데도 몇 번쯤 몰래 수영한 적이 있다. 그러나 이제는 결코 그런 짓은 하지 않는다. 그런 어리석은 짓을 하기에는 너무 커버렸다. 놀라운 것은 시험을 칠 때 감독관들이 그에게 '한스 씨'라고 불렀던 일이다.

뜰의 전나무 밑에 한 시간가량 드러누워 있는 것도 나쁘지는 않았다. 그늘은 충분했다. 책을 읽을 수도, 나비를 구경할 수도 있었다. 거기에 2시까지 드러누워 있다가 하마터면 그대로 잠들 뻔했다. 이제부터는 수영이다! 수영하는 강가 풀밭에는 꼬마 서넛이 있을 뿐이었다. 큰 아이들은 다 학교에 있었다. 한스는 속으로 기뻐했다.

천천히 옷을 벗고 물에 들어갔다. 그는 더운물과 찬물을 번갈아 즐길 줄 알았다. 조금 헤엄쳐 나갔다가는 자맥질을 하며 첨벙거리거나 물가에 나가 엎드리기도 했다. 그러고는 바싹 마른 피부에 태양볕이 내리쬐는 걸 느꼈다. 꼬마들이 존경하는 마음으로 몰래 그의 주위에 몰려들었다. 그렇다! 그는 벌써 유명한 인물이 되어 있었다. 사실 그는 또래들과 다른 모습을 하고 있었다. 햇볕에 탄 가느다란 목덜미에 곱고 지적인 머리가 품위 있었다. 얼굴은 매우 이지적이고 눈은 밝게 빛났다. 그러나 몸이 아주 약해서 팔다리는 가늘고 보드라웠다. 가슴이나 등허리는 늑골을 완연히 셀 수 있을 정도이고, 종아리 같은 데는 살이 거의 없다고 해도 과언이 아니었다.

오후에는 줄곧 햇볕과 물 사이를 뛰어다녔다. 4시가 지나자 반 친구들이 시끄럽게 떠들며 이쪽으로 달려오고 있었다.

"야, 기벤라트! 노는 게 좋아 보이는구나."

한스는 기분 좋은 듯이 몸을 쭉 폈다.

"응, 나쁘지 않아."

"신학교에는 언제 가니?"

"9월에. 지금은 방학이야."

모두들 부러워했다. 뒤에서 욕하는 소리가 들리고 누군가 다음과 같은 노래를 불러도 한스는 조금도 개의치 않았다.

> 슐체 집안의 리자베트,
> 나도 그녀처럼 되고 싶구나!
> 대낮에도 잠자리에 누워 있는데,
> 내 팔자에는 어림도 없네.

한스는 웃기만 했다. 그동안에 소년들은 옷을 벗었다. 한 아이가 단숨에 물속으로 뛰어들었다. 다른 아이들은 조심스럽게 몸을 적셨다. 잠깐 동안 풀밭에 드러눕는 아이도 있었다. 잠수를 잘하는 아이는 경탄의 대상이 되었다. 많은 아이들이 물속으로 떠밀리고, 쫓고, 헤엄치고, 물가에 나와 햇볕에 몸을 말리고 있는 아이에게 물벼락을 끼얹기도 했다. 주위는 물소리와 고함 소리로 대혼란이었다. 수면은 온통 하얗고 보드라운 몸뚱이로 가득 차 햇빛에 반짝이고 있었다.

한 시간 후에 한스는 그곳을 떠났다. 따뜻한 저녁때가 되면 또 고기가 입질을 시작했다. 저녁때까지 다리 위에서 낚시를 했으나, 한 마리도 낚을 수가 없었다. 고기들이 주위에 모여들었지만 미끼만 먹을 뿐 한 마리도 걸려들지 않았다. 낚시에 매단 찌가 너무 크거나 너무 약한 듯했다. 그는 나중에 한 번 더 도전해보리라 작정했다.

저녁때 집으로 돌아온 한스는 많은 친지들이 축하하러 왔었다는 이야기를 들었다. 그리고 그날 나온 주간지를 받아들었다. 거기에는 공보라는 제목 밑에 다음과 같은 기사가 실려 있었다.

> 초급 신학교 입학시험에 우리 마을에서 한스 기벤라트 학생이 혼자 응시했다. 우리는 방금 그가 2등이라는 우수한 성적으로 합격했다는 영광스러운 소식을 접했다.

그는 주간지를 접어 호주머니에 집어넣은 채 아무 말도 하지 않았으나, 내심 긍지와 환희에 넘쳐 가슴이 터질 듯 기뻤다.

그는 다시 낚시터로 갔다. 이번엔 미끼로 치즈 조각을 몇 개 가지고 갔다. 치즈는 고기들이 대단히 좋아하는 먹이로 황혼이 질 무렵에도 고기들 눈에 잘 띄었다. 낚싯대는 두고 단출하게 낚시 도구만 챙겨 갔다. 그것은 그가 제일 좋아하는 낚시질이었다. 낚싯대도

찌도 없이 줄만 손에 들고 하므로 줄과 바늘이 낚시 도구의 전부인 셈이었다. 다소 힘은 들었지만 훨씬 즐거웠다. 미끼가 조금만 움직여도 마음대로 할 수 있었고, 고기가 조금만 톡톡 쳐도 느낄 수가 있었다. 간들간들 움직이는 줄 끝을 마치 눈앞에서 보는 듯 지켜봤다. 물론 이런 방법은 숙련된 기술이 필요하고, 손가락을 잘 놀려야 하며, 탐정과 같이 항상 조심스럽지 않으면 안 된다.

좁게 굽이쳐 돌아간 골짜기에 황혼이 일찍 찾아들었다. 다리 밑의 강물이 유난히 까맣고 은은했다. 아랫마을 물방앗간에선 벌써 불빛이 새어 나오고 이야기 소리와 노랫소리가 다리와 골목길에서 들려왔다. 공기는 무겁고 강물 위로 끊임없이 까만 고기가 펄쩍 뛰어올랐다. 이상하게도 이런 밤에는 고기들이 흥분하여 지그재그로 쏜살같이 헤엄치거나, 물 위로 뛰어오르거나, 낚싯줄에 부딪치거나 하며 닥치는 대로 미끼를 향해 돌진했다. 덕분에 한스는 치즈 조각이 없어질 때까지 조그만 잉어를 네 마리나 낚을 수 있었다. 잉어를 내일 목사에게 갖다주기로 마음먹었다.

미지근한 바람이 골짜기 밑에서 불었다. 주위가 상당히 어두워졌으나 하늘은 아직 밝았다. 어두워져가는 조그만 읍내에 교회 탑과 성의 지붕만이 까맣게, 그리고 선명하게 밝은 하늘에 솟아 있었다. 어딘가 먼 데서 소나기가 내리는 것 같았고 때때로 가느다란 천둥소리가 들려왔다.

한스는 10시에 잠자리에 들었다. 머리와 팔다리가 기분 좋을 만큼 피곤했다. 그는 오랫동안 맛보지 못한 졸음에 끌려 들어갔다.

오랫동안 계속되는 아름답고 자유로운 여름날, 한가로이 수영이나 낚시를 하고 몽상에 젖어 지내는 하루하루가 마음을 안정시켜

주고 유혹하듯 그를 기다리고 있었다. 그러나 단 하나, 1등을 하지 못한 것이 속상할 따름이었다.

아침 일찍 한스는 낚은 고기를 갖다주러 목사의 집을 찾아갔다. 목사가 서재에서 나왔다.

"오! 한스 기벤라트, 반갑다! 축하한다! 진심으로 축하해. 거기 들고 있는 건 뭐니?"

"몇 마리 안 되지만 어제 제가 낚은 거예요."

"응, 그래. 어디 한번 보자. 정말 고마워! 그건 그렇고, 자, 어서 들어와라."

한스는 몇 번이나 드나든 서재로 들어갔다. 정말 그곳은 목사의 방 같지가 않았다.

화분 냄새도 담배 냄새도 나지 않았다. 훌륭한 장서는 어느 것을 보나 새로 깨끗이 입힌 듯한 금박 글씨가 박혀 있었다. 보통 목사들의 장서에서 보게 되는 퇴색하고 뒤틀리고 벌레 먹어 곰팡이가 핀 그러한 책들이 아니었다. 비교적 자세하게 살펴본 사람은 잘 정리된 책들의 제목에서 사멸해가는 시대의 고전적인, 존경해도 별 상관이 없을 그런 종류의 사람들과는 다른 새로운 정신을 찾아낼 수 있을 것이다. 목사들의 명예가 되는 금박을 입힌 서적들 속에는 신학자 벵겔, 에딩거, 슈타인호퍼 등 목사의 서재에서 가장 중요한 건 빠져 있었으며, 뫼리케*가 〈풍신기(風信器)〉에서 아름답게 노래한 신앙심 깊은 작가의 글은 여기서 찾아볼 수 없었다. 그것들은

* Eduard Friedrich Mörike, 1804~1875. 독일 루터교 목사이자 낭만주의 시인이며 단편소설과 장편소설을 쓴 소설가다.

헤아릴 수 없이 많은 현대 작가의 작품 속에서 자취를 감추었다.

잡지철이 있는 탁자, 종잇조각이 흩어져 있는 커다란 책상 등 모두가 엄숙하게 보였다. 목사가 여기서 공부를 상당히 하는 듯한 인상을 주었다. 실제로 그는 열심히 공부하고 있었다. 물론 교리문답이나 성서 강의를 위해서라기보다는 학술지를 위한 연구나 논문 또는 저술에 필요한 예비 연구가 주였다. 몽상적인 신비주의나 예감적인 명상은 이곳에서 추방되었다. 과학의 심연을 훨씬 넘어서 사랑과 동정으로써 메마른 민중의 마음을 맞아들이는 소박한 신학도 마찬가지였다. 그 대신 여기서는 성서 비판에 주력해 '역사적인 그리스도'를 추구하고 있었다.

신학도 다른 학문과 별다를 것이 없었다. 예술이라고 해도 좋을 만한 신학도 있다. 그렇지 않으면 적어도 그런 방향으로 나아가는 신학도 있다. 그것은 옛날이나 지금이나 마찬가지다. 과학적인 사람은 새 가죽주머니 때문에 오래된 술을 잊어버리고, 예술적인 사람은 수많은 표면적인 과오를 범하면서도 많은 사람에게 위안과 기쁨을 안겨주었다. 그것은 비판과 창조, 과학과 예술, 이 양자간의 오랜 투쟁이었다. 이 투쟁에서는 언제나 전자가 정당하면서도 이렇다 할 소용이 없었다. 그러나 후자는 언제나 신앙, 사랑, 위안, 아름다움, 불멸의 씨를 뿌리고 언제나 좋은 터전을 발견해왔다. 생은 죽음보다 강하고 믿음은 회의보다 강하기 때문이다.

처음으로 한스는 탁자와 창 사이에 놓인 조그만 가죽소파에 앉았다. 목사는 아주 친절했다. 마치 절친한 동료라도 만난 것처럼 신학교와 그곳에서 어떻게 생활하고 공부하는지를 이야기했다.

"거기에서 맨 처음 경험하게 될 가장 중요한 것은" 하고 목사는 결론적으로 말했다.

"신약성서의 그리스어를 배우는 거지. 그걸 배워야만 비로소 새로운 세계를 바라볼 수가 있단다. 공부도 상당히 해야 하지만 기쁨도 클 거야. 처음엔 많은 노력이 필요해. 그것은 우아한 그리스어가 아니라 새로운 정신이 만든 새롭고 특수한 어법이야."

한스는 조심성 있게 귀를 기울였다. 참다운 학문에 접근하는 느낌이 들었고, 스스로 그 사실에 뿌듯해했다.

"형식에 사로잡힌 교수법 때문에 이 새로운 세계의 매력이 어느 정도 반감될지도 모른다. 게다가 신학교에서는 일방적으로 히브리어에 치중할 테니까 네가 마음만 있으면 방학 중에 조금 시작해두면 좋을 게다. 그러면 개학을 하더라도 다른 과목에 시간과 노력을 투자할 수 있는 여유가 생길 거야. 〈누가복음〉을 서너 장 읽어도 좋다. 그렇게 하면 그리스어가 자연히 외워질 거야. 사전은 내가 빌려줄 테니까 내일부터라도 당장 매일 한두 시간 정도 공부해나가는 게 어때? 물론 그 이상은 절대로 안 된다. 너는 지금 무엇보다 충분히 휴식하지 않으면 안 되니까. 물론 이건 내 생각일 뿐이야. 모처럼 얻은 즐거운 방학을 망쳐버리고 싶지는 않을 테니 말이다."

한스는 그러기로 약속했다. 〈누가복음〉 공부는 자유롭고 즐거운 푸른 하늘에 나타난 가벼운 구름 같았으나, 그것을 거절하는 것이 쑥스러웠다. 거기에다 방학 동안 새로운 언어를 배운다는 것은 힘들다기보다는 오히려 즐거움이었다. 그러잖아도 신학교에서 배울 새로운 것, 특히 히브리어에 대해서 약간의 불안감을 가지고 있었다.

그는 유쾌한 기분으로 목사의 집을 나와서 낙엽송 길을 따라 숲속으로 들어갔다. 약간의 불쾌감은 이미 사라진 뒤였다. 목사의 제안을 생각하면 할수록 그것은 언짢은 일이 아니었다. 왜냐하면 신학교에서도 친구들보다 앞서 나가려면 더욱더 야심 차게 공부하지 않으면 안 된다는 것을 잘 알고 있었기 때문이다. 그는 확실히 친구들을 누르고 싶었다. 도대체 왜 그런 것일까? 자신도 알 수 없는 일이었다. 3년 동안 그는 주목의 대상이었다. 선생, 목사, 아버지, 교장 선생까지 그를 격려하고 숨 쉴 틈 없이 몰아붙였다. 매 학년 그는 계속해서 월등한 성적으로 1등을 했다. 수석을 차지하면서 그는 누군가와 어깨를 나란히 하는 것을 허용치 않는 것을 자랑으로 여겼다. 어리석은 시험 걱정도 이제는 사라졌다.

물론 휴식 시간을 갖는다는 것은 즐거운 일이었다. 자기 말고는 아무도 산책하는 사람이 없는 아침 숲의 아름다움은 각별한 맛이 있었다. 전나무들이 한없이 넓은 곳에 청록색의 둥근 지붕을 만들었고 작은 잡목들은 별로 없었다. 다만 이곳저곳에 딸기나무 수풀이 우거졌을 뿐이었다. 낮은 월귤나무와 에리카가 자라고 있는 곳을 거닐면 몇 시간이나 걸릴 듯한 넓은 터에 부드러운 털과도 같은 이끼의 동산이 펼쳐졌다. 이슬은 벌써 말라버렸다. 곧은 줄기 사이로 아침 숲속에서만 맛볼 수 있는 독특한 무더움이 찾아들었다. 그것은 태양의 열기, 증발하는 이슬, 이끼의 향기, 나무 진, 전나무 잎, 버섯 등의 냄새가 뒤범벅된 것으로 오관에 스며들어서 가벼운 마비 증세를 일으켰다.

한스는 이끼 위에 드러누워 무성하게 자란 까만 딸기를 먹었다. 여기저기서 딱따구리가 나무를 쪼고, 심술쟁이 두견새 우는 소리가 들렸다. 어둠침침한 전나무 가지 사이로 한 점 구름조차 없는 코발트빛 하늘이 보였다. 멀리 곧은 나무들이 엄숙한 갈색의 벽을 이루고 있었다. 나무 사이로 노란 햇빛이 이끼 위에 따뜻한 빛을 점점이 던지고 있었다.

한스는 적어도 리체리 호수나 사프란 평원까지 긴 산책을 할 작정이었다. 그러나 이끼 위에 드러누워 딸기를 먹으며 세상사를 잊고 하늘을 쳐다봤다. 이처럼 피곤해지는 것이 이상하게 느껴졌다. 전에는 세 시간, 네 시간을 걸어도 아무렇지 않았다. 그는 힘을 내어 멀리까지 걸어보기로 마음먹었다. 다시 몇백 걸음을 걸었다. 그러나 자신도 모르게 어느새 이끼 위에 드러눕고 말았다. 그는 드러누운 채 눈을 가느다랗게 뜨고 나뭇가지 사이와 푸른 지면을 멍하니 쳐다봤다. 이 공기는 왜 이렇게도 지치게 만드는 것인가!

점심때쯤 집으로 돌아왔는데 또 두통이 나고 눈이 아프기 시작했다.

숲의 비탈길은 태양이 너무 눈부셨다. 오후 서너 시간을 유쾌하지 않은 기분으로 집에 틀어박혀 있다가 헤엄을 치러 가서야 겨우 상쾌한 기분이 되었다. 그때는 벌써 목사에게 갈 시간이었다. 도중에 구두장이 플라크 씨를 만났다. 그는 구둣방 창가의 삼각의자에 앉아 있었다. 그가 한스를 불러들였다.

"얘! 어디 가니? 너를 통 볼 수가 없구나."

"지금 목사님 댁에 가야 해요."

"또 가? 시험은 끝나지 않았니?"

"그렇죠. 지금은 다른 일로 가요. 신약성서는 그리스어로 쓰여 있는데 지금 그걸 배우는 거예요."

구두장이는 모자를 깊숙이 눌러쓰고 넓은 이마에 두터운 주름살을 그리며 깊은 한숨을 쉬었다.

"한스."

그는 낮은 목소리로 말했다.

"네게 하고 싶은 말이 있다. 여태까지 시험이라 해서 침묵을 지켜왔지만 이제는 참을 수가 없구나. 목사는 무신론자라는 걸 꼭 알아야 해. 목사는 네게 성서는 틀린 데가 많고 거짓말을 하고 있다고 말하겠지. 또 그렇게 가르치겠지. 네가 만일 목사와 같이 신약성서를 읽는다면 너도 모르는 사이에 신앙심을 잃고 말 거야."

"그렇지만 플라크 아저씨! 전 그리스어를 배우는 것뿐인걸요, 뭘. 신학교에 가게 되면 아무래도 배워야 하니까요."

"너까지 그렇게 말하니? 그러나 성서를 공부할 때도 경건하고 양심적인 선생에게서 배우는 것과 하느님을 믿지 않는 선생에게서 배우는 것은 큰 차이가 있단다."

"그야 그렇지만, 목사님이 정말로 하느님을 믿지 않는가는 알 수 없는걸요."

"믿지 않고말고. 한스! 섭섭하겠지만 그건 사실이야."

"그렇지만 어떡해요. 간다고 벌써 약속을 해버렸는데요."

"그렇다면 물론 가야지. 그러나 만일 목사가 성서는 인간이 지어낸 거짓말이라는 둥 성령의 암시가 아니라는 둥 성서에 대해서 여러 가지 이야기를 하면 내게 오너라. 같이 거기에 대해 토론해보자. 알겠지?"

"그러죠, 플라크 아저씨! 그렇지만 그런 일은 없을걸요."

"곧 알게 돼. 내 말을 꼭 명심해!"

목사는 아직 집에 돌아와 있지 않았다. 한스는 그를 기다려야 했다. 금박의 책 제목을 보고 있으려니 자꾸 구두장이 아저씨의 말이 생각났다. 마을 목사나 새로운 시대의 목사에 대해서 그와 같이 말하는 것을 여태까지 몇 번이나 들었다. 그러나 지금 자신이 이런 일에 휩쓸려 들어감으로써 비로소 긴장과 호기심이 느껴졌다. 그러나 그에게는 구두장이 아저씨만큼 중요하지도, 무섭지도 않은 일이었다. 오히려 여기에는 옛날부터 커다란 비밀이 있어서 캐볼 만한 가치가 있을 것 같았다. 학교에 들어가서 처음 몇 년 동안은 신의 존재라든가 영혼의 소재, 악마와 지옥에 대한 의혹이 때때로 그를 환상적인 명상에 잠기게 했다. 그렇지만 최근 2, 3년간은 아주 엄격하게 열심히 공부하라는 채찍질을 받았으므로, 이 모든 잡념이 수그러들었다. 학교에서 배우는 기독교적 신앙은 구두장이 아저씨와의 대화에서 가끔 어느 정도 개인적인 삶을 각성시켜주는 데 지나지 않았다. 구두장이 아저씨와 목사를 비교하며 한스는 웃지 않을 수 없었다.

고생 끝에 얻은 구두장이 아저씨의 확고한 신앙을 소년은 도저히 이해할 수가 없었다. 그뿐 아니라 플라크 아저씨는 영리했으나 단순하고 편협한 신앙의 노예였기 때문에 많은 사람에게서 조소를 받고 있었다. 기도를 드리는 신자들의 모임에서 그는 엄격한 교리 심판관이자 권위 있는 성서 해설자로서 역할을 다하고 있었다. 또 여러 마을로 예배를 보러 다녔다. 그러나 그 외에는 보잘것없는 기술자에 지나지 않았고 대부분의 사람과 같이 무식했다. 반면에 목사는 인간으로서나 설교자로서 빈틈없는 능변가일 뿐 아니라 그 이상으로 부지런하고 엄격한 학자였다. 한스는 두려운 마음으로 책장을 쳐다봤다.

목사는 금세 돌아왔다. 나들이옷을 벗고 가벼운 까만 평상복으로 갈아입었다. 한스의 손에 〈누가복음〉 그리스어판을 쥐여주며 읽으라고 했다. 라틴어를 공부할 때와는 아주 딴판이었다. 둘은 문장을 몇 줄 읽었다. 그것은 한 자 한 자 꼼꼼하게 번역되어 있었다. 목사는 자세한 예를 들어 설명했다. 아주 교묘하고 능변하여 마치 언어의 독특한 정신이 그 속에서 살아 움직이는 것 같았다. 그는 성서가 성립된 시대와 그때의 상황을 말해줌으로써 불과 한 시간 만에 소년에게 아주 새로운 관념을 제공했다. 단어 하나하나에 어떤 수수께끼와 문제가 감춰져 있는가? 이 의문을 풀기 위해 옛날부터 수천 명의 학자와 명상가, 연구자가 어떻게 노력해왔는지 한스는 어렴풋이 느낄 수 있었다. 자신도 한 시간 만에 진리 탐구자의 대열에 들어간 것 같았다.

한스는 사전과 문법책을 빌려다 집에서 저녁 내내 공부했다. 얼마나 많은 공부와 지식의 산을 넘어야 참다운 연구의 길로 들어서는가를 느꼈다. 어떡하든 뚫고 나가야지 결코 도중에 멈춰서는 안 된다고 각오까지 했다. 구두장이 아저씨의 일은 그만 잊어버리고 말았다.

며칠 동안 그는 이 새로운 학문에 몰두했다. 매일 밤 목사의 집으로 갔다. 날이 갈수록 참다운 학문은 더 아름다워지고 더 어려워지고 동시에 노력할 만한 가치가 있다고 느껴졌다. 이른 아침에는 낚시를 하고 오후에는 수영하러 갔다. 그 외에는 별로 외출하지 않았다. 시험에 따른 불안과 염려로 그사이 잠들었던 공명심이 또다시 눈을 떠서 그에게 휴식을 허락하지 않았다. 최근 몇 개월 동안 자주 그의 머리를 스쳐 지나간 독특한 감정이 다시 머릿속에서 활동을 개시했다. 그것은 고통이 아니었으며 과격한 힘과 다급하게 개가를 올리며 맹렬히 전진해 나가려는 욕망이었다. 그 후에는 심한 두통이 일어났다. 그러나 그 미묘한 일이 계속되고 있는 동안에도 독서와 학과 진도가 마치 폭풍우와 같은 속도로 나갔다. 그전에는 보통 몇십 분이 걸리던 크세노폰의 제일 어려운 문장도 쉽게 읽을 수 있었다. 그리고 사전을 거의 사용하지 않고 명석한 기억력만으로 어려운 문장을 줄줄 즐겁게 읽어내려갈 수 있었다. 고조된 이 학구열과 지식욕에 자부심이 더해져 학교와 선생에게서 수학하던 시대가 조금씩 무너지고 있었다. 지식과 능력의 정상을 향하여 독특한 궤도를 밟고 있는 것 같은 기분이었다.

그런 기분에 사로잡히는 것과 동시에 묘하게도 명료한 꿈과 함께 가벼운 졸음이 엄습해왔다. 밤중에 가벼운 두통을 느끼고 눈을 떴는데 다시 잠들 수가 없었다. 앞으로 나아가려는 초조함도 느껴졌다. 한스는 자신이 다른 친구들보다 앞서 있고, 선생과 교장 선생이 자기를 일종의 존경심, 아니 그 이상으로 경탄하는 마음을 가지고 바라본다고 생각할 때 막연한 우월감에 사로잡히기도 했다.

교장 선생으로서는 자신이 일깨워준 아름다운 공명심을 이끌고 나가거나, 또 그것이 자라는 것을 보는 것이 마음속의 기쁨일 수 있었다. 선생을 일컬어 무정하고 화석 같고 혼해빠진 잔소리꾼이라고 말할 수는 없다. 선생들의 힘으로 아이들이 아무리 얻으려 해도 좀처럼 깨어나지 않던 재주가 피어난다. 아이들은 나무칼이나 돌팔매질이나 활 그리고 다른 장난감을 버리고 앞으로 나아가려는 노력을 시작한다. 또 열심히 공부함으로써 난폭한 골목대장이 점잖고 부지런하며 금욕적인 아이가 되고, 나이깨나 든 듯 정신적으로 성장한다. 또 그 눈초리가 깊어지며 목표하는 바가 분명해지고, 그 손이 점점 하얘지며 점잖아지는 것을 볼 때, 선생들은 기쁨과 자랑으로 웃음꽃이 핀다. 선생의 의무와 국가가 선생에게 맡긴 책무는 어린 소년들의 내면에 있는 난폭한 힘과 자연적인 욕망을 제어하고 그 대신 국가가 인정하는 균형 잡힌 인상을 조용히 심어주는 것이다.

지금 행복한 시민이나 성실한 관리가 된 대다수 사람들도 그와 같은 학교의 노력이 아니었더라면 그렇게 될 수 없었을 것이다. 아마 난폭한 혁명가가 되었거나 자기 견해는 전혀 없이 하잘것없는 생각이나 일삼는 공상가가 되었을 사람도 많을 것이다. 소년들의 내면에는 무뚝뚝하고 야만적이고 난잡하고 거친 데가 있다. 우선 그것을 깨뜨려야 한다. 또 내면에 피어오르는 위험한 불을 꺼야 한다. 자연이 만든 본연의 인간은 측량해볼 수도 없고 확실하지도 않으며 어딘가 불온한 데가 있다. 그것은 미지의 산에서 흘러내리는 거친 물살과도 같고, 길도 질서도 없는 원시림이다. 원시림을 개척하여 힘으로 제어해야 하는 것처럼, 학교도 타고난 그대로의 인간을 무너뜨려 굴복시키고 힘으로 제어하지 않으면 안 된다. 학교의 사명은 정부가 승인한 원칙에 따라서 자연 그대로의 인간을 사회의 유능한 일원으로 변화시켜 잠재된 개성을 일깨워주는 것이다. 결국에는 빈틈없는 군대식 훈련을 통해 훌륭하게 완성된다.

어린 소년 기벤라트는 얼마나 훌륭하게 성장했는가! 그는 쓸데없이 거리를 돌아다닌다든지 장난을 친다든지 하는 행동을 스스로 거의 삼가게 되었다. 수업 시간에 어리석게 웃어대는 버릇은 벌써 오래전에 사라졌다. 흙을 만지고 토끼를 기르는 일도 그만두었고 성가신 낚시질도 어느 틈에 포기했다.

어느 날 저녁, 교장 선생이 친히 기벤라트의 집을 방문했다. 영광스러워 어찌할 바를 모르는 아버지를 겸손하게 밀어내고 교장 선생은 한스의 방 안으로 들어갔다. 소년은 〈누가복음〉을 공부하고 있었다. 교장 선생은 아주 다정하게 인사했다.

"기벤라트! 벌써 공부를 시작하다니 좋은 일이야! 그런데 왜 도무지 얼굴을 보이지 않았니? 매일 기다리고 있었는데."

"가려고 했어요."

한스는 변명했다.

"멋진 고기를 가져가고 싶었거든요."

"고기? 어떤 고기?"

"네, 잉어라든지 뭐든지요."

"그래? 아직도 낚시를 다니냐?"

"네, 가끔요. 아버지가 허락하셨어요."

"그래, 재미있니?"

"네, 아주 재미있어요."

"좋아, 아주 좋아. 방학 때 노는 거지. 웬만큼 노력도 했으니까. 그런데 틈틈이 공부하고 싶은 생각은 없니?"

"하고 싶어요, 선생님."

"네가 하고 싶은 생각이 없다면 억지로 시키기는 싫다."

"정말로 공부하고 싶어요."

교장 선생은 두세 번 깊은 숨을 쉬고 가느다란 수염을 쓰다듬으며 의자에 앉았다.

"한스야!"

교장 선생이 말했다.

"시험 성적이 썩 좋으면 그 후에는 얼른 퇴보하는 법이란다. 신학교에 가면 새로운 과목을 많이 배우게 된다. 방학 때 미리 공부 해 오는 학생들이 틀림없이 많을 거야. 특히 시험 성적이 좋지 않았던 학생들이 더 그러지. 그런 학생들이 별안간 위로 올라와서는 방학 때 영광에 도취해 편히 쉬었던 학생들을 떨어뜨리게 된단다."

교장 선생이 또 한숨을 내쉬었다.

"우리 학교에서 너는 언제나 쉽게 1등을 했다. 그러나 신학교 학생들은 다르다. 천재 아니면 대단히 부지런한 학생들뿐이야. 그런 학생들을 누워서 떡 먹듯이 앞지를 수는 절대 없다. 알겠니?"

"네."

"그래서 방학 중에 공부를 더 해두는 게 어떨까 한다. 물론 적당히. 너는 충분히 휴식을 취할 권리와 의무가 있다. 그러나 하루 한두 시간쯤 하는 것은 적당하리라고 생각한다. 그렇지 않으면 다시 궤도에 올라 평탄하게 나아가는 데 몇 주는 걸릴 거다. 어떻게 생각하니?"

"저는 벌써 마음의 준비가 되었어요. 선생님께서 봐주신다면……."

"좋아. 히브리어 다음에 신학교에선 호메로스가 새로운 세계를 열어줄 거다. 착실히 기초를 닦아놓으면 호메로스를 읽어도 그 맛을 곱절은 느끼고 이해할 수 있을 거다. 호메로스의 글은 옛날 이오니아의 방언이다. 호메로스식 음률법과 함께 아주 독특한 데가 있단다. 이 문학을 제대로 음미하려면 철저하게 공부하지 않으면 안 된다."

물론 한스는 이 새로운 세계에 기꺼이 뛰어들 작정이었으며, 최선을 다할 것을 약속했다. 그러나 그 뒤가 무서웠다. 교장 선생은 기침을 하고 다정하게 말을 이어갔다.

"솔직히 말하면 수학도 두세 시간 하는 것이 좋다고 생각한다. 물론 너는 성적이 나쁘지는 않지만 여태까지 수학을 별로 좋아하진 않았잖니. 신학교에서는 대수와 기하를 배우게 될 거다. 서너 과목을 미리 공부해두는 게 좋을 거야."

"잘 알겠습니다, 선생님."

"우리 집에는 아무때나 와도 좋다. 네가 훌륭하게 성장하는 것은 나의 명예이기도 하니까. 그러나 수학은 수학 선생에게 개인 지도를 받을 수 있도록 아버지께 여쭤봐야 할 거야. 일주일에 서너 시간이면 좋겠지."

"잘 알겠습니다."

공부는 다시 순탄하게 진척되어갔다. 한스는 한 시간이라도 낚시나 산책을 하게 되면 마음이 꺼림칙했다. 헌신적인 수학 선생은 한스의 버릇처럼 된 수영 시간을 공부 시간으로 바꿔놓았다.

대수는 아무리 공부해도 흥미가 일지 않았다. 한창 찌는 듯한 오후에 수영하러 가는 대신 선생의 무더운 방 안에 들어가서, 모기가 윙윙거리는 탁한 공기 속에서 피곤한 머리와 쉰 목소리로 A 플러스 B, A 마이너스 B를 외운다는 것은 괴로운 일이었다. 그리하여 몸을 마비시키는 것 같은, 또 극도로 내리누르는 것 같은 압박감을 느꼈다. 그것은 날씨가 나쁜 날에는 암담함과 절망으로 변했다. 도대체 수학이란 묘한 것이었다. 그는 수학을 이해하는 데 결코 머리가 둔한 학생은 아니었다. 때때로 문제를 훌륭하게 풀이할 뿐만 아니라 독특한 풀이법을 알아내고 기뻐하기도 했다. 수학에는 변칙이라든가 속임수가 없고, 문제를 벗어나서 불확실한 옆길을 맴도는 점이 없는 것이 좋았다. 마찬가지로 라틴어도 분명하고 확실하여 애매한 데가 없었으므로 대단히 마음에 들었다.

그러나 수학에서는 가령 답이 모두 맞았다 해도 그 이상 아무것도 얻을 수가 없었다. 수학 공부는 평탄한 국도를 걷는 것처럼 느껴졌다. 언제나 꾸준히 전진하여 어제까지도 이해하지 못했던 것을 오늘은 이해하게 되지만, 한꺼번에 넓은 경치가 펼쳐지는 산 정상을 정복하는 듯한 기분은 나지 않았다.

교장 선생의 집에서 하는 공부는 얼마간 활기가 있었다. 물론 목사는 신약성서의 변질된 그리스어를 가지고서도 교장 선생이 가르쳐주는 청신한 호메로스의 언어 이상으로 매력과 감동을 느끼게 해주었다. 그러나 결국 호메로스는 호메로스였다. 최초의 장애를 넘어서자 바로 그 뒤에 뜻하지 않은 기쁨이 튀어나와 걷잡을 수 없는 힘으로 유혹해나갔다.

한스는 가끔 신비롭고 아름다우며 난해한 시구를 앞에 두고 벅찬 초조와 긴장에 몸을 떨었다. 안타까운 마음으로 사전을 들면 고요하고 환한 꽃밭을 열어주는 열쇠를 발견할 수가 있었다.

어느새 숙제가 많아졌다. 한 문제에 매달려 저녁 늦게까지 책상 앞에 앉아 있는 것도 이제는 별로 이상한 일이 아니었다. 아버지는 이 열성을 만족스럽게 지켜봤다. 그의 우둔한 머릿속에는 존경심을 가지고 우러러보고 싶은, 자기의 줄기에서 뻗어나간 한 가지가 높이 자라는 것을 보고 싶은, 어리석고 평범한 인간들이 가지는 이상이 자리 잡고 있었다.

방학이 마지막 주로 접어들자 교장 선생과 목사는 눈에 띌 정도로 부드럽게 대하며 염려해주는 태도를 보였다. 두 사람은 공부를 쉬고 한스를 산책 내보내는가 하면, 원기를 회복하여 기운차게 새로운 행로에 발을 들여놓는 것이 얼마나 중요한가를 역설했다.

한스는 두세 번 낚시하러 갔다. 그러나 두통을 느껴 강둑에 가만히 앉아 있기만 했다. 푸르른 초가을의 하늘이 강물 위에 떠 있었다. 예전에 여름방학을 그토록 설레며 기다렸던 것이 이상할 정도였다. 지금은 오히려 여름방학이 끝나서 개학을 하고 신학교에 다니는 것이 더 즐거울 것 같았다. 물고기 따위는 아무래도 좋았고, 거의 잡히지도 않았다. 아버지에게 그 일로 한번 놀림을 받고 나서 한스는 낚시를 그만두고 낚싯줄을 2층 다락방 상자 속에 집어넣었다.

마지막 며칠이 남았을 때 한스는 비로소 벌써 몇 주째 구두장이 플라크 아저씨네 집에 들르지 않았다는 생각이 퍼뜩 떠올랐다. 지금 당장 방문하기에는 마음의 준비가 되어 있지 않았다. 저녁때가 되었다. 플라크 씨는 어린아이 둘을 무릎에 각각 앉히고는 안방 창가에 앉아 있었다. 문이 열려 있었어도 가죽 냄새와 구두약 냄새가 온 집 안에 풍기고 있었다. 한스는 머뭇거리며 아저씨의 딱딱하고 넓은 오른손 위에 자기 손을 얹었다.

"요새 어떠니?"

아저씨가 물었다.

"목사님 댁에서 하는 공부가 재미있니?"

"네, 매일 거기 가서 공부해요."

"대체 뭘?"

"주로 그리스어를 공부했고 그 밖에도 여러 가지가 많아요."

"그래서 우리 집에 올 마음이 내키지 않았던 게로구나."

"오고 싶었어요, 플라크 아저씨! 그렇지만 생각처럼 되지 않았어요. 목사님 댁에서 매일 한 시간, 교장 선생님 댁에서 매일 두 시간 그리고 수학 선생님 댁엔 일주일에 네 번이나 가야 했거든요."

"지금 방학인데도? 너무한 것 같구나!"

"전 몰라요. 선생님들이 그렇게 하랬어요. 게다가 전 공부가 싫지 않으니까요."

"그건 그렇겠지."

플라크 씨가 한스의 팔을 잡고 계속 이야기했다.

"공부도 좋지만 이 팔은 어떻게 된 거냐? 이봐, 얼마나 힘이 없니. 얼굴도 아주 핼쑥해졌다. 지금도 두통이 나니?"

"가끔 나요."

"바보 같은 소리다, 한스야! 이건 죄악이야. 너 같은 나이에는 밖에 나가서 충분히 운동하고 충분히 휴식하지 않으면 안 된다. 무엇을 위한 방학이냐? 방 안에 틀어박혀 공부하기 위한 방학이냐? 정말 너무 야위었구나!"

한스는 웃었다.

"물론 너야 무던하겠지. 그래도 이건 좀 너무하는구나. 목사님 댁에서 하는 공부는 어때? 무슨 말을 하더냐?"

"말씀을 많이 하셨지만 나쁜 말씀은 하시지 않았어요. 목사님은 굉장히 많이 알고 계시던데요."

"성서를 모독하지 않더냐?"

"아뇨, 한 번도 없었어요."

"다행이구나. 그래도 이 말만은 해주마. 영혼을 더럽히는 것보다는 육체를 열 번 더럽히는 것이 더 나아! 너는 이다음에 목사가 되고 싶어 하지만 그것은 힘들고 어려운 일이야. 그래서 너희들 같은 젊은이들이 필요한 것이다. 아마 너는 틀림없는 적임자로 언젠가는 영혼의 구원자이자 교목자가 될 거다. 나는 그것을 진심으로 원하고 그것을 위해 기도드리겠다."

그는 일어서서 두 손을 힘 있게 소년의 어깨에 얹었다.

"잘 가거라, 한스야! 바른길을 벗어나지 않도록 주님이 너를 축복하고 보호해주시기를, 아멘!"

그 엄숙한 기도와 표준말이 소년의 마음을 아프게 죄었다. 목사는 헤어질 때 그렇게 하지 않았다.

입학 준비와 작별 인사로 며칠이 숨가쁘게 지나갔다. 이불, 옷, 내의 그리고 책들을 챙긴 상자는 벌써 부쳤고 여행 가방도 싸놓았다. 어느 시원한 아침에 아버지와 아들은 마울브론으로 떠났다. 아버지의 집과 고향을 떠나 낯선 학교로 들어가는 것은 아무래도 이상하고 마음이 무거워지는 일이었다.

3

주의 서북쪽 끝, 숲이 우거진 언덕과 조그맣고 고요한 호수 몇 개 사이에 시토 교단에 소속된 마울브론 수도원이 있었다. 낡았지만 넓고 아름다운 건물이 잘 보존되어 안팎이 훌륭했기 때문에 누구나 살아보고 싶다는 마음을 불러일으켰다. 건물은 몇백 년 동안 터전이 잡혀 아름다웠고, 푸른 숲에 둘러싸인 주위와 고상하게 조화를 이루었다.

수도원을 방문하는 사람들은 높은 벽 사이에 걸려 있는 그림 같은 문을 지나 정적에 싸인 넓은 마당으로 들어갔다. 거기에는 분수가 물을 뿜고 고목들이 엄숙하게 서 있었다. 또 양쪽에는 낡고 단단한 석조 건물이 자리했다. 안에는 대사원의 정면이 보이고, 후기 로마네스크식 현관은 비교할 수 없이 장엄했다. 사람의 마음을 끄는 아름다움을 지니고 있어서 파라다이스라고도 불렸다. 대사원의 당당한 지붕 위에는 바늘같이 뾰족뾰족한 조그만 철탑이 우스꽝스럽게 세워져 있었다. 왜 거기다 종을 매달았는지 알 수 없었다. 잘 보존된 회랑은 그 자체로 아름답지만 훌륭한 분수가 딸린 예배당은 주옥과 같았다. 성직자들의 식당은 고상한 십자형 아치가 힘 있게 천장을 장식하고 있는 훌륭한 방이었다. 기도실, 담화실, 평신도 회당, 수도원장 저택 그리고 교회당 두 채가 마주 서 있었다. 그림 같은 벽, 들창, 문, 작은 뜰, 물레방아, 주택들이 묵직하고 낡은 건축물을 보기 좋고 명랑하게 장식했다.

넓은 앞뜰은 정적에 싸여 텅 비어 있고, 졸음 속에서 나무들이 그늘을 희롱했다. 점심 식사 후 한 시간 동안은 활기를 띠었다. 그 시각이 되면 한 무리의 학생들이 수도원에서 쏟아져 나왔다. 넓은 뜰에 흩어진 학생들 때문에 사람들의 움직임과 떠드는 소리, 웃음소리가 잇따라 일어났다. 공차기를 하는 학생도 있었다. 그 시간이 지나면 순식간에 벽 속으로 사라져버려 사람 그림자 하나 보이지 않았다. 이 뜰이야말로 생활과 기쁨을 만끽하기에 적당한 장소였다. 여기야말로 생명이 있으며 축복을 가져오게 하는 것이 성장하고 있었다. 여기야말로 성숙하고 선량한 사람들이 즐겁게 사색하고, 아름답고 명랑한 작품을 만들어내는 곳이 틀림없다고 생각한 사람들이 적지 않으리라.

정부는 오래전부터 언덕과 숲에 감춰져 속세를 떠난 듯한 이 훌륭한 수도원을 프로테스탄트 신학교 학생들에게 내주었다. 아름답고 고요한 환경을 쉽게 감동하는 젊은 마음들에게 제공해주기 위해서였다. 여기에 있으면 젊은 학생들은 마음을 어지럽히는 도시와 가정의 영향에서 벗어나 유해한 환경에 노출되지 않도록 보호를 받았다. 그리하여 젊은이들은 몇 년간 히브리어와 그리스어 연구를 다른 참고 과목과 함께 아주 성실하게 생활의 목표로 삼고, 젊은 영혼의 갈망을 순수하고 이상적인 학문에 집중시켰다. 기숙사 생활도 자아 교육을 촉진하고, 단체 생활의 정서를 길러주는 중요한 요소가 된다. 신학교 학생들은 국비로 생활하고 공부한다. 그 대신 정부는 학생들이 특별한 정신을 갖도록 애쓰고 있다. 그 정신 때문에 나중에라도 그들이 신학교 학생이었다는 것을 알게 된다. 그것은 일종의 교묘하고 확실한 표지였다. 가끔 수도원을 탈출하는 거친 녀석들을 제외하면 슈바벤 신학교 학생은 한평생 그 면모를 확실히 간직하게 되는 것이다.

수도원 신학교에 입학할 때 어머니가 생존해 있는 학생이라면 그 날을 감사하는 마음과 웃음 띤 감격으로 한평생 잊지 못한다. 한스 기벤라트는 그와 같은 경우가 아니었으므로 감동 없이 그 순간을 넘겨버렸으나 다른 많은 어머니를 바라보며 특별한 인상을 받았다.

큰 침실이라고 불리는, 벽장이 딸린 넓은 복도에 상자와 바구니가 흩어져 있었다. 양친이 데리고 온 소년들은 아기자기한 물건들을 풀기도 하고, 고유번호가 붙은 벽장과 공부방에서 쓸 책꽂이를 배급받기도 했다. 소년들과 그 부모들은 마룻바닥에 구부리고 앉아서 짐을 풀었다. 그 사이를 조교가 영주처럼 걸어다니면서 때때로 친절한 충고를 해주었다. 모두가 짐을 풀어 옷과 내의를 접어놓고, 책을 쌓아올리고, 신발과 실내화를 나란히 줄지어놓았다. 준비물은 거의가 비슷했다. 가지고 와야 할 내의 등과 학생 신분에 필요한 물품이 미리 지정되어 있었다. 이름을 새긴 양은 세숫대야도 나왔다. 이 세숫대야는 해면이나 비누곽, 칫솔 같은 것과 함께 화장실에 정돈해두었다. 그리고 각자 램프와 석유통 그리고 한 사람분의 식기를 가지고 왔다.

소년들은 모두 대단히 분주하고 약간 들떠 있었다. 아버지들은 웃음을 띤 채 도와주기도 하고 몇 번씩 회중시계를 들여다봤는데, 상당히 피곤한 기색으로 몇 번이나 돌아가려고도 했다. 그러나 일의 중심에 언제나 어머니들이 있었다. 옷이나 내의를 하나씩 들어 주름을 펴기도 하고, 허리띠를 바로잡고, 세심하게 살펴서 될 수 있으면 깨끗하고 쓸모 있게 옷장 안에 나누어 넣었다. 훈계와 주의, 애정이 그것과 함께 흘러 들어갔다.

"새 내의는 특별히 아껴야 한다. 3마르크 50페니히나 주고 샀으니까."

"빨랫감은 다달이 기차 편에 부치거라. 급할 때는 우편으로 보내고. 까만 모자는 일요일에만 써야 한다."

뚱뚱하고 인자하게 생긴 어머니가 높은 상자 위에 앉아서 아들에게 단추 다는 법을 가르쳐주고 있었다.

"집이 그리우면 언제든 편지를 보내렴. 크리스마스까지 얼마 남지 않았으니까."

예쁘장하고 젊은 부인이 가득 채운 아들의 옷장을 가리키며 하의와 상의를 사랑스러운 손길로 만지작거리고 있었다. 그러고는 어깨가 넓고 뺨이 토실토실한 아들을 어루만지기 시작했다. 아들은 부끄러워 어찌할 바를 몰라 웃으면서 어머니의 손을 뿌리치고, 남들이 어리광을 부린다고 할까 봐 두 손을 바지 주머니에 집어넣었다. 이별은 아들보다도 그 어머니에게 더 괴로운 일인 듯했다.

다른 소년들은 이와 반대였다. 그들은 분주한 어머니들을 맥없이, 멍청하게 쳐다보며 무엇보다도 함께 집으로 되돌아가고 싶은 모양이었다. 어느 아이를 보아도 이별의 두려움과 북받쳐오르는 애정과 그리움이, 구경하는 사람들에게 부끄럽지 않고 품위를 잃지 않으려는 사나이다운 자존심과 맹렬히 싸우고 있었다. 사실은 소리 높여 통곡하고 싶은 심정인 소년들 가운데는 일부러 아무렇지도 않다는 듯이 표정을 억지로 꾸미는 경우도 있었다. 그 어머니들은 그런 아들을 보며 웃곤 했다. 거의 모든 소년이 상자 안에서 필수품 외에 조그만 자루에 든 사과라든가 통조림 또는 비스킷이 든 조그만 바구니 등 약간 사치스러운 기호품들을 꺼냈다. 스케이트를 가지고 온 학생도 많았다. 교활한 표정의 조그만 소년은 햄을 가지고 와서 그것을 좀처럼 감추려고 하지 않아 많은 사람의 시선을 끌었다.

어떤 아이가 집에서 바로 왔는가, 어떤 아이가 다른 학교나 기숙사에 있었던가 하는 것을 쉽사리 구별할 수 있었다. 그러나 후자의 학생들에게서도 흥분과 긴장을 엿볼 수 있었다.

기벤라트 씨는 아들이 짐을 푸는 것을 요령과 맵시를 부려가며 도와주었다. 그리고 다른 사람들보다 정리를 빨리 끝마치고 한스와 함께 지루하게 큰 침실에 잠깐 동안 서 있었다. 어디를 보나 가르치고 훈계하는 아버지들, 위로와 함께 주의를 주는 어머니들, 담담하게 듣고 있는 아들들이 눈에 띄었다. 기벤라트 씨도 한스에게 명언을 들려주는 것이 당연하다고 생각했다. 그는 오랫동안 머리를 짜내며 말없이 서 있는 아들 옆을 번민에 사로잡힌 채 천천히 걸었다. 그러고는 별안간 장중한 문구로 된 명언을 쏟아내기 시작했다. 한스는 놀라워하며 조용히 듣고 있었다. 목사가 옆에 서서 아버지의 설교가 재미있다는 듯이 웃음을 띠고 바라봤다. 한스는 그만 부끄러워져서 아버지를 옆으로 끌어당겼다.

"자, 그러면 집안의 명예를 높일 수 있겠지? 그리고 어른들 말씀을 잘 들을 수 있겠지?"

"네, 아무렴요."

아버지는 말을 마치고 안도의 숨을 내쉬었다.

한스도 입을 다물었다. 가슴 두근거리는 호기심에 창 너머로 조용한 회랑을 내려다보니 그 고풍스러운 기품과 평온함이 시끌벅적한 위층의 젊은 분위기와 묘하게 대조를 이루고 있었다. 그는 바쁜 소년들을 수줍은 듯이 쳐다봤다. 그중에 안면 있는 학생은 하나도 없었다. 슈투트가르트에서 알게 된 괴핑겐 출신의 수험생은 라틴어 전문가였지만 시험에 떨어졌는지 보이지 않았다. 한스는 그것을 마음에 두지 않고 장래의 동급생들을 바라봤다.

소년들의 준비물은 그 종류와 수가 비슷했으나 그래도 도회지 아이들의 것과 농촌 아이들의 것, 유복한 가정과 가난한 집안의 물건을 쉽사리 구별할 수 있었다. 물론 돈 많은 부잣집 아이들이 이 신학교에 오는 일은 매우 드물었다. 양친의 자부심 또는 더 깊은 이유가 따르는 경우도 있었지만 아이들의 재능에 따를 때도 있었다. 그러나 교수나 비교적 높은 직위에 있는 관리들이 자신의 수도원 시절을 잊지 못해 자기 아이들을 마울브론으로 보내는 경우도 적지 않았다. 그래서 40명의 소년들이 입고 있는 까만 웃옷의 천과 재단에서도 여러 가지 차이를 발견할 수 있었다. 그 이상으로 소년들은 버릇이나 사투리나 태도 전반이 서로 달랐다. 손발이 거칠고 깡마른 슈바르츠발트 출신과 옅은 금발에 입이 큰 다혈질적인 고지대 출신, 거친 데 없이 명랑하고 활동적인 저지대 출신, 끝이 뾰족한 신발을 신고 세련된 모습을 보이지만 사투리를 쓰는 맵시 있는 슈투트가르트 출신도 있었다.

한창 젊은 이 학생들의 약 5분의 1이 안경을 쓰고 있었다. 슈투트가르트 출신으로 보이는 몸이 아주 약한 소년 하나는 우아하다 해도 좋을 만한 어머니 품속에서 자란 듯이 보였다. 그 소년은 엄숙한 모양의 펠트 모자를 쓰고 점잖게 졸고 있었다. 그 남다른 액세서리가 첫날부터 짓궂은 친구들에게 훗날의 조소와 시빗거리를 제공했다는 사실을 그 소년은 생각지도 못하고 있었다. 예리한 눈을 가진 사람이라면 부끄러움으로 상기된 이 한 무리의 소년들이 주(州)의 소년들 가운데서 선발된 대단한 인재들이라는 걸 인정할 수 있으리라. 주입식 교육을 받아왔음을 금방 알아차릴 수 있는 소년들과 비범하고 슬기로운 소년들, 반발이 심하고 개성이 강한 소년들도 적지 않았다. 그들의 미끈한 이마 뒤에는 더 높은 삶에 대한 바람이 꿈속을 헤매고 있는 것 같았다.

그들 중 하나나 둘은 교활하고 빈틈없는 슈바벤 형(形)의 두뇌도 섞여 있었을 것이다. 이런 유형의 두뇌들은 시간이 흘러갈수록 때때로 커다란 세계의 한복판으로 들어가, 다소간 메마르고 완고한 사상을 새롭고 강력한 체계의 중심으로 만들었다. 왜냐하면 슈바벤이란 고장은 교양 있는 신학자를 세상에 내보낼 뿐만 아니라 전통적으로 철학적 사색의 능력이 있다는 것을 자랑으로 삼았기 때문이다. 실제로 지금까지 철학적 사색으로 명망이 높은 예언자 혹은 이단적인 학설을 주장하는 자를 낳았다. 이와 같이 이 풍요로운 주는 정치적 전통은 훨씬 뒤떨어졌으나 적어도 신학과 철학이라는 정신적인 영역에서는 여전히 확고하고 커다란 영향력을 발휘하고 있었다. 이곳 사람들에게는 옛날부터 아름다운 형식과 몽상적인 시를 즐기는 마음이 깃들어 있었다. 그 덕분에 때때로 걸출한 시인을 배출하기도 했다. 그러나 요즘은 신인도 그다지 귀하게 여기지 않는다.

마울브론 신학교의 시설과 관습을 표면적으로 본다면 슈바벤다운 것은 아무것도 느낄 수가 없었다. 오히려 수도원 시대부터 남아 있는 라틴어 명칭과 함께 여러 가지 고전적인 이름이 새로 추가되었다. 학생들이 배정받은 방은 각각 포럼, 헬라스, 아테네, 스파르타, 아크로폴리스라고 불렀다. 제일 작은 맨 끝방이 게르마니아라고 불린 것은 가능한 한 게르만적인 로마와 그리스에 대한 환상을 심어주려는 의도인 듯했다. 그러나 그것도 표면적인 것에 지나지 않았다. 실제로는 히브리어로 된 이름이 더 어울릴 것 같았다. 그래서 우연인지는 모르지만 아테네 방에는 도량이 넓고 웅변적인 학생보다 보기 드물게 고루한 느림뱅이 학생 몇몇이 배정되었다. 스파르타 방에는 군인의 기질을 가진 학생이나 금욕가가 아니라 인원수는 적지만 명랑하고 쾌활한 학생들이 들어가게 되었다. 한스 기벤라트는 아홉 명의 소년들과 함께 헬라스 방에 배정되었다.

그날 저녁, 처음으로 아홉 명의 소년들과 함께 시원하고 텅 빈 방 안에 들어가 조그만 침대에 드러누웠을 때 한스는 말로 표현할 수 없는 기분을 느꼈다. 천장에는 커다란 석유 램프가 걸려 있었고 그 빨간 불빛 속에서 모두 옷을 벗었다. 램프는 10시 15분에 조교가 와서 껐다. 침대 사이에는 아침 종을 치는 끈이 늘어져 있었다. 몇몇 소년은 벌써 서로 낯이 익어서 어색해하면서도 몇 마디 이야기를 주고받았으나 그것도 잠시였다. 다른 아이들은 서먹서먹한 사이여서 약간씩 긴장한 기분으로 몸부림 한번 치지 않고 눈을 감고 있었다. 잠이 든 아이들은 깊은 숨소리를 냈으나 자면서 팔을 움직이는 바람에 린넨 홑이불이 버석버석 소리를 냈다. 눈을 뜨고 있는 사람은 아무 말도 없이 누워 있었다.

한스는 오랫동안 잠들 수가 없었다. 옆에 누운 학생들의 숨소리에 귀를 기울이고 있는데 잠시 후 하나 건너 옆 침대에서 이상하게도 불안한 소리가 들려왔다. 거기에 누워 있는 소년이 홑이불을 뒤집어쓰고 울고 있었다. 멀리서 울려오는 듯한 가벼운 흐느낌이 한스의 마음을 이상하게 흥분시켰다. 그 자신은 향수를 느끼지 않았으나 그래도 고향의 고요하고 작은 방이 그리웠다. 게다가 새로운 미래에 대한 불안감과 동료들에 대한 소심한 공포가 부가되어 다가왔다. 밤이 깊어서까지 눈을 뜨고 있는 사람은 아무도 없었다. 알록달록한 베갯잇에 뺨을 비비며 소년들은 줄줄이 잠들었다. 슬픔에 잠긴 아이도, 겁 많은 아이도 다 같이 달콤하고 깊은 휴식의 포로가 되어 만사를 잊어버렸다.

낡고 뾰족한 지붕과 탑과 들창, 고딕식 첨탑과 외벽, 뾰족한 아치 모양의 회랑 위에 파란 초생달이 떠오르고 있었다. 달빛은 처마와 문지방 위에 진을 치고, 고딕식 창문과 로마네스크식 대문 위에 교교히 번져 회랑 분수의 커다랗고 우아한 수반 속에서 엷은 금빛으로 떨고 있었다. 누르스름한 달빛 서너 줄기와 빛의 반점이 세 개의 창문을 뚫고 헬라스 방에 스며들었다. 그리고 그 옛날 수도자들의 꿈을 지켰던 것과 같이 잠자는 소년들의 꿈을 정답게 지켜주고 있었다.

그다음 날 기도실에서 입학식이 엄숙하게 거행되었다. 선생들은 예복을 입고 서 있었다. 교장 선생이 식사를 낭독했다. 학생들은 의자에 앉아 감개무량한 듯 허리를 굽히고 있었다. 때때로 뒤에 앉은 부모를 곁눈질하기도 했다. 어머니들은 생각에 잠겨 웃음 띤 얼굴로 아들들을 바라봤고, 아버지들은 똑바로 앉아 교장의 말에 귀 기울이며 엄숙하고 단호한 태도를 유지하고 있었다. 자부심과 우쭐한 마음, 아름다운 희망에 그들은 가슴이 부풀어 있었다. 자기 아들을 금전적인 이익과 바꿔 나라에 팔아버렸다고 생각하는 사람은 한 명도 없었다. 마지막으로 학생들은 한 명씩 호명되어 앞으로 나가 교장 선생에게 맹세의 악수로 영접을 받으며 의무를 짊어지게 되었다. 이리하여 그들은 잘못을 저지르지 않는 한 평생 동안 국가의 보호를 받으며 직업을 제공받게 된다. 아마도 이 과정이 순조로울 거라고 생각한 학생은 아버지들과 마찬가지로 한 사람도 없었을 것이다.

부모에게 이별을 고해야만 하는 순간에는 더욱 엄숙하고 뼈저린 감동을 느꼈다. 부모들은 더러는 걸어서, 더러는 우편마차로, 더러는 급히 주선한 여러 가지 탈것을 이용하여 남겨진 아이들의 시야에서 멀어져갔다. 부드러운 9월의 바람에 손수건이 오랫동안 나부꼈다. 드디어 떠나가는 사람들이 숲속으로 사라졌다. 아들들은 고요히 명상에 잠긴 채 수도원으로 돌아왔다.

"자, 부모님들이 모두 떠나셨구나."

조교가 말했다.

그러고 난 후 각 방에 배정된 학생들끼리 서로 얼굴을 익히고 자연스럽게 친구가 되었다. 잉크병에는 잉크, 램프에는 석유를 각각 넣고 책과 노트를 정리해서 새 방을 살기 좋게 꾸미려고 애썼다.

서로 호기심을 가지고 쳐다보며 말을 하기 시작했고, 고향이나 모교에 대해 묻고, 진땀을 뺀 입학시험을 생각해냈다. 책상 가에 이야기꾼 무리가 생기고 여기저기서 젊음이 넘치는 맑은 웃음소리가 들렸다. 저녁때가 되자 한방 학생들끼리는 항해가 끝난 뒤의 선객들보다도 훨씬 더 친한 사이가 된 것 같았다.

한스와 같이 헬라스 방에서 지내게 된 소년들 아홉 명 가운데 네 명은 개성 있는 인물이었고, 나머지는 보통을 좀 넘는 수준이었다. 우선 슈투트가르트 대학교수의 아들 오토 하르트너는 타고난 재주가 있고 침착하고 주관이 뚜렷했으며, 태도도 나무랄 데가 없었다. 그뿐 아니라 어깨가 넓고 풍채가 좋았으며 옷차림도 단정했다. 든든하고 믿음직한 거동으로 친구들의 관심을 모았다.

그다음, 고지대의 보잘것없는 촌장의 아들인 카를 하멜이란 학생이 있었다. 이 소년을 이해하는 데에는 얼마간 시간이 필요했다. 왜냐하면 말이 모순투성이인 데다가 자기만의 세계에 틀어박혀 좀처럼 타협하지 않았기 때문이다. 때로는 거칠게 날뛰지만 그것도 오래가지 않고 이내 잠잠해졌다. 그래서 그가 조용한 관찰자인지 음흉한 위선자인지 도저히 짐작할 수 없었다.

슈바르츠발트의 좋은 집안 아들인 헤르만 하일러는 그렇게까지 복잡하지는 않았지만 눈에 띄는 인물이었다. 그가 시인이고 문예에 뛰어나다는 것은 첫날부터 알 수 있었다. 그가 주 시험에서 작문을 육각운(六脚韻)으로 지었다는 소문까지 돌았다. 그는 말도 많고 말할 때도 활기가 넘쳤다. 또 아름다운 바이올린을 가지고 있었다. 감상적인 기질과 자유분방함이 미성숙한 채로 뒤섞여 있었으나 그것을 겉으로 드러내는 것 같지는 않았다. 그러나 눈에 띄지는 않지만 더 깊은 무엇을 가슴속에 감추고 있었다. 그는 몸과 마음이 실제 나이보다 성숙했고 벌써 자산의 궤도를 모색하고 있었다.

헬라스 방에서 가장 변덕스러운 학생은 에밀 루치우스였다. 엷은 금발의 음흉한 이 소년은 늙은 농부와도 같이 끈질기고 부지런했다. 몸은 바짝 마르고 몸짓이나 얼굴 생김새에서 소년다운 인상은 전혀 찾아볼 수 없었다. 오히려 이제는 어떻게 해도 바꿀 수 없을 만큼 틀이 잡힌 모습을 하고 있었다. 그는 여러 가지 면에서 어른 같은 티를 냈다. 다른 아이들이 첫날부터 지루해져서 이야기도 하고 이곳 생활에 익숙해지려 하고 있을 때, 그는 침착하게 문법책을 꺼내놓고 엄지손가락을 두 귓구멍에 쑤셔넣은 채 마치 잃어버린 세월을 되찾으려는 것처럼 공부만 했다.

이 조용한 변덕쟁이의 꼬리를 하나씩 하나씩 잡아보니 그는 꾀가 많은 구두쇠이자 이기주의자라는 것이 밝혀졌다. 그는 빈틈없는 악덕을 통해 일종의 존경심, 적어도 관용으로써 이익을 얻는 방법을 알고 있었다. 그의 술책은 차츰 친구들 사이에 알려져서 경탄의 대상이 되었다. 최초의 사건은 아침 기상 시간에 일어났다. 루치우스는 화장실에 맨 먼저 가거나 맨 마지막에 나타나서 다른 사람의 수건을 사용했다. 가능하면 비누도 딴 사람 것을 쓰고 제 것을 아꼈다. 그래서 그의 수건은 항상 2주 혹은 그 이상을 견뎠다. 원래 수건은 일주일마다 바꿔야 했다. 매주 월요일 오전에 조교가 수건을 검사했다. 루치우스는 월요일 아침 새 수건을 제 번호의 못에 걸어놓았다가 점심 시간이면 깨끗하게 접어서 상자 속에 도로 집어넣고 헌 수건을 그 자리에 걸었다. 그의 비누는 딱딱하여 거의 거품이 나지 않았다. 그 대신 몇 달이든 쓸 수 있었다.

그렇다고 해서 허술한 모습을 보이지도 않았다. 언제나 말쑥한 옷차림에 엷은 금발을 잘 빗어서 곱게 가르마를 탔다. 내의나 겉옷도 될 수 있는 대로 아껴 입었다. 또 화장실을 나와 곧장 아침 식사를 하러 가기도 했다. 아침 식사로 나오는 것은 커피 한 잔과 사탕 한 개, 빵 한 개였다. 소년들은 대부분 그것만으로 배를 채울 수 없었다. 젊은 사람들은 여덟 시간을 자고 나면 배가 고파오는 게 보통이다. 그러나 루치우스는 그것으로 만족하고 매일 사탕 한 개씩을 먹지 않고 아껴두었다가 사탕 두 개에 1페니히, 사탕 스물다섯 개에 노트 한 권, 이런 식으로 구매자를 찾곤 했다. 밤에는 비싼 석유를 절약하기 위해 다른 사람의 램프 불빛으로 공부했다. 집안이 가난한 것도 아니요, 오히려 부유한 환경에서 태어난 소년이었다. 원래 아주 가난한 집안 아이들은 돈을 쓰는 법이라든지 절약이라는 걸 아예 모르는 게 보통이다. 언제나 가지고 있는 돈을 다 써버리고 저축이라는 것을 도무지 모른다.

그러나 에밀 루치우스는 그런 방법으로 물건을 소유하고 얻을 수 있는 것은 뭐든지 손을 벌렸다. 그뿐만 아니라 정신적인 영역에서도 될 수 있는 한 이득을 보려고 했다. 그는 아주 영리했으므로 정신적 소유라는 것은 모두가 상대적인 가치를 지니고 있다는 것을 결코 잊지 않았다. 그래서 미리 공부해두면 다음 시험에서 효과를 볼 수 있는 과목만을 골라서 공부하고, 다른 과목은 욕심내지 않고 중간 정도의 성적으로 만족했다. 배우는 것과 하는 일에서 언제나 동급생의 성적을 척도로 삼았다. 두 배의 지식으로 2등이 되기보다는 절반의 지식으로 1등이 되는 것을 원했다.

저녁에 친구들이 여러 가지 놀이 또는 독서에 몰두하고 있을 때

그만은 조용히 시험 공부에 열중하는 모습을 볼 수 있었다. 다른 학생들이 시끄럽게 떠드는 것도 그에게는 아무 문제가 아니었다. 오히려 때때로 시기심 없는 만족스러운 눈빛으로 떠들고 있는 반 친구들을 쳐다볼 뿐이었다. 만일 다른 친구들도 공부를 하고 있었더라면 그의 수고는 빛을 보지 못했을 테니까. 어쨌든 그는 부지런한 노력가였기 때문에 이런 여러 가지 교활한 꾀를 나쁘게 생각하는 사람은 없었다.

그러나 그도 지나친 욕심 때문에 얼마 되지 않아서 바보 같은 행동을 하고 말았다. 수도원의 강의는 전부 무료로 진행되는데 그는 이것을 이용해서 바이올린 수업을 받아볼 생각을 하게 되었다. 기초 지식이 있는 것도 아니고 타고난 재주가 있는 것도 아니었다. 그는 바이올린도 라틴어나 수학과 마찬가지로 결국에는 배울 수 있다고 생각했다. 음악이라는 것은 나중에 가서도 쓰일 때가 있고, 사람들에게 감동과 즐거움을 안겨줄 수 있다고 들었다. 게다가 학교 바이올린을 쓸 수 있으니 어쨌든 돈이 들지 않는 일이었다.

음악 선생 하스는 루치우스가 와서 바이올린을 배우고 싶다고 했을 때 화가 머리끝까지 치밀었다. 왜냐하면 그는 음악 시간 이후로 루치우스를 알고 있었기 때문이었다. 음악 시간에 루치우스의 노래는 동급생들을 매우 기쁘게 해주었지만, 교사인 그에겐 깊은 절망을 안겨주었다. 그는 루치우스를 단념시키려고 애썼다. 그러나 그 점에선 선생이 잘못 보고 있었다. 루치우스는 점잖고 겸손하게 웃음을 띠고 재학생의 권리를 방패 삼아 음악에 대한 욕망을 억누를 수 없다고 설명했다. 그리하여 연습용 바이올린 중 제일 나쁜 것을 빌려서 일주일에 두 번씩 교습을 받고 매일 30분씩 연습하게 되었다.

첫 번째 연습이 끝나자 친구들이 그 견딜 수 없는 신음 소리를 제발 내지 말아달라고 부탁했다. 그때부터 루치우스는 온 수도원이 시끄럽게 바이올린을 켜대면서 연습할 수 있는 조용한 구석자리를 찾아다녔다. 거기서 또 직직거리며 묘한 소리를 내 주변 사람을 괴롭혔다. 시인 하일러의 말을 빌리면, 괴롭힘을 당한 낡은 바이올린이 벌레 먹은 구멍에서 일제히 절망적인 비명을 올리며 용서해달라고 애원하는 것 같았다. 루치우스가 조금도 발전이 없어 골치를 앓고 있던 선생은 화가 나서 무관심하게 내버려두었다. 루치우스는 더욱더 자포자기하여 연습했다. 이때까지 자신만만한 구멍가게 주인 같은 그의 얼굴에도 보기 싫은 주름이 잡혔다.

드디어 선생이 전혀 가능성이 없다고 선언하며 수업을 거부했다. 루치우스는 무엇이든지 배우려고 혈안이 되어 헤매더니 이번에는 피아노를 택했다. 그러나 이것도 몇 달 고생한 보람도 없이 결국에는 풀이 죽어 점잖게 포기하고 말았다. 나중에 음악에 관한 이야기가 나오면 자기도 예전에 피아노와 바이올린을 배웠는데 안타깝게도 사정이 생기는 바람에 그 아름다운 예술에서 차차 멀어졌다고 말하곤 했다.

이리하여 헬라스 방은 기묘한 룸메이트 때문에 흥겨울 때가 많았다. 시인 하일러도 가끔 우스꽝스러운 장면을 연출했다. 카를 하멜은 유머와 풍자에 능숙한 관찰자의 역할을 맡았다. 그는 다른 학생들보다 한 살 위였기 때문에 약간 남다른 데가 있었지만 존경받을 만한 인물은 아니었다. 성질이 변덕스러워 거의 일주일에 한 번씩 싸움을 걸어 자신의 체력을 확인했다. 그럴 때 그는 난폭함의

도를 넘어서 잔인하기까지 했다.

한스 기벤라트는 놀라워하면서도 그것을 방관했고, 선량하고 착한 학생으로서 조용히 제 갈 길을 갔다. 그는 루치우스에 지지 않을 정도로 부지런했다. 그리고 하일러를 제외한 동급생들의 존경을 받았다. 하일러는 천재적인 자유분방함을 내세우며 때때로 한스를 야심가라고 놀렸다.

저녁때 방에서 서로 붙들고 격투를 벌이는 것이 별로 진귀한 일은 아니었다. 급격히 성장해가는 소년들은 곧잘 화해했다. 모두들 애써 어른스러운 티를 내려고 했다. 선생들이 귀에 익지 않은 '자네'라고 부르는 데 걸맞게 학문적인 엄숙함과 점잖은 태도를 보여주려고 애썼다. 그리고 대학에 갓 입학한 신입생이 고등학교 시절을 돌아보는 것처럼, 라틴어 학교 시절을 거만하게 동정심을 갖고 돌아봤다. 그러나 때때로 이 억지스러운 품위를 뚫고 감출 수 없는 개구쟁이 기질이 튀어나와 그 본능적인 권리를 주장하려고 했다. 그럴 때면 독설과 소년들의 전매특허인 욕설이 큰 방 안의 천장을 진동시켰다.

학생들은 공동생활을 시작한 지 몇 주 후에 화학 반응에서 침전물과 비슷하게 변화되어갔다. 이것은 교장과 선생들에게 상당히 교훈적이고 귀중한 경험이었다. 그것은 마치 액체에서 부동하는 증기나 찌꺼기가 뭉쳐지는 것처럼 생각되다가 다시 풀어져서 다른 형태가 되고, 나중에는 몇 가지 고체가 되는 것과 같았다.

최초의 부끄러움을 극복하고 모두가 서로를 잘 알게 되자 파도를 헤치며 서로에 대한 탐색이 시작되었다. 클럽이 생기고 우정과 반감이 뚜렷이 나타났다. 고향 친구나 출신 학교 동창끼리 단결하는 일은 극히 드물고, 대개는 새로 알게 된 친구와 가까워졌다. 도회지 소년들은 농촌 소년들과, 산골 소년들은 저지대 소년들과 감춰진 충동에 따라 다양성과 자신에게 부족한 것들을 찾았다. 젊은 영혼들은 안정되지 못한 기분으로 서로를 찾아 헤맸다. 그들 가운데 평등 의식과 독립을 갈망하는 욕구가 나타났다. 비로소 많은 소년이 어린아이 같은 잠에서 깨어 개성이라는 싹을 틔우기 시작했다. 언어로 표현할 수 없는 우정과 질투의 사소한 장면이 연출되고, 그것이 발전하여 두터운 사이가 되든가 좋은 벗이 되든가 했다. 그렇지 않으면 격렬한 싸움이나 격투가 벌어지기도 했다.

한스는 이러한 움직임에 아무런 관심이 없어 보였다. 카를 하멜이 과격하게 우정을 요구해왔을 때 놀라서 물러섰다. 그런 일이 있은 직후 하멜은 스파르타 방의 아이와 친해졌다. 한스는 혼자 남겨졌다. 강렬한 감정이 우정의 나라를 행복하고 그리운 색채로 물들이며 지평선에 나타났다. 그리고 보이지 않는 힘이 한스를 그곳으로 몰고 갔다. 그러나 일종의 부끄러움이 그를 붙들고 놓지 않았다. 어머니가 없는 엄격한 소년 시절을 보냈기에 애착심이라는 천성이 짓밟히고 만 것이었다. 무엇보다도 표면적으로 그는 열정적인 것에 공포심을 갖고 있었다. 게다가 소년다운 자부심과 결국에는 쓸데없는 공명심까지 겹쳐 있었다.

그는 루치우스와는 달랐다. 그가 목표로 하는 것은 어디까지나 지식이었지만, 루치우스와 마찬가지로 그 역시 공부를 방해하는 것은 모두 다 떨쳐버리려고 애썼다. 그래서 열심히 책을 붙들고 늘어졌다. 그러나 다른 학생들이 우정을 즐기고 있는 것을 볼 때면 시기와 질투심에 견딜 수 없었다. 카를 하멜은 그다지 신통한 친구가 못 되었지만 만일 누구든지 한스를 힘차게 끌어당기려고 애썼다면 기꺼이 따라갔을지도 모를 일이었다. 수줍은 소녀처럼 자기보다 강한 사람이나 용기 있는 사람이 억지로 끌고 가 자신을 행복하게 해주기를 그는 사뭇 기다렸다.

히브리어 수업이 바빠지면서 시간이 대단히 빨리 흘러갔다. 마울브론을 둘러싸고 있는 수많은 작은 호수와 연못들이 퇴색해가는 만추의 하늘과 시들어가는 물푸레나무, 가죽나무, 측백나무, 그리고 기나긴 황혼을 담고 있었다. 아름다운 숲속에서는 초겨울의 고목들이 울부짖기도 하고 환호성을 지르기도 하면서 날뛰었다. 벌써 몇 번이나 무서리가 내렸다.

서정적인 헤르만 하일러는 자신과 같은 성향을 가진 친구를 얻으려다 헛고생만 했다. 지금은 매일 외출 시간에 혼자서 숲속을 헤맸다. 그가 즐겨 찾아간 숲속의 호수는 시들어가는 고목과 갈대가 둘러싸고 있는, 활엽수 잎들에 뒤덮인 우울한 갈색 늪이었다. 애수가 깃든 이 아름다운 숲속의 한 모퉁이가 몽상가 하일러를 강하게 끌어당겼다. 여기서 그는 꿈결처럼 고요한 물 위에 늘어진 나뭇가지를 꺾어 들고 원을 그리거나 레나우의 《갈대의 노래》를 읽었다. 그리고 낮에는 갈대숲에 드러누워 죽음이나 소멸 등 가을을 나타내는 제목들을 생각했다. 그럴 때면 가랑잎 떨어지는 소리나 나뭇가지 속삭이는 소리가 우울하게 화음을 맞춰주었다. 그는 때때로 조그맣고 까만 수첩을 호주머니에서 꺼내 연필로 한 구절씩 적어넣었다.

10월 하순, 어느 흐린 점심 시간이었다. 혼자서 산책하던 한스 기벤라트가 그곳에 이르렀을 때도 하일러는 시를 쓰고 있었다. 그는 소년 시인이 작은 수문의 널빤지 위에 앉아서 수첩을 무릎 위에 놓고 생각에 잠겨 뾰족한 연필을 입에 물고 있는 것을 봤다. 책 한 권이 펼쳐진 채로 옆에 뒹굴고 있었다. 그는 조용히 그에게 다가갔다.

"어이 하일러! 뭐 하는 거니?"

"호메로스를 읽고 있었지. 기벤라트 너는?"

"난 네가 뭘 하는지 벌써 알고 있었어."

"그래?"

"물론이지. 너 시를 쓰고 있었지?"

"그렇게 생각하니?"

"그럼."

"하여간 거기 앉아라!"

기벤라트는 하일러와 나란히 널빤지 위에 앉아서 두 발로 물 위를 차기 시작했다. 여기저기 갈색 잎들이 하나씩 하나씩 차가운 하늘로 조용히 솟았다가는 소리도 없이 짙은 갈색 수면에 떨어지는 것을 바라보고 있었다.

"여긴 음침하구나."

한스가 말했다.

"정말 그래."

두 사람은 반듯하게 드러누웠다. 깊은 가을을 느끼게 해주는 축 늘어진 나뭇가지조차 볼 수 없었다. 그 대신, 고요한 섬 같은 구름이 떠 있는 푸르디푸른 하늘을 볼 수 있었다.

"정말 아름다운 구름이야!"

한스가 그리운 듯이 쳐다보며 말했다.

"그렇구나, 기벤라트."

하일러가 한숨을 쉬었다.

"우리도 저런 구름이 될 수 있다면!"

"왜?"

"그러면 하늘을 달릴 수 있겠지. 숲이나 마을, 국경을 마음대로 넘나들 수도 있고. 아름다운 배처럼. 한스, 너 배를 본 적이 있니?"

"없어. 하일러 넌?"

"있고말고. 넌 그런 건 전혀 모르고 있구나. 미련하게 공부만 할 줄 알지."

"날 바보로 아는 거니?"

"그런 뜻으로 말한 게 아냐."

"난 네가 생각하는 것처럼 바보는 아냐. 그렇지만 배 이야기는 더 해봐!"

그때 하일러가 몸부림을 쳐서 하마터면 물에 빠질 뻔했다. 그는 엎드려 팔꿈치를 세우고 양손으로 턱을 괴었다.

"라인강에서."

그가 말을 계속 이었다.

"방학 때 그런 배를 봤어. 일요일이었는데, 배 위에서 음악 소리가 들렸어. 밤엔 영롱한 등불이 강물에 비치고 있었어. 우린 음악을 좇아서 강을 따라 내려갔지. 모두들 라인의 포도주를 마시고, 소녀들은 흰옷을 입었더라."

한스는 말없이 귀를 기울였다. 눈을 감으면 빨간 불을 밝히고 음악이 흘러나오는 가운데 흰옷을 입은 소녀들을 태우고 여름밤을 달리는 배가 보였다. 하일러가 계속 이야기했다.

"그렇지, 지금과는 아주 딴판이었어. 여기 있는 놈들은 그런 걸 아는 놈이 한 녀석도 없지. 모두가 답답하고 비굴한 놈들뿐이니까. 딴 일은 아무것도 못하고 책만 판다니까. 그러니 히브리어 알파벳보다 고상한 건 하나도 몰라. 너도 그런 부류에서 벗어날 줄 아니?"

한스는 잠자코 있었다. 이 하일러란 친구는 아주 특별한 인간이자 몽상가요, 시인이었다. 한스는 하일러 때문에 몇 번이나 놀란 적이 있었다. 그는 모두가 알고 있듯이 그리 공부만 하는 편은 아니었다. 그런데도 만물박사처럼 멋진 대답을 곧잘 했다. 더욱이 그는 그런 지식을 경멸했다.

그가 조롱 섞인 이야기를 계속했다.

"가령 우리가 호메로스를 읽고 있지만 《오디세이》를 무슨 요리책처럼 읽고 있어. 한 시간에 두 줄을 읽고 한 자 한 자 되씹다가 구역질이 날 때까지 되풀이해. 그러고서는 마지막에 가서 언제나 '제군은 이 시인이 얼마나 미묘한 표현법을 쓰고 있는지 알았을 것이다. 이런 점에서 제군은 시 창작의 비밀을 엿볼 수 있게 된 것이다'라고 말하지. 이건 불변화사나 과거형에 질식하지 않도록 양념을 친 것뿐이라고. 이런 방법이라면 내겐 호메로스 전체도 아무 가치가 없어. 도대체 고대 그리스의 작품이 우리랑 무슨 상관이 있다는 거야? 우리 가운데 누구든 약간 그리스식으로 생활해보려고 시도한다면 금세 추방되고 말 거야. 그런 주제에 우리 방을 헬라스라고 하지 않냐. 정말 우스운 일이야! 왜 쓰레기통이나 노예 감옥, 실크해트*라고 부르지 않지? 고전적인 건 모두 사기야."

---

* 남자가 쓰는 정장용 서양 모자다. 춤이 높고 둥글며 딱딱한 원통 모양이다.

하일러가 공중에 침을 뱉었다.

"너 아까 시를 쓰고 있었지?"

이번에는 한스가 물었다.

"응!"

"뭐에 대해서?"

"이 호수와 가을에 대해서."

"좀 보여줘."

"아냐, 아직 마무리하지 않았어."

"그럼 마무리하면."

"응, 나중에 보여줄게."

두 사람은 일어서서 천천히 수도원으로 향했다.

"저것 봐! 넌 저 아름다움을 주의 깊게 본 적 있니?"

두 사람이 파라다이스 옆을 지날 때 하일러가 물었다.

"홀, 아치형 창문, 회당, 식당, 고딕식과 로마네스크식, 이 모든 풍부하고 정교한 건축물이 예술가들의 손끝에서 탄생했어. 하지만 이런 매력이 무슨 소용이 있겠어. 목사가 되려는 불쌍한 소년들 서른여섯 명을 위해 존재할 뿐이지. 나라에 돈이 넉넉한 모양이야."

한스는 오후에 줄곧 하일러를 생각하지 않을 수 없었다. 무슨 인간이 그럴 수가 있을까. 한스가 알고 있는 걱정이나 소망 같은 것이 하일러에게는 도무지 존재하지 않는 듯했다. 그는 자신의 생각과 언어로 더 열정적이고 자유로운 생활을 하고 있었다. 하지만 번뇌에 시달리며 자기 주변 전체를 멸시하고 있는 것 같았다. 그는 낡은 기둥이나 벽의 아름다움을 이해하고 있었다. 또 자신의 영혼을 한 편의 시에 반영시키고, 공상의 힘으로 비현실적이고 독특한 생활을 만들어내는 신비롭고 교묘한 술책을 쓰고 있었다. 그리고 활동적이고 자유로워 한스가 1년 걸려야 할 수 있는 농담을 매일같이 지껄여댔다. 동시에 그는 자신의 슬픔을 진귀한 보물처럼 즐기는 것 같기도 했다.

바로 그날 저녁, 하일러는 눈에 띄는 모난 성질의 일면을 모두에게 보여주었다. 학급 친구 중에 한주먹도 되지 않을 오토 벵어라는 허풍선이가 하일러에게 싸움을 걸었다. 하일러는 농담만 하고 묵묵히 있었으나 나중에는 약이 올라 따귀를 때리게 되었다. 둘은 엉겨붙어 서로 물어뜯고 쥐어박으며 마치 키를 잃은 배와도 같이 부딪쳤다. 그러다가는 멈칫 서기도 하고 벽을 방패로 싸우다가는 의자를 뛰어넘어 마룻바닥 위를 뒹굴며 헬라스 방을 뒤흔들었다. 둘 다 말도 없이 씩씩거리며 부글부글 거품을 물었다. 친구들은 비평가 같은 얼굴로 방관하고 있었다. 그리고 한 덩어리가 된 그들을 피해 자리를 옮기고 책상과 램프를 밀쳐놓은 다음 재미있다는 듯 군침을 삼키며 결과를 기다렸다.

몇 분 후에 하일러가 간신히 일어나 몸을 털며 숨을 헐떡였다. 그의 몰골은 참담했다. 눈은 빨갛고 칼라는 찢어지고 바지 무릎은 구멍이 나 있었다. 상대편이 다시 덤비려고 하자 그는 팔짱을 낀 채 서서 말했다.

"난 이젠 그만두겠어! 때리고 싶으면 때려!"

오토 벵어는 욕설을 퍼부으며 나가버렸다. 하일러는 자신의 책상에 기대어 램프 스탠드를 돌려놓고 바지 주머니에 양손을 꽂고 무엇을 생각해내려고 애쓰는 것 같았다. 별안간 그의 두 눈에서 눈물이 한 방울 떨어지더니 점점 많이 흘러내렸다. 여태까지 한 번도 없던 일이었다. 눈물을 흘리는 것은 신학교 학생이 할 수 있는 일 중에서 가장 치욕적인 행동이었다. 그렇지만 그는 전혀 숨기려고 하지 않았다. 그는 창백한 얼굴을 램프 쪽으로 돌리고 아무 말 없이 서 있었다. 흘러내리는 눈물을 닦기는커녕 두 손을 주머니에서 빼지 않았다. 다른 학생들이 그의 주위에 빙 둘러서서 잔인한 호기심을 가지고 쳐다봤다. 드디어 하르트너가 그의 앞으로 나서며 말했다.

"어이 하일러, 부끄럽지도 않냐?"

울고 있던 하일러는 깊은 잠에서 막 깨어난 사람처럼 조용히 주위를 돌아봤다.

"아니, 부끄럽지 않아."

그는 눈물을 훔치고 화가 났으면서도 웃음을 띤 채 램프를 불어 끄고 방에서 나갔다.

한스 기벤라트는 끝까지 자리를 떠나지 않고 놀란 사슴처럼 하일러 쪽을 힐끗 곁눈질했다. 15분쯤 지나자 그는 큰마음을 먹고 모습을 감춘 친구의 뒤를 따랐다. 하일러는 차갑고 어두운 침실의 낮은 창가에 앉아 꼼짝도 하지 않고 회랑을 내려다보고 있었다. 뒤에서 보면 그의 어깨와 가냘프고 뾰족한 머리가 이상하게 엄숙하여 소년답게 보이지 않았다. 한스가 다가가 창가에 서도 하일러는 움직이지 않았다. 조금 지나서야 한스 쪽으로 얼굴을 돌리지도 않은 채 낮은 목소리로 말했다.

"왜 그래?"

"나야."

한스가 수줍은 듯이 말했다.

"무슨 일이지?"

"아무 일도 아냐."

"그래? 그렇다면 나가줘."

한스는 화가 나서 정말 나가려고 했다. 그러자 하일러가 그를 붙잡았다.

"잠깐만, 여기 있어봐. 그런 뜻이 아니야."

그가 일부러 농담조로 말했다.

둘은 얼굴을 마주 봤다. 아마 서로의 얼굴을 진정으로 마주 본 것은 그 순간이 처음이었을 것이다. 소년다운 미끈한 표정 뒤에 깃들어 있는 독특한 생명과 특징 있는 영혼을 서로 마음속에 그려보려고 애썼다.

헤르만 하일러가 천천히 팔을 내밀어 한스의 어깨를 잡고 얼굴이 닿을 때까지 끌어당겼다. 한스는 별안간 상대편의 입술이 자기 입술에 와 닿는 감촉을 느꼈다. 한스는 뭐라고 말할 수 없이 놀랐다.

그의 심장은 여태 느껴보지 못한 답답함으로 고동쳤다. 이처럼 어두운 침실에 함께 있는 것과 대뜸 키스 세례를 받은 것에는 뭔가 모험적이고 신기하고 위험한 요소가 깃들어 있었다. 이 현장이 발각된다면 얼마나 무서운 일이 일어날까 생각했다. 조금 전에 하일러가 운 것보다 이 키스가 다른 학생들에게는 훨씬 더 우스꽝스럽고 치욕적이라는 사실이 확실히 느껴졌다. 아무 말도 할 수 없었다. 피가 세차게 머리로 솟구치는 느낌이었다. 당장 그 자리에서 도망치고 싶었다.

이 장면을 본 어른이 있다면 이 순결한 우정의 표시에 부끄러워 못 견디는 내성적인 두 소년의 사랑과 진심 어린 창백한 얼굴에서 조용한 기쁨을 맛봤을 것이다. 둘 다 귀엽고 전도유망한 소년으로 아직 소년다운 부드러움과 청년기의 수줍음과 아름다운 강인함을 반반씩 지니고 있었다.

젊은이들은 차차 공동생활에 순응해갔다. 제각기 서로에 대해서 어떤 확고한 지식과 관념을 얻게 되었고 수많은 우정이 맺어졌다. 친구들 모임 중에는 히브리어 단어를 외는 모임도 있었고, 스케치를 가거나 실러를 읽는 모임도 있었다. 라틴어를 잘하는 반면 수학이 서투른 학생이 있으면, 라틴어가 서투른 대신 수학을 잘하는 학생과 협력해서 성적을 올려보려는 경우도 있었다.

또 계약과 물물교환에 우정의 기초를 두는 학생도 있었다. 하나 예를 들면, 주위의 부러움을 사던 햄을 가진 아이가 슈탐하임 출신의 과수원집 아들이 자기와 통하는 상대라는 걸 발견하게 되었다. 그 소년은 상자 안에 좋은 사과를 가득 저장해놓고 있었다. 햄을 가진 소년이 어느 날 햄을 먹다가 목이 말라서 그에게 사과를 하나 달라고 부탁했다. 그 대신 자기는 햄을 주겠다고 했다. 그리하여 둘이 신중히 검토해보니 햄은 없어지면 즉시 보충할 수 있고, 사과의 소유자 역시 봄이 지나고 얼마까지는 아버지에게 확실히 사과를 공급받을 수 있었다. 이리하여 두 사람 사이에 굳건한 관계가 성립되었다. 그 관계는 정열적으로 맺어진 숱한 이상적인 우정보다 더 오래 지속되었다.

외톨이를 고집하는 경우는 극히 드물었다. 루치우스는 그러한 소수 중 한 명이었다. 욕심에서 비롯된 예술을 향한 그의 사랑은 그때까지도 아직 절정에 있었다. 그리고 균형이 맞지 않는 만남도 있었다. 제일 어울리지 않는 것은 헤르만 하일러와 한스 기벤라트였다. 반항적인 소년과 성실한 소년, 시인과 노력가의 만남이었다. 둘 다 가장 영리하고 뛰어난 소질을 가진 소년이라는 평가를 받았지만 하일러는 천재라는 조롱 섞인 평판을 듣는 데 비해 한스는 모범생이라는 평판을 듣고 있었다. 그러나 모두들 두 사람에게 별다른 관심이 없었다. 서로 자기 친구와의 관계에 바빠서 자기 일에만 몰두했다.

그러나 이와 같은 개인적인 흥미나 경험 때문에 학교생활을 등한시하지는 않았다. 학교는 오히려 커다란 악장이요, 리듬이었다. 그에 비하면 루치우스의 음악도, 하일러의 시도, 모든 친구 관계나 싸움도, 가끔 일어나는 격투도 부수적인 연주나 사소한 유희에 지나지 않았다. 무엇보다 히브리어 때문에 모두가 애를 먹었다. 여호와의 오묘하고 고색창연한 말씀은 이미 메마르고 시들었지만, 그래도 신비롭게 생명을 이어가는 나무와도 같이 천년 묵은 영혼이 끔찍스럽게 혹은 다정스럽게 자리 잡고 있었다. 이상한 그 나뭇가지는 뚜렷하게 사람의 관심을 끌었다. 진기한 빛깔과 향기를 가진 그 꽃은 사람을 놀라게 했다. 그 가지나 뿌리 속에는 기이하리만큼 무시무시한 용, 순진하고 사랑스러운 동화와 아름다운 소년, 고요한 눈매를 지닌 소녀 혹은 용감한 부인들과 함께 주름살투성이의 메마른 노인의 머리 같은 영혼의 신비가 깃들어 있었다.

루터의 구약성서에서 꿈결처럼 몽롱했던 것이 지금은 생생하게 참다운 말 속에 피어났다. 그 음성은 낡고 무딘 데가 있지만 강렬하고 끈질긴 생명을 얻고 있었다. 적어도 하일러에게는 그렇게 느껴졌다. 그는 구약성서의 처음 다섯 권 전체를 매일매일 시간마다 저주했으나 단어를 죄다 외고 있어서 소년들의 눈에 수수께끼처럼 보였다. 그는 조금도 틀리지 않고 읽을 수 있는 학자보다도 그 속에서 더 많은 생명과 영혼을 발견하고 그것을 흡수했다.

신약성서는 한층 더 미묘하고 밝고 심오했다. 그 언어는 그다지 오래되지도 깊지도 풍부하지도 않았으나 한층 더 섬세하고 정열이 넘쳐흐르며 환상적인 정신이 충만했다.

그리고《오디세이》, 그 힘찬 가락과 균형 잡힌 시구 속에서 몰락해버린 행복한 생활의 기록과 예감이 선명하게 떠올랐다. 때로는 선명하고 꾸밈 없는 필치로 확실하게 나타나고, 때로는 서너 개의 단어나 시구 속에서 아름다운 꿈처럼 나타났다.

역사가 크세노폰이나 리비우스는 그것에 빛을 빼앗겼다. 아니 빼앗겼다고까지는 할 수 없어도 빛을 거의 잃고 옆에 희미하게 서 있는 데 지나지 않았다.

한스는 친구 하일러에게는 모든 일이 자기와는 딴판으로 보인다는 사실에 놀랐다. 하일러에게 추상적인 것은 존재하지 않았다. 그가 마음에 그려보고 공상의 색채로써 그려볼 수 없는 건 존재하지도 않았다. 그것이 되지 않을 때는 무엇이라도 내키지 않는 듯 방치했다. 수학은 그에게 음험한 수수께끼를 안고 있는 스핑크스였다. 그 냉정하고 심술궂은 시선은 산 제물을 꼼짝도 못하게 묶어놓았다. 하일러는 이 괴물에게서 멀찍이 달아나버리곤 했다.

하일러와 한스의 우정은 색다른 데가 있었다. 하일러에게 우정은 오락이자 사치이며, 편리하고 좋은 것이었다. 그래서 간혹 변덕을 부리기도 했지만 한스에게는 적어도 한때의 자랑스러운 보물이었으며, 때로는 견딜 수 없는 커다란 짐이기도 했다. 이때까지 한스는 저녁 시간에는 언제나 공부를 했다. 지금은 거의 매일같이 벼

락공부에 지친 하일러가 달려와서 책을 빼앗고 자기와 놀아달라고 요구했다. 한스는 이 친구를 대단히 사랑했으나 어떤 때는 혹시 그가 또 오지나 않을까 은연중에 걱정했다. 그리하여 매일 밤 가슴을 졸이며 규정된 공부 시간에 늦지 않도록 서두르다가 갑절로 공부하기도 했다. 하일러가 이론적으로 자신의 성실함을 공격하는 것이 한스에게는 한층 더 큰 고통이었다.

"그거야 품팔이꾼이나 할 짓이지. 너는 어떤 공부든지 좋아서 자진해서 하는 게 아니야. 단지 선생들이나 네 아버지가 무서워서야. 1등이나 2등이 되면 뭐 하니? 나는 20등이지만 그래도 너희 꽁생원들보다 어리석진 않아."

하일러는 이렇게 말했다.

한스는 하일러가 교과서를 어떻게 다루는지를 보고 무척 놀랐다. 어느 날 책을 교실에 두고 오는 바람에 지리 시간 예습을 위해 하일러의 지도를 빌렸다. 놀랍게도 하일러의 책은 어느 페이지나 연필로 까맣게 칠해져 있었다. 피레네반도의 서해안에는 괴상한 얼굴이 그려져 있었다. 코는 포르투에서 리스본에 이르고, 피니스테레곶은 곱슬곱슬한 머리칼을 과장되게 그려놓았다. 세인트빈센트 지방은 얼굴을 온통 뒤덮은 수염이 훌륭하게 늘어져 있었다. 어느 장을 넘겨도 마찬가지였다. 지도 뒷장의 백지에는 만화와 대담한 풍자시가 적혀 있었다. 잉크의 얼룩도 빼놓지 않고 있었다. 한스는 책을 신성한 것으로 생각하며 보물처럼 소중하게 다루었다. 그래서 이와 같은 대담함은 신성을 모독하는 행위나 다름없지만, 그래도 한편으로는 영웅적인 행위라고 생각했다.

선량한 기벤라트는 그의 친구에게 마음에 드는 장난감이라기보다는 길들여진 고양이에 지나지 않을 수도 있었다. 한스 자신도 가끔 그렇게 의식하고 있었다. 그러나 하일러는 한스가 필요했으므로 그에게 애정을 가지고 있었다. 그는 누구든지 마음을 털어놓을 수 있는 사람, 자기 말을 잘 들어줄 수 있는 사람이 필요했다. 학교와 인생에 대하여 혁명적인 말을 할 때 조용히 경청해줄 수 있는 사람이 아쉬웠다. 또 우울할 때 위로해주고 상대의 무릎에 머리를 기댈 수 있는 사람을 원했다.

그런 성격을 가진 사람은 일반적으로 다 그렇지만, 이 젊은 시인 역시 근거 없는, 다소 어리광스러운 우울증 발작으로 괴로워하고 있었다. 원인의 하나는 소년기의 남모르는 고민이었고, 다른 하나는 여러 가지 힘이나 생각이나 욕망 등이 아직 갈피를 잡지 못한 데서 비롯되는 불안이었다. 또 다른 이유는 어른이 되어가는 과정에서 나타나는, 이유를 알 수 없는 어두운 충동이었다. 그럴 때 그는 동정과 사랑을 받고 싶은 병적인 욕구를 어쩌지 못했다. 전에는 어머니의 사랑을 받는 어린아이였지만 지금은 아직 여자들의 사랑을 알 만큼 성숙하지 않았으므로 온순한 친구들이 그의 위안이었다.

저녁때는 가끔 맥없이 한스의 방을 찾아갔다. 그리고 공부하는 한스를 꾀어 함께 침실로 가자고 졸라댔다. 그 추운 홀과 어둑어둑한 높은 기도실을 둘이서 나란히 왔다 갔다 하거나 추위에 떨면서 창가에 앉아 있기도 했다. 하일러는 하이네를 읽는 서정적인 소년들처럼 감상적인 탄성을 지르기도 하고, 어린아이 같은 슬픔의 구름 속에 싸이기도 했다. 한스는 납득하기 힘들었지만 그때도 가슴에 무엇인가를 느끼고 때로는 그 기분에 전염되어 울 때도 있었다.

쉽사리 감동하는 이 시인은 특히 흐린 날씨에 발작을 일으키기 일쑤였다. 그중에서도 늦가을 비구름이 하늘을 가리고 감상적인 달이 구름 뒤에서 명주실 같은 빛을 뿌리며 틈새를 내려다보는 저녁 무렵에 비탄과 신음 소리가 절정에 달했다. 그러면 그는 오시안*과 같은 기분에 취해서 몽롱한 우수의 용광로 속으로 빨려들어갔다. 그것은 한숨이 되고 말이 되고 시가 되어 죄 없는 한스의 머리 위에 뿌려졌다.

이런 고뇌에 시달리고 괴롭힘을 당한 다음에야 한스는 간신히 시간을 얻어 그사이에 공부해야만 했다. 그러나 공부는 차츰 어려워졌다. 그는 두통이 재발한 것에 별반 놀라지 않았지만 피곤한 나머지 하는 일 없이 시간을 보낼 때가 많아졌다. 꼭 필요한 공부를 하는데도 자신을 채찍질하지 않으면 안 되는 것이 그를 몹시 서글프게 했다. 괴상한 친구와의 우정 때문에 골탕을 먹고 자신의 순결한 부분이 차츰 멍들어가는 것을 어렴풋이 느끼기도 했지만 상대가 우울하고 눈물겨워할수록 측은하다는 생각이 들었다. 그리고 친구에게 자기가 없어서는 안 될 사람이라는 생각이 우정을 더 깊게 해주는 동시에 그를 한층 더 자랑스럽게 해주었다.

하일러의 병적인 우울함은 충동의 원인일 뿐이지 자신이 진심으로 감탄해 마지않는 친구의 본성이 결코 아니라는 것을 한스는 잘 알고 있었다. 하일러가 자작시를 낭독하고 시인의 이상을 이야기하며 실러나 셰익스피어의 독백을 제스처를 섞어가며 정열적으

* Ossian. 3세기경의 고대 켈트족의 전설적인 시인이다. 스코틀랜드와 아일랜드 고지에 살며 낭만적인 서사시를 많이 지었다고 한다.

로 낭독할 때, 그는 확실히 한스가 갖지 못한 마력을 가지고 하늘을 떠도는 것 같았다. 초인적인 자유와 타오르는 듯한 열정을 가지고 호메로스의 천사와도 같이 날개 돋친 발로 한스와 또래들에게서 떠나버리는 것처럼 느껴졌다. 이전까지 한스는 이 시인의 세계를 미처 알지도 못했고 그리 신통한 세계로 여기지도 않았다. 지금 그는 아름답게 흘러내리는 언어, 진실한 비유, 매혹적인 음률의 신비로운 힘을 도저히 거역할 수 없을 것만 같았다. 새롭게 전개된 그 세계에 대한 존경심은 친구에 대한 감탄과 함께 거의 어쩔 수 없는 감정이 되었다.

그러는 가운데 눈보라 치는 어두운 11월이 다가왔다. 램프를 켜지 않고 공부할 수 있는 것이 몇 시간에 불과했다. 칠흑 같은 그믐밤에는 눈보라가 소용돌이치면서 산더미 같은 구름을 어두운 고지로 몰아붙였다. 싸우는 것처럼 낡고 견고한 수도원 건물에 부딪히기도 하고, 신음하듯 앙상한 나뭇가지 사이를 스쳐 지나가기도 했다. 저 우거진 나무들 중에서도 왕자답게 육중하고 가지 많은 떡갈나무만이 마른 수목들과 달리 시든 잎들을 요란스럽게 흔들어대고 있었다. 하일러는 아주 우울해져서 한스 옆에 오지도 않았다. 멀리 떨어진 연습실에서 바이올린을 끊어져라 켜기도 하고, 친구들과 곧잘 싸움을 벌이기도 했다.

어느 저녁 무렵 하일러가 연습실에 들어가자 루치우스가 보면대 앞에서 꾸준히 연습을 하고 있었다. 하일러는 화가 치밀어서 밖으로 나왔다가 30분 후에 다시 들어갔다. 루치우스는 여전히 연습 중이었다.

"이제 그만해도 되지 않아?"

하일러가 미워 못 견디겠다는 듯이 말했다.

"딴 사람도 연습 좀 하게 자리를 비켜줘. 형편없는 네 연주 때문에 골치가 아파!"

루치우스는 물러나려고 하지 않았다. 하일러는 화가 치밀었다. 루치우스가 상관없다는 듯 다시 활을 들자 보면대를 걷어차버렸다. 악보가 흩어지고 보면대가 루치우스의 얼굴을 내리쳤다. 루치우스는 엎드려서 악보를 주워 모았다.

"교장 선생님한테 이르고 말겠어."

그가 단호하게 말했다.

"좋아. 일러바치는 김에 볼기짝도 얻어맞았다고 하지."

하일러는 분노를 못 이기는 듯 외쳤다.

그는 곧 다가가서 엉덩이를 걷어차려고 했다. 루치우스는 재빨리 옆으로 비켜서서 문 쪽으로 피했다. 하일러는 곧 그를 뒤쫓았다. 소란스러운 추격이 시작되었다. 복도와 넓은 방을 나가 계단과 현관을 지나고 수도원 맨 끝에 있는 건물까지 갔다. 거기에는 조용하고 아담한 교장 사택이 있었다. 그 서재의 문 한 걸음 앞에서 하일러는 상대를 겨우 붙잡을 수 있었다. 루치우스가 벌써 노크를 하고 난 다음이었다. 열린 문 안으로 들어서려는 순간, 루치우스는 약속대로 볼기짝을 걷어차여서 문을 닫을 틈도 없이 신성불가침 구역인 교장의 방으로 총알같이 뛰어들었다.

그런 일은 여태까지 한 번도 없었던 사건이었다. 이튿날 아침 교장은 청소년의 탈선을 두고 엄숙한 훈계를 했다. 감명을 받은 듯 듣고 있는 루치우스의 입가에 회심의 미소가 흘렀다. 하일러는 감금을 언도받았다.

교장은 하일러에게 날벼락 같은 벌을 내렸다.

“몇 년 동안 여기서 이런 벌을 내린 적이 없다. 10년이 지나도 이 일을 잊지 못하게 해주마. 너희들에게 이 하일러를 본보기로 보여주마.”

학생들은 겁에 질려 하일러 쪽을 흘겨봤다. 하일러는 창백한 얼굴을 하고 반항적인 태도로 버티고 선 채 교장의 시선을 피하지 않았다. 마음속으로 하일러에게 찬사를 보내는 학생들이 많았다. 그러나 훈시가 끝나고 모두가 떠들썩하게 복도로 밀려나갔을 때, 그는 나환자처럼 혼자 버려졌다. 이제 그의 편에 서자면 대단한 용기가 필요했다.

한스 기벤라트도 하일러의 편을 들지 않았다. 편을 드는 것이 자기의 의무라는 것을 잘 알고 있었다. 그래서 자신의 비겁한 행동을 돌이켜보고 고민했다. 그는 자신의 무정함과 부끄러움 때문에 얼굴을 들지 못하고 방 안에 틀어박혔다. 그는 하일러를 찾고 싶은 충동을 어쩌지 못하여 남몰래 그렇게 할 수만 있다면 더 많은 희생을 치러도 좋다고 생각했다. 그러나 감금된다는 것은 수도원에서 상당히 오랜 기간 낙인이 찍히는 벌이었다. 말할 것도 없이 벌을 받은 학생은 그 후에도 늘 감시를 받았다. 그와 상종하는 것도 위험하고 나쁜 소문을 듣게 되었다. 국가가 학생들에게 베푸는 은혜에 학생들은 규율을 엄격히 지키는 것으로써 보답해야만 했다. 이런 내용은 이미 기나긴 입학식 훈화에서 언급했었다. 한스도 그것을 잘 알고 있었다. 그의 우정이 그러한 공명심과의 싸움에서 패배한 것이었다.

그의 이상은 뭐니 뭐니 해도 뛰어난 성적으로 이름을 떨치고 중요한 일을 하는 것이지, 낭만적인 위험한 사건에 뛰어드는 것이 아니었다. 이리하여 그는 불안에 휩싸여 방 한구석에 틀어박혀 있었다. 밖으로 뛰쳐나가 용기를 보여줄 수도 있었다. 그러나 그것도 차츰 어려워졌다. 어느 틈엔가 그의 배신은 행동이 되어버렸다. 하일러도 그 사실을 충분히 알고 있었다. 정열적인 그는 모두가 자기를 피한다는 것을 느끼고 있었다. 그리고 당연하다고 생각했다. 그러나 한스에게만은 믿음을 버리지 않았다. 지금 그가 느끼는 고통과 분노에 비하면 지금까지의 한량없는 한탄은 자신이 생각해도 허망하고 우스웠다.

어느 날 하일러가 기벤라트 앞에 잠깐 멈춰 섰다. 창백하고 건방진 얼굴로 그가 나직하게 말했다.

"넌 비겁한 놈이야, 기벤라트! 형편없는 자식!"

그는 조용히 휘파람을 불면서 두 손을 바지 주머니에 넣고 가버렸다.

젊은이들에게 여러 가지 사색할 일이라든지 할 일이 있다는 것은 좋은 일이었다. 이런 일이 있고 며칠 후에 갑자기 눈이 내렸다. 잠시 후 날이 개고 차가운 겨울 하늘이 찾아들었다. 눈싸움을 하거나 스케이트를 탈 수 있었다. 모두들 크리스마스와 방학이 다가오는 것을 갑자기 깨닫고는 그것을 화제로 떠들기 시작했다. 하일러 일은 별로 걱정하지도 않았다. 그는 조용히 반항적으로 머리를 쳐들고 남을 깔보는 표정으로 돌아다니고 있었다. 누구와도 말 한마디 하지 않고 부지런히 수첩에 시를 썼다. 수첩에 초를 칠한 까만 표지가 붙어 있었는데 '수도자의 노래'라는 제목이 쓰여 있었다.

떡갈나무와 개암나무, 느티나무와 버드나무에 서리와 눈송이가 부드럽고 이상한 형태로 얼어붙어 있었다. 연못에는 투명한 얼음이 강추위에 서걱서걱 소리를 내고 있었다. 회랑 안뜰은 조용한 대리석 정원과도 같았다. 축제 분위기에 들떠 즐거운 흥분이 방방마다 흐르고 있었다. 크리스마스를 기다리는 즐거움에 근엄하고 엄격한 두 교수조차 얼굴에 한 줄기 부드러움과 흥분한 기색을 띠었다. 선생이든 학생이든 크리스마스를 무심하게 기다리는 이는 없었다. 하일러도 심술이 줄줄 흘러내리는 그 가엾은 얼굴을 얼마간은 부드럽게 바꾸었다. 루치우스는 방학 때 어떤 책과 어떤 신발을 가지고 갈까 궁리했다. 집에서 오는 편지에는 가슴 벅차게 하는 아름다운 소식들만 쓰여 있었다. 평소에 소망하던 것을 묻기도 하고 과자를 굽는 날짜를 알리기도 하면서 곧 맞이할 불의의 습격을 암시했다. 그리하여 다시 만나게 될 즐거움을 알렸다.

방학을 맞아 귀향하기 전에 학생들, 특히 헬라스 방 학생들은 조촐하지만 명랑한 분위기에 휩싸여 있었다. 어느 날 저녁, 제일 큰 헬라스 방에서 열릴 예정인 크리스마스 축하 파티에 선생들을 초대하자는 의견이 나왔다. 축사 낭독, 피리 독주, 바이올린 이중주를 선보이기로 했으나 아무래도 하나쯤은 만담 같은 웃기는 프로그램이 필요했다. 머리를 맞대고 아이디어를 내고 고쳐보기도 했으나 좀처럼 결론을 내릴 수가 없었다. 그때 카를 하멜이 무심코 "에밀 루치우스의 바이올린 독주가 제일 재미있을 거야"라고 했다.

그것이 제일 인기를 모았다. 애원과 여러 가지 약속, 협박 끝에 불쌍한 루치우스는 승낙을 했다. 정중한 초대장과 함께 선생들에게 보낸 프로그램에는 특별 순서가 쓰여 있었다. "고요한 밤, 바이올린을 위한 노래, 유명한 궁정 악사 에밀 루치우스의 연주." 궁정 악사란 칭호를 얻은 것은 멀리 떨어진 음악실에서 부지런히 연습한 덕분이었다.

교장 선생 이하 교수, 조교수, 음악 선생, 조교 등이 파티에 초대받아 참석했다. 머리에 기름을 바른 루치우스가 하르트너에게 빌린 까만 예복을 입고 점잖게 웃으며 천천히 등장하자 음악 선생의 이마에 땀방울이 흘러내렸다. 그의 능청스러운 인사가 벌써부터 웃음을 유발했다. 가곡 〈고요한 밤〉은 그의 손가락 밑에서 몸서리쳐지는 탄식과 애원하는 듯한 애처로운 노래로 변해버렸다. 처음에 그는 두 번을 되풀이했다. 곡조를 찢어놓는가 하면 가늘게 쪼개놓기도 했다. 연주 중에는 발로 박자를 맞추며 동지 섣달 나무꾼처럼 힘을 냈다.

분노를 이기지 못해 창백해진 음악 선생을 향하여 교장은 즐거운 듯 머리를 끄덕이고 있었다.

루치우스는 도입부를 세 번이나 되풀이해서 연주하다가 이번에도 막히자 바이올린을 내리고 청중에게 변명을 늘어놓았다.

"잘 안 되는군요. 지난가을부터 바이올린을 잡았거든요."

"좋았어, 루치우스!"

교장이 소리쳤다.

"우리는 네 노력에 감사한다. 그런 식으로 연습을 계속해. 험한 길을 넘어야 별에 이르는 법이니까."

12월 24일에는 새벽 3시부터 어느 침대나 활기를 띠고 소란스러워졌다. 예쁜 나뭇잎 모양의 두꺼운 성에가 창문에 매달려 있었고 세수할 물도 얼어붙어 있었다. 수도원 안뜰에 살을 에는 듯한 찬바람이 매섭게 몰아쳤다. 그러나 누구 하나 그것을 주의해서 보는 이는 없었다. 식당에서는 커다란 커피 주전자의 주둥이 사이로 쉴 새 없이 더운 김이 오르고 있었다.

잠시 후 코트나 담요로 몸을 감싼 학생들이 까마귀처럼 떼를 지어 반짝이는 하얀 들판을 가로지르고 고요한 숲길을 지나 멀리 떨어진 기차역으로 걸어갔다. 조잘거리며 농담을 주고받고 큰 소리로 웃기도 했으나, 서로 말하지 않은 소망이나 즐거운 기대를 가슴 가득 안고 있었다. 전국 각지의 도시나 마을 그 어디에서나 따뜻하고 눈부시게 꾸며놓은 방에서 부모형제가 그들을 애타게 기다린다는 것을 잘 알고 있었다. 크리스마스에 객지에서 귀향하는 것을 처음 경험하는 학생들이 대부분이었으나 그들은 가족들이 애정과 자부심을 갖고 자기들을 기다린다는 것을 알고 있었다.

눈 덮인 숲 한가운데 있는 조그만 기차역에서 모두 지독한 추위에 떨면서 기차를 기다렸다. 모두들 여태까지 이만큼 한마음으로 즐겁게 흉금을 털어놓은 적이 없었다. 하일러만이 아무 말 없이 혼자 떨어져 있다가 기차가 도착하자 친구들이 모두 오른 다음 다른 칸에 올라탔다. 다음 역에서 갈아탈 때 한스는 그를 봤으나 부끄러움과 뉘우침의 순간적인 감정은 귀향의 흥분과 즐거움에 녹아버리고 말았다.

집에서는 아버지가 만족스레 웃으며 맞아주었고, 선물이 가득 쌓인 책상이 그를 기다리고 있었다. 그러나 진짜 크리스마스는 기벤라트의 집에는 없었다. 기벤라트 씨는 명절을 축하하는 방법을 알지 못했다. 그러나 그는 아들을 사랑했고 이번에는 선물에 인색하지 않았다. 한스는 이런 크리스마스가 습관이 되어버려서 아무것도 부족하다고 생각하지 않았다.

모두들 한스의 건강이 좋지 않으며 너무 야위고 안색이 창백하다며 걱정했다. 도대체 수도원 음식이 그렇게 부실하냐고도 물었다. 그는 강하게 부정하면서 건강도 좋으며 가끔 두통이 있을 뿐이라고 대답했다. 그러자 목사가 자기도 젊었을 때 두통에 시달렸노라고 한스를 위로해주었다. 그럭저럭 모든 문제가 해결되었다.

4

경험에 따르면 신학교 학생들 가운데 한 사람 내지 몇 사람은 4년간의 수도원 시절에 사라지는 게 보통이다. 때로는 사망하는 경우도 있어서 찬송가와 함께 묻히기도 하고, 친구들의 부축을 받아 고향으로 떠나기도 한다. 때로는 도망치는 학생과 특별한 잘못을 저질러 퇴학당하는 학생도 있다. 그리고 아주 드물게 상급생에게만 일어나는 일이지만, 어째야 좋을지 모르는 막막한 청춘의 괴로움에서 벗어나기 위해 권총 자살이나 투신자살로 간단하게 어두운 퇴로를 발견하는 친구도 있다.

한스 기벤라트의 반에서도 몇몇 친구가 없어질 차례가 되었다. 더욱이 이상한 우연으로 그들 모두 헬라스 방에 배정된 학생들이었다.

헬라스 방 학생들 가운데 '힌두'라는 별명을 가진, 온순한 금발 머리 소년 힌딩거가 있었다. 종교적으로 고립된 알고이 지방의 양복점 주인 아들이었다. 그는 조용한 학생으로 없어진 다음에야 비로소 약간 이름이 회자되었지만 그렇게 많이는 아니었다. 절약가로 유명한 궁정 악사 루치우스의 짝으로 그와 특별히 친한 사이는 아니었지만 다른 학생들보다는 가까운 관계를 유지하고 있었다. 그 외에는 별다르게 친구를 사귀지도 않았다. 그가 사라진 뒤에야 비로소 헬라스 방 학생들은 말없고 선량한 이웃으로 소란 많은 방에서 평온을 가져다준 존재였던 그를 얼마나 아꼈는지를 깨달았다.

1월 어느 날, 그는 연못에 스케이트를 타러 가는 친구들 틈에 끼였다. 스케이트는 가지고 있지 않았지만 한번 구경하고 싶었을 뿐이었다. 그러나 곧 날씨가 추워져서 몸을 따뜻하게 하려고 발을 구르며 연못 주위를 걸어다녔다. 그다음은 달음박질이 되고, 곧 들판 저쪽으로 사라져 다른 조그만 호숫가로 갔다. 거기에는 좀 더 따뜻한 물이 솟았으므로 살얼음이 얼어 있었다. 그는 갈대를 헤치고 들어갔다. 몸이 작고 동작이 빠른 그였지만 그만 기슭에서 빠지고 말았다. 발버둥을 치고 허우적거리며 잠깐 동안 고함을 질렀으나 누구에게도 들리지 않은 채 차가운 물속에 그냥 가라앉고 말았다.

오후 2시에 첫 수업이 시작되었을 때에야 겨우 그가 없어진 사실을 알게 되었다.

"힌딩거는 어디 갔지?"

조교수가 물었는데 아무도 대답하는 사람이 없었다.

"헬라스 방을 찾아봐!"

그러나 거기에도 그의 흔적은 없었다.

"지각할 모양이군. 그가 없더라도 시작합시다. 74쪽 일곱 번째 구절을 봐요. 이런 일은 두 번 다시 없도록 합시다. 여러분은 시간을 잘 지켜야 합니다."

시계가 3시를 가리켜도 힌딩거는 여전히 나타나지 않았다. 선생은 걱정이 되어서 교장에게 사람을 보냈다. 교장 선생은 이내 교실에 나타나서 심상치 않은 사태에 대해 여러 가지를 물어보고는 곧 학생 열 명을 조교수, 조교와 함께 보내 힌딩거를 찾아보게 했다. 남은 학생들은 받아쓰기 연습을 했다.

4시가 되자 조교수가 노크도 없이 교실로 들어와 나지막하게 교장 선생에게 보고했다.

"조용히!"

교장 선생이 명령했다. 학생들은 의자에 꼼짝 않고 앉아서 침을 삼키며 교장 선생을 쳐다봤다.

"제군의 학우 힌딩거는."

교장 선생은 소리를 낮추어 말을 계속 이었다.

"호수에 빠진 것 같다. 제군들도 수색에 협조해야겠다. 마이어 교수가 제군들을 인솔할 테니 그분 말씀을 따르고, 멋대로 행동해서는 안 된다."

놀란 학생들은 교수를 선두로 하여 서로들 뭐라고 수군거리면서 밖으로 나갔다. 읍내에서 어른 몇이 밧줄과 널빤지, 막대기 따위를 가지고 와서 서둘러 가는 일행을 뒤따랐다. 매서운 추위였다. 해는 벌써 숲 모퉁이에 걸려 있었다.

뻣뻣해진 소년의 시체를 겨우 발견해 눈 덮인 갈대 위에서 들것에 실었을 때는 벌써 짙은 황혼이 찾아든 뒤였다. 학생들은 놀란 새들처럼 불안에 떨며 주위에 모여 서서 시체를 바라보면서 파랗게 얼어붙은 손을 초조한 듯 비볐다. 선두에 실려 가는 익사한 친구를 뒤따르며 묵묵히 눈 덮인 들판으로 걸음을 옮기기 시작했을 때, 비로소 그들의 억눌린 마음은 별안간 전율을 느끼고 사슴이 적을 만났을 때처럼 끔찍한 죽음의 공포를 느끼게 되었다.

추위에 떨며 슬픔에 잠긴 대열 가운데서 기벤라트는 우연히 친구였던 하일러와 나란히 걷게 되었다. 둘은 들판에서 같은 돌부리에 채여 넘어졌을 때 비로소 짝지어 걷고 있다는 사실을 깨달았다. 죽음에 직면하여 큰 충격을 받은 한스는 잠시 동안 온갖 이기심이 허무하다는 사실을 뼈저리게 느꼈다. 그래서인지 창백한 친구의 얼굴을 눈앞에서 보니 뭐라 말할 수 없는 고통과 갑작스러운 충동을 어쩌지 못해 무의식중에 하일러의 손을 덥석 잡으려고 했다. 그러나 하일러는 귀찮다는 듯이 손을 감추고는 딴청을 부리며 자리를 떠나 제일 뒷줄에 몸을 숨기고 말았다.

모범 소년 한스의 가슴은 고통과 부끄러움으로 고동쳤다. 얼어붙은 들판에 발부리를 채이며 걷는 동안 추위에 파리해진 뺨 위로 눈물이 하염없이 쏟아졌다. 그는 영원히 잊을 수 없는, 또 어떤 후회로도 보상할 수 없는 잘못과 태만을 저질렀다는 걸 깨달았다. 선두에서 높이 치켜든 들것에 실려 가는 것은 조그만 양복점 주인의 아들이 아니라 친구 하일러이며, 성적이나 시험이나 월계관이 아니라 양심의 깨끗함과 더러움만을 평가하는 다른 세계로 한스의 배신에 대한 고통과 노여움을 싣고 가는 것 같았다.

그러는 사이에 일행은 한길로 나섰다. 거기서는 수도원이 바로 눈앞에 있었다. 수도원에서는 교장 선생을 위시한 선생들이 나와서 죽은 힌딩거를 맞이했다. 힌딩거가 살아 있었다면 그런 명예는 생각지도 못했을 것이었다. 선생들은 죽은 학생을 대하자 보통 때는 별 생각도 없이 짓밟던 한 학생이요 청춘의 봉오리가 이제는 결코 돌아올 수 없다는 걸 잠시나마 뼈저리게 느끼는 모양이었다.

그날 저녁도, 그다음 날도 온종일 눈에 보이지 않는 시체가 마법을 부려 모든 행동과 언어를 부드럽게 해주고 진정시켜주며, 엷은 비단 같은 것으로 감싸주는 것만 같았다. 그래서 그 짧은 시간 동안에는 싸움도 노여움도 시끄러움도 웃음도 잠시 수면에서 사라져버린 것처럼 파문 하나 일지 않았고, 잠잠한 물의 요정과도 같이 그림자를 감추고 말았다. 서로들 짝을 지어 익사한 친구 이야기를 할 때는 반드시 온전한 이름을 사용했다. 죽은 친구를 가리켜 '힌두'라는 별명을 부르는 것은 실례 같았다. 보통 때는 눈에 띄지도 않고 관심조차 받지 못했던 힌두가 지금은 그 이름과 죽음으로 커다란 수도원 전체를 채우고 있었다.

이튿날 힌딩거의 아버지가 도착했다. 그는 아들이 누워 있는 방에 서너 시간 혼자 있었다. 그러고는 교장 선생의 차 대접에 초대받고 밤에는 '사슴의 집'에서 묵었다.

그다음 날 장례식이 열렸다. 관은 침실에 안치되어 있었다. 알고이의 양복점 주인은 그 옆에 서서 묵묵히 바라만 봤다. 그는 영락없는 양복점 주인이었으며, 무서울 정도로 야위어서 날카로워 보였다. 녹색과 검정색이 뒤섞인 예복에 통이 좁은 남루한 바지를 입고, 손에는 낡아빠진 모자를 들고 있었다. 그의 조그맣고 야윈 얼굴은 1전짜리 촛불이 바람에 가물거리는 것처럼 왠지 우울하고 슬퍼 보였다. 그는 교장 선생과 교수들에 대한 존경심을 금치 못해 어찌할 바를 몰랐다.

드디어 짐꾼이 관을 들어올리려 하자 슬픔에 잠긴 양복점 주인은 한 번 더 앞으로 나가서 머뭇거리며 애정 어린 몸짓으로 관 뚜껑에 손을 얹었다. 그러고는 눈물을 참으며 크고 조용한 방 한가운데에 겨울날의 고목과도 같이 서 있었다. 그 모습이 너무나 쓸쓸하고 절망적이고 적막해서 보고 있는 것이 오히려 가슴 아플 정도였다. 목사가 그의 손을 잡으며 다가섰다. 그는 이상하게 뒤로 젖혀진 실크해트를 쓰고 관 뒤를 똑바로 따라 계단을 내려섰다. 그리고 수도원 뜰을 지나고 낡은 문을 빠져나가 눈 쌓인 들판을 걸어서 묘지의 낮은 담으로 갔다.

무덤가에서 찬송가를 부를 때 학생들이 지휘하는 자신의 손을 보지 않고 조그만 양복점 주인의 쓸쓸한 모습만을 보고 있자 음악 선생은 매우 화가 났다. 양복점 주인은 슬픔에 잠겨 휘몰아치는 눈 속에 서서 머리를 숙이고 목사와 교장과 반장의 조사를 들었다. 그리고 합창하는 학생들에게 아무 생각 없이 머리를 끄덕이며 때때로 저고리 소매에 감춰둔 손수건을 왼손으로 찾았으나 그것을 꺼내지는 않았다.

"저 사람 대신 우리 아버지가 저 자리에 섰더라면 어떻게 됐을까, 이런 생각을 하지 않을 수가 없었어."

나중에 오토 하르트너가 말했다. 모두들 이구동성으로 자기도 그런 생각을 했노라고 맞장구를 쳤다.

나중에 교장 선생이 힌딩거의 아버지와 같이 헬라스 방으로 들어왔다.

"너희들 중에 고인이 된 힌딩거와 특별히 친하게 지낸 친구가 있니?"

교장 선생이 방 안을 둘러보며 말했다. 처음에는 아무도 나오지 않았다. 힌딩거의 아버지가 어처구니없다는 듯 불안한 눈으로 젊은 학생들의 얼굴을 바라봤다. 그때 루치우스가 나왔다. 힌딩거 씨는 그의 손을 잡고 잠시 그대로 서 있었다. 그러나 끝내 아무 말도 못하고 점잖게 고개만 몇 번 끄덕이다가 나가버렸다. 그리고 그는 수도원을 떠났다. 하루 종일 기차를 타고 눈 쌓인 들판을 달려야만 아들 카를이 얼마나 적막한 곳에서 홀로 잠들어 있는지를 집에 있는 아내에게 이야기할 수 있었다.

수도원에서는 이 우울한 분위기도 곧 사라졌다. 선생들은 또 야단을 치기 시작했고, 문을 여닫는 소리도 거칠어졌다. 힌딩거에 관한 모든 일을 벌써 까맣게 잊어버린 것이다. 그 슬픈 호숫가에 오래 서 있느라 감기가 들어서 병실에 누워 있는 아이, 털슬리퍼를 끌고 다니는 아이, 목을 하얀 헝겊으로 칭칭 감고 돌아다니는 아이들이 있었다. 한스 기벤라트는 발도 목도 아프지 않았으나 그 불행한 날부터 늘 침울했고, 어른이 다 된 것 같았다. 그의 마음속에서 어떤 변화가 일어나 소년에서 청년으로 성장한 것이었다. 말하자면 그의 마음은 다른 세계로 옮겨가 거기에서 불안에 휩싸인 채 조용한 휴식처를 찾고 있었다. 그 원인은 죽음에 대한 공포도, 선량한 힌두에 대한 애도도 아니었다. 오직 하일러에 대한 죄의식이 별안간 눈을 떴기 때문이었다.

하일러는 다른 두 학생과 함께 병실에 누워 뜨거운 차를 얻어 마셨다. 그것으로 힌딩거가 죽었을 때 받은 인상을 정리하고 훗날 시를 쓰는 데도 사용할 수 있도록 시간을 벌자는 것이었다. 그러나 그것도 그에게는 별로 대수로운 것 같지가 않았다. 금고형을 받은 이래로 강요된 고독이 감수성 깊고 언제나 말벗 없이는 견디지 못하는 그의 마음에 상처를 입히고 이방의 세계에서 홀로 떠돌아다니게 했다. 선생들은 과격한 불평분자인 그를 엄격히 감시했고, 학생들은 그를 피했으며, 조교는 언제나 비꼬는 듯한 친절로써 그를 대했다.

그러나 그가 벗으로 삼고 있는 셰익스피어나 실러나 레나우는 그를 압박하고 굴종을 강요하는 현실 세계와는 다르게 가장 힘센 훌륭한 세계를 보여주었다. 그의 '수도자의 노래'는 처음에는 세상을 등진 은둔자와 같은 우울한 가락을 띠고 있었으나, 차츰 수도원과 선생과 동급생에 대한 신랄한 증오로 가득 찬 시구로 변해갔다. 그는 고독 속에서 순교자의 쾌감을 맛봤다. 이해되지 않는 것에 만족감을 느꼈고, 가차없고 모멸적인 '수도자의 노래' 일부는 소영웅적 희열에 가득 차 있었다.

장례식이 끝난 지 일주일이 지나자 환자들은 거의 완쾌되었다. 하일러만이 혼자 침실에 누워 있을 때 한스가 병문안을 갔다. 그는 환자의 손을 잡으려고 했다. 환자는 불쾌한 듯 벽을 향해 모로 누워버렸다. 아주 못마땅한 눈치였다. 그러나 한스는 뜻을 굽히지 않았다. 그의 손을 꽉 잡고는 옛 친구의 얼굴을 억지로 자기 쪽으로 돌리려고 했다. 하일러는 화가 치밀어서 입술을 깨물었다.

"대체 어쩌자는 거야?"

한스는 그의 손을 놓지 않았다.

"내 말을 들어줘. 난 그때 비굴하게 너를 배신하고 말았어. 하지만 그때 내가 어떤 처지였는지 너도 알지 않니? 신학교에서 우수한 성적을 얻어서 될 수만 있다면 1등이 되는 게 나의 굳은 신념이었어. 그걸 너는 꽁생원이라 그랬지. 난 확실히 그래. 그러나 그것이 나의 한 가지 이상이었어. 그보다 더 나은 건 도저히 모르겠는걸 어떡해."

하일러는 눈을 감았다. 한스가 아주 작은 소리로 말을 이었다.

"이봐, 내가 섭섭하잖아. 나를 다시 친구로 받아줄지 어떨지는 모르지만 용서해줘."

하일러는 아무 말도 없이 눈을 감고 있었다. 그의 마음속 밝고 명랑한 부분은 친구를 향해서 웃음 짓고 있었지만, 무뚝뚝한 고독자의 역할에 익숙해졌는지 잠시도 가면을 벗지 않았다. 그래도 한스는 굽히지 않았다.

"부탁이야, 하일러! 꼴찌가 되는 한이 있더라도 너와 친구가 되지 않고서는 못 배기겠어. 어때, 난 네 친구가 되고 싶어. 다른 녀석과는 상대하지 않아도 좋다는 걸 보여주겠어."

그러자 하일러가 한스의 손을 잡으며 눈을 떴다.

이삼일이 지나자 하일러도 자리에서 일어나 병실을 나왔다. 수도원에서는 새로 꽃핀 우정을 두고 적지 않은 소동이 일어났다. 그러나 그때부터 두 사람에게는 이상한 나날이 시작되었다. 특별한 경험이라고까지 할 것은 없지만 서로에게서 일체감과 행복감을 느꼈다. 거기에는 전에 없던 다른 요소가 있었다. 몇 주 동안 떨어져 있었던 게 두 사람을 변화시킨 것이었다. 한스는 더욱 부드럽고 따뜻하고 열광적으로 변했다. 하일러의 태도도 더욱 힘차고 사나이다워졌다. 둘은 떨어져 있는 동안 서로를 그리워했으므로 두 번째 결합은 크나큰 체험이자 귀중한 선물과도 같았다.

조숙한 두 소년은 우정 속에서 첫사랑의 아득한 신비로움을 불안에 싸인 부끄러움과 더불어 무의식적으로나마 맛보고 있었다. 두 사람의 결합은 성숙한 사나이들의 쓰디쓴 매력을 갖고 있었다. 동시에 쓰디쓴 약초로서 친구들 전체에 대한 반항심을 불러일으키기도 했다. 어느 모로 보나 하일러는 친해질 수 없는 아이였고, 한스는 이해할 수 없는 아이였다. 그들의 수많은 우정은 아직 천진한 소년의 수준을 벗어나지 못했다.

한스가 깊은 행복을 느끼며 우정에 열중하면 할수록 학교생활은 서먹서먹해졌다. 새로운 행복감은 신선한 포도주와도 같이 그의 피와 사상 속에서 부글부글 끓어올랐다. 그에 비하여 리비우스와 호메로스는 그 중요성과 빛을 잃어갔다. 선생들은 여태까지 모범적인 학생이었던 기벤라트가 수상쩍은 요주의 인물 하일러에게 물든 것을 보고 경악했다. 이러한 변화는 선생들이 두려워하는 것 중 하나로 청년기가 발효되는 위험한 시기에 조숙한 소년들에게 나타나는 이상 현상이었다. 그러잖아도 하일러에게서 발견되는 모종의 천재적인 요소는 선생들을 두렵게 했다. 천재와 선생들 사이에는 옛날부터 뛰어넘기 어려운 깊은 간극이 존재했다. 천재적인 인간이 학교에서 보여주는 것은 대개 선생을 존경하지 않고, 열네 살에 담배를 피우기 시작하며, 열다섯 살에 연애를 하고, 열여섯 살에 술집에 드나든다. 또 금지된 책을 읽고 대담한 작문을 하며, 선생들을 조롱하듯 쳐다보고, 교무 일지에 언제나 선동자나 금고형을 받을 수 있는 후보로 기록되는 불량 학생들이다.

선생들은 한 명의 천재보다 열 명의 얼간이를 원할지도 모른다. 어떻게 생각하면 당연한 것이리라. 선생의 역할은 정상을 벗어난 인간이 아니라 라틴어를 잘하고 수학을 잘하는 꼼꼼한 인간을 만들어내는 걸 테니까. 그러나 어느 쪽이 더한 피해자이며 어느 쪽이 더한 가해자인가. 그리고 상대방의 영혼과 인생을 망치고 더럽히는 것은 둘 중 어느 쪽인가. 그것을 생각한다면 누구나 부끄러운 기분으로 자신의 젊은 시절을 회상하지 않을 수 없을 것이다. 그러나 그것은 우리가 상관할 바 아니다.

참으로 천재적인 인간이라면 대개의 경우 상처를 잘 치유하고, 학교에 굴하지 않고 좋은 작품을 내어 훗날 죽어서도 후세의 유쾌한 후광에 둘러싸이게 된다. 그래서 몇 세대에 걸쳐 학교 선생들 사이에 걸작으로 또는 고귀한 모범으로 인용되며, 그렇게 우리는 위안을 삼을 수가 있다. 이리하여 학교에서 학교로 규칙과 정신의 싸움은 언제나 반복된다. 국가와 학교가 매년 나타나는 몇몇 탁월하고 깊은 정신의 소유자를 뿌리째 뽑아버리려고 애쓰는 걸 우리는 목격하곤 한다. 언제나 다른 사람도 아닌 학교 선생들에게서 미움을 받는 자, 탈출에 성공한 자, 추방된 자들이 먼 훗날 우리 국민에게 보물을 안겨주는 사람이 될 수도 있다. 그러나 많은 사람이 내면의 방황 속에서 자신을 망치며 파멸하고 만다. 그 수가 얼마나 되는지 누가 알겠는가!

옛날부터 내려오는 학교의 이 훌륭한 원칙에 따라서 두 젊은이가 이상하다고 느껴지자 이내 사랑 대신에 한층 엄격한 감시가 뒤따랐다. 다만 한스를 가장 성실한 히브리어 연구자로서 자랑하고 있던 교장만은 불합리한 구제를 시도했다. 그는 한스를 자기 연구실로 불러들였다. 그곳은 옛날 수도원장이 살던 곳으로 아름다운 그림 같은 창이 있는 방이었다. 전설에 따르면 근처 크니트링겐에 살던 파우스트 박사가 여기서 엘핑거 술을 즐겼다고 한다.

교장은 비범한 인물로서 식견과 실무 능력이 뛰어났다. 또 인간적인 호의를 가지고 학생들을 '자네'라고 즐겨 불렀다. 그러나 그의 커다란 결점은 강한 허영심이었다. 그것에 현혹되어 그는 가끔 교단에서 식은땀을 흘릴 정도로 줄타기를 했으며, 또 자기의 힘이나 권위가 조금이라도 의심받는 것을 참지 못했다. 다른 사람의 이의 제기를 용납하지 않았으며, 어떠한 과오도 스스로 인정하지 않았다. 그래서 무기력하거나 교활한 학생들은 그와 잘 통했지만 기백 있고 정직한 학생들은 전혀 그러지 못했다. 그의 의견에 약간만 반대하는 기색을 보여도 펄쩍 뛰며 올바른 판단력을 잃기 때문이었다. 격려의 눈길과 자상한 목소리로 아버지나 친구를 대신하는 역할에 관한 한 그는 명수였다. 이번에도 그는 그 수법을 보여주려고 했다.

"앉게나, 기벤라트."

그는 주춤거리며 들어오는 한스의 손을 힘차게 잡고 다정하게 말을 꺼냈다.

"이야기할 게 좀 있는데 자네라고 불러도 상관없겠지?"

"그럼요, 교장 선생님."

"최근에 히브리어 성적이 약간 떨어졌다는 걸 자네도 스스로 느끼고 있겠지? 여태까지 히브리어는 아마 1등이었지? 그런데 별안간 성적이 이렇게 뚝 떨어지다니 섭섭한 일이야. 설마 히브리어에 흥미를 잃어버린 것은 아닌가?"

"그렇지 않습니다, 교장 선생님."

"잘 생각해봐. 그럴 수도 있으니까. 아마 다른 과목에 주력하고 있는 거겠지?"

"아닙니다, 교장 선생님."

"정말인가? 좋아, 그렇다면 원인을 찾아봐야겠네. 자네도 도와주겠지?"

"모르겠습니다. 저는 언제나 숙제를 했습니다."

"물론이지. 그러나 한핏줄에도 언청이는 있는 법이야. 자네는 물론 숙제를 해왔어. 그건 의무니까. 그러나 전에는 그 이상을 하지 않았나? 아마 더 열심히 했을 텐데. 어쨌든 흥미를 가지고 공부하다가 무엇 때문에 갑자기 열의가 식어버렸는지 궁금하군. 혹시 불편한 데라도 있는 건가?"

"아닙니다."

"그렇지 않으면 두통이라도 나나? 보기에도 그리 건강하지는 않은 것 같은데."

"네, 두통이 가끔 일어나긴 합니다."

"매일 숙제가 너무 많아서 그런가?"

"아닙니다. 결코 그래서가 아닙니다."

"그렇지 않으면 다른 책을 많이 읽나? 솔직히 말해보게."

"아닙니다. 거의 읽지 않고 있습니다, 교장 선생님."

"그렇다면 정말 모르겠군. 하여튼 문제가 있긴 할 텐데. 앞으로 노력하겠다고 약속해주겠나?"

한스는 교장 선생이 내미는 손에 자신의 손을 얹었다. 교장은 엄숙하면서도 온화한 눈길로 그를 바라봤다.

"그럼 됐어. 지치지 않도록 하게. 안 그러면 수레바퀴에 깔리고 말 테니까."

교장은 한스의 손을 꼭 잡았다. 한스는 안도의 숨을 내쉬고 방문

쪽으로 걸어갔다. 그때 교장이 다시 한번 호출했다.

"하나만 더 묻겠는데 기벤라트, 자네 하일러와 열심히 교제하는 것 같더군. 그렇지 않나?"

"네, 좀 친하게 지냅니다."

"다른 학생 이상으로 가까운 것 같던데?"

"그렇습니다. 그 애는 제 친구니까요."

"대체 어떻게 친해졌지? 두 사람은 성격도 아주 다른데 말이야."

"모르겠습니다. 제 친구라고밖에는 할 말이 없습니다."

"내가 그 친구를 그다지 좋아하지 않는다는 걸 자네도 알고 있겠지. 그는 침착하지도 않은 데다 불만투성이야. 재능은 있을지 모르지만 공부도 제대로 하지 않고 자네에게 좋은 영향을 끼치지도 못해. 자네가 그 친구를 멀리한다면 좋겠는데 어떻겠나?"

"그렇게는 할 수 없습니다, 교장 선생님."

"안 된다고? 도대체 왜?"

"왜냐하면 그 애는 제 친구인걸요. 그냥 내버려둘 수 없습니다."

"음, 하지만 다른 학생들과 좀 더 가까이 지낼 수도 있지 않나. 하일러에게 나쁜 영향을 받고 있는 건 자네뿐이야. 그 결과가 벌써 눈에 보여. 대체 그 친구의 어떤 점에 끌리는 거지?"

"저도 모르겠습니다. 우린 서로 좋아하고 있습니다. 그 친구를 버린다면 저는 비겁한 사람이 됩니다."

"허어, 그래. 그러면 강요하지 않겠네. 그러나 차츰 그 친구한테서 멀어지면 좋겠네. 그렇게 되면 나는 좋겠군. 아주 기쁠 거야."

교장의 마지막 말에는 처음의 온화한 기색이 조금도 보이지 않았다. 한스는 겨우 방을 나갈 수가 있었다.

그때부터 한스는 새삼스럽게 공부에 집중하기 시작했다. 그러나 예전처럼 진도가 잘 나가지 않았다. 그저 너무 뒤처지지 않도록 고생고생해서 따라갈 뿐이었다. 그 이유가 우정 때문이라는 것을 그도 잘 알고 있었다. 그러나 우정이 손해나 장애를 가져왔다고는 생각할 수 없었다. 오히려 지금까지 놓쳐버린 모든 것을 보상해주는 보물을 우정 속에서 발견했다. 예전의 무미건조한 생활과는 비교도 되지 않을 만큼 고조되고 따뜻한 생활이었다. 그는 사랑을 하는 젊은이 같은 기분이었다. 위대한 영웅적 행위라면 모르지만 날마다 싫증 나는 보잘것없는 일상다반사에 익숙해질 수는 없을 것 같았다. 그래서 끊임없이 절망적인 한숨을 쉬면서 스스로 멍에를 짊어지게 되었다.

들뜬 마음으로 공부하면서도 꼭 필요한 것을 재빨리 거의 완벽하게 자기 것으로 만들어버리는 하일러였지만, 그러한 재능을 한스는 갖지 못했다. 친구가 매일 저녁 한가한 시간에 자신을 꾀어냈으므로 한스는 무리를 해서 매일 아침 한 시간씩 일찍 일어났다. 그러고는 마치 적과 씨름이라도 하듯이 특히 히브리어 문법을 공부했다. 정말 재미있다는 생각이 드는 것은 호메로스와 역사 시간뿐이었다. 암중모색하는 기분으로 호메로스의 세계를 이해하려고 했다. 역사 속 영웅은 차츰 이름이나 연대기에서가 아니라 아주 가까이에서, 타는 듯한 눈과 붉은 입술, 얼굴과 손을 가지게 되었다. 어떤 이는 빨갛고 거친 손을 가졌고, 어떤 이는 차가운 돌 같은 손을, 어떤 이는 가냘픈 혈맥이 돋아난 뜨겁고 야윈 손을 가지고 있었다.

그리스어 원문으로 된 복음서를 읽을 때도 한스는 여러 인물을 눈앞에 똑똑히 그려보고 그들에게 압도되었다. 어느 날 〈마가복음〉 6장을 읽던 중 예수가 제자들과 함께 배에 오르는 장면에서 큰 감명을 받았다. 거기에는 "사람들이 금세 예수를 알아보고 도처에서 몰려들었다"라고 쓰여 있었다. 그 대목을 읽으면 그리스도가 배에 오르는 장면이 눈앞에 선했다. 또 금세 그리스도라는 걸 눈치챌 수 있었다. 그 모습이나 얼굴이 아니라 너그럽게 빛나는 사랑의 눈길, 볕에 그을린 부드럽고 아름다운 손을 들어 환영하는 듯한 그 동작으로 그를 알 수 있었다. 그 손은 섬세하면서도 힘찬 영혼이 만들어냈으며, 그 영혼이 그대로 그 속에 깃들어 있었다. 일렁이는 물결과 무거운 쪽배의 뱃머리가 일순 눈앞에 떠올랐다. 그러고는 모든 광경이 겨울날의 하얀 입김처럼 흩어져버렸다.

이런 일은 그 후에도 자주 일어났다. 어떤 인물이나 역사의 단편 등이 그대로 살아나와 자신들의 시선을 살아 있는 인간의 눈 속에 비춰보리라 갈망하며 책에서 튀어나왔다. 한스는 말없이 이를 눈여겨보며 이상한 일이라고 생각했으나, 홀연히 나타났다가 갑자기 사라지는 모습을 보면서 자신이 이상하게 변해간다고 느꼈다. 마치 검은 대지를 투시하거나 하느님의 시선을 마주하기라도 한 듯했다. 이런 귀중한 순간들은 예기치 않게 다가왔다가 애달파하기도 전에 사라져버렸다. 이상하고 신성한 그 무엇이 감도는 순례자나 친한 손님 같았으나 말을 걸어본다든가 억지로 붙잡아둘 수는 없었다.

이런 체험을 한스는 가슴에 고이 간직하고 하일러에게도 말하지 않았다. 하일러의 우울함은 침착하지 못한 불안함으로 변했다. 그리하여 수도원이며 선생이며 친구며 날씨며 삶이며 신의 존재에

관하여 날카롭게 비판하고, 때로는 싸우는 버릇이 나타나 별안간 어리석은 행동을 보이곤 했다.

그는 한번 고립된 후로 다른 학생들과 대립하는 관계가 되었다. 게다가 경솔한 자부심마저 생겨서 이 대립을 한층 첨예화하고 적대적인 관계를 만들고 말았다. 기벤라트는 아무 저항 없이 그 속에 휩쓸려갔다. 그리하여 두 친구는 반감으로 가득 찬 기괴한 섬이 되어버린 채 많은 학생에게서 멀어졌다. 한스는 차츰 그런 상황이 불쾌하지 않았다. 다만 교장에게만은 막연한 불안감이 있었다. 한때 그의 애제자였던 한스가 지금은 교장의 냉대 속에 분명히 고의적인 푸대접을 받고 있었다. 그렇기 때문에 한스는 교장의 전공 과목인 히브리어에 차츰 흥미를 잃어갔다.

몇몇을 제외한 학생 40여 명이 몇 개월 만에 정신과 육체가 모두 변해가는 것을 보는 일은 꽤 흥미로웠다. 어깨는 벌어지지 않은 채 키만 장대같이 자라는 학생이 많아서 짧아진 옷자락 끝으로 손목과 발목이 힘차게 드러났다. 얼굴엔 사라져가는 소년의 모습과 수줍게 가슴을 펴며 어른 티를 내고 있는 모습으로 갖가지 명암이 교차했다. 신체 발육이 아직 사춘기의 모난 형태를 보여주지 않고 있는 학생도 모세의 성서 연구 덕분에 적어도 일시적이나마 어른 티가 나는 엄숙함을 반반한 이마에 드러내고 있었다. 통통한 뺨은 거의 찾아볼 수 없었다.

한스도 변했다. 키가 헌칠한 점에서는 하일러에게 뒤지지 않았다. 그뿐 아니라 오히려 하일러보다 더 나이 들어 보였다. 부드러운 빛을 띠던 이마의 선이 이제는 눈에 띄게 드러났다. 눈은 더 깊숙이 들어가고 얼굴은 병색을 띠었으며, 손발과 어깨는 뼈가 튀어나와 앙상했다.

한스는 학교 성적에 불만을 가지면 가질수록 하일러의 영향을 받아 급우들과는 관계가 더 무뚝뚝해졌다. 이제 모범생으로서, 장래의 수석으로서 급우들을 내려다볼 수 없었기 때문에 거만한 성격은 정말 꼴사나울 정도가 되어버렸다. 그러나 딴 사람이 그걸 눈치챈다거나 자신이 그 일로 괴로워하는 건 도저히 용납할 수 없었다. 그중에서도 특히 모범적인 하르트너와 건방진 오토 벵거와는 벌써 몇 번이나 싸우기도 했다.

어느 날 벵거가 약을 올려대자 한스는 이성을 잃고 주먹다짐으로 응수해주었다. 어떤 때는 굉장한 싸움이 벌어지기도 했다. 벵거는 겁쟁이였지만 상대방이 약할 경우에는 때리고 달려들었다. 하일러는 그 자리에 없었다. 다른 아이들은 한가하게 구경하며 한스가 얻어맞는 것을 통쾌해했다. 한스는 심하게 얻어맞고 코피를 흘렸다. 갈빗대가 있는 대로 쑤시고 아팠다. 밤새도록 수치심과 고통과 분노가 치밀어서 잠을 이룰 수가 없었다. 하일러에게는 그 사실을 감추었다. 이때부터 한스는 다른 아이들과 절교하고 같은 반 아이와는 아예 한마디도 하지 않았다.

봄이 다가오자 비 오는 오후나 눈 내리는 일요일의 기나긴 황혼녘을 멋지게 보내기 위해 수도원 생활에도 새로운 움직임이 엿보였다. 피아노의 고수 한 명과 플루트를 부는 사람이 둘이나 있는 아크로폴리스 방에서 정기적인 음악의 밤을 두 차례나 열었다. 게르마니아 방에서는 희곡 독서회를 열었다. 그리고 몇몇 젊은 경건주의자들은 성경 모임을 만들어 매일 밤 칼뱅의 성서를 주석과 함께 한 장씩 읽어나갔다.

게르마니아 방의 독서회에 하일러가 가입을 신청했으나 거절당했다. 그는 격분했다. 그 분풀이로 이번에는 성경 모임에 들어갔다. 거기서도 그를 환영하는 것은 아니었지만 억지로 비집고 들어가 단란한 형제들의 경건한 대화에 당돌한 역설과 무신론적 풍자를 던져 말다툼과 불화를 일으켰다. 얼마 가지 않아서 하일러는 이 몹쓸 장난에도 싫증을 냈지만, 야유하는 듯한 말투는 오랫동안 남아 있었다. 그러나 이번에는 그런 하일러에게 신경 쓸 겨를이 없었다. 학생들이 이제는 개척 정신에 몸과 마음을 완전히 빼앗겨버렸기 때문이었다.

제일 화제가 된 것은 재능도 있고 기지도 있는 스파르타 방의 어떤 학생이었다. 그는 개인적인 명성을 생각하는 한편, 여러 가지 재미난 장난 같은 걸로 친구들을 즐겁게 해주고 단조로운 학교생활에 활기를 불어넣고자 했다. 그의 별명은 돈스턴이었다. 이 돈스턴이 화제를 모으고 자신의 이름을 날릴 수 있는 기발한 방법을 생각해냈다.

어느 날 아침 학생들이 침실에서 나와 보니 화장실 문에 종이 한 장이 붙어 있었다. 거기에는 '스파르타에서 보내는 여섯 가지 경구'라는 제목하에 남의 눈에 잘 띄는 친구들을 골라 그들의 장난이나 어리석은 행동, 그리고 우정 관계를 2행시로 우스꽝스럽게 조롱하는 글이 적혀 있었다. 기벤라트와 하일러에게도 일격을 가하고 있었다. 조그만 조직에서 굉장한 소동이 일어났다. 극장 입구와도 같이 모두가 문 앞에 몰려들었다. 여왕벌을 따르는 꿀벌 떼처럼 왁자지껄 서로 밀고 당기며 아우성치고 야단이었다.

그 이튿날 아침, 응수와 동조 그리고 새롭게 공격하는 경구와 풍자시 따위가 문에 가득 붙어 있었다. 그러나 이 소동의 장본인은 두 번 다시 거기에 낄 만큼 바보가 아니었다. 불씨를 창고에 던지는 목적을 이미 달성한 만큼 그는 희열에 넘쳐 두 손을 비비고 있었다. 거의 모든 학생이 며칠 동안 이 풍자 싸움에 참견했다. 누구든지 2행시를 생각하며 머릿속에 무언가를 그리듯이 뛰어다녔다. 그 속에서 내 상관할 바 아니라는 듯 언제나 변함없이 학업에 전념하고 있는 것은 오직 루치우스뿐이었다. 마침내 어떤 선생이 그걸 알아차리고 온당치 못한 유희라며 금지해버렸다.

잔꾀 많은 돈스턴은 월계관의 단꿈 속에 잠자고 있을 친구가 아니었다. 그동안 그는 또 다른 일을 착착 준비하고 있었다. 그리고 마침내 신문 창간호를 냈다. 아주 작은 원고지에 복사한 것으로 벌써 몇 주 전부터 자료를 모아둔 것이었다. '고슴도치'라는 제목을 붙인 일종의 만화 신문이었다. 〈여호수아기〉의 저자와 마울브론 신학교 학생과의 익살맞은 대화가 창간호의 특종이었다.

그의 성공은 대단했다. 한동안 그는 몹시도 바쁜 편집인 겸 발행인다운 얼굴을 하고 다녔다. 그 옛날 베네치아 공화국의 당당한 아레티나에 비할 만큼 비난과 찬사를 동시에 받았다.

헤르만 하일러가 열성적으로 편집에 참여하여 돈스턴과 함께 날카로운 풍자를 곁들인 검열관 역할을 맡았을 때 학생들 사이에서 놀라움의 소용돌이가 일어났다. 하일러는 그런 역할에 필요한 기지나 독설이 부족하지 않았다. 거의 한 달 동안 이 조그만 신문이 수도원 전체를 숨가쁘게 했다.

한스는 하일러가 하는 대로 내버려두었다. 그에게는 일을 같이 할 만한 흥미도 재주도 없었다. 그뿐만 아니라 처음에는 하일러가 다른 일로 바빠서 스타르타 방에서 자주 저녁 시간을 보내고 있다는 것조차 눈치채지 못했다. 한스는 하루 종일 우울하고 멍청한 표정으로 돌아다녔다. 그리고 조금씩 내키지 않는 공부를 했다. 언젠가 리비우스 시간에 묘한 일이 생겼다.

교수가 한스의 이름을 부르고 번역을 시켰으나 그는 그대로 앉아만 있었다.

"어떻게 된 거야? 왜 일어나지 않나?"

교수가 화를 내며 소리질렀다.

한스는 꼼짝도 하지 않았다. 그대로 의자에 똑바로 앉은 채 머리를 약간 숙이고는 눈을 반쯤 감고 있었다. 호명을 당했을 때 꿈속에서 깨어났으나, 교수의 말소리가 아주 먼 곳에서 들려오는 것같이 느껴졌다. 옆자리에 앉은 아이가 옆구리를 쿡쿡 찌르는 것도 알고 있었으나 그런 일도 그에게는 아무 소용없었다. 그는 다른 사람들에게 둘러싸여 있었다. 다른 사람이 그를 만지고 다른 소리가 그에게 말을 걸었다. 한마디도 하지 않고 다만 샘솟는 소리와도 같이, 깊은 곳에서 부드럽게 속삭이는 소리가 그에게 말을 건네고 있었다. 그리고 많은 눈이 그를 노려보고 있었다. 그들의 낯설고 큰 눈망울이 예감으로 빛나고 있었다. 그것은 리비우스를 읽으며 발견한 로마 군중의 눈이었는지도 모르고, 그가 꿈속에서 본 것이거나 어쩌면 언젠가 그림에서 본 미지의 인간의 눈이었는지도 모른다.

"기벤라트!"

교수가 고함을 꽥 질렀다.

"잠을 자는 거냐?"

한스는 조용히 눈을 뜨고 교수에게 시선을 돌리면서 고개를 저었다.

"졸고 있었군. 지금 우리가 어느 문장을 읽고 있는지 말할 수 있겠나?"

한스는 손가락으로 책의 한 부분을 가리켰다. 그는 어디를 읽는지 잘 알고 있었다.

"그렇다면 이번에는 일어설 수 있겠지?"

교수는 조롱하듯이 물었다. 한스가 일어섰다.

"대체 뭐 하는 건가? 내 얼굴을 봐!"

한스는 교수의 얼굴을 봤다. 교수는 그 눈이 마음에 들지 않는지 이상하다는 듯 고개를 절레절레 흔들었다.

"어디 불편한가, 기벤라트?"

"아닙니다, 교수님."

"앉게. 수업이 끝난 다음에 내 방으로 와."

한스는 앉아서 리비우스의 책을 들여다봤다. 그는 잠에서 완전히 깨어났다. 이제는 모든 것을 이해할 수 있었다. 그의 마음의 눈은 아까 말한 낯선 인물들의 자취를 천천히 더듬어갔다. 그것은 이따금 넓은 세계로 멀어지면서도 끊임없이 반짝이는 시선을 그에게 던지고 있었다. 그러다 마침내 자욱한 안개 속으로 완전히 사라지고 말았다. 그와 동시에 교수의 음성, 번역을 하는 학생의 음성, 교실의 온갖 조그마한 소음이 점점 가까워지면서 언제나처럼 뚜렷하게 되살아났다. 의자와 교단과 칠판이 여느 때와 같이 놓여 있고, 벽에는 커다란 나무 컴퍼스와 삼각자가 걸려 있었다. 주위에는 급우들이 그대로 앉아 있고, 그들 중 대부분이 호기심을 가지고 귀찮게 그를 곁눈질하고 있었다. 갑자기 정신이 번쩍 들었다.

"수업이 끝난 다음에 내 방으로 와"라고 말하는 소리를 귀담아 들은 것이었다. 큰일이었다. 뭐라고 소곤거리는 급우들 사이를 지나 교수에게 갔다.

"자, 도대체 어찌된 일인지 말해봐! 잠을 잤던 건 아니지?"

"네."

"이름을 불렀을 때 왜 일어나지 않았나?"

"저도 모르겠습니다."

"그렇다면 내 말을 못 들었나? 귀가 어두운가?"

"아뇨, 들었습니다."

"들었지만 일어서지 않았다, 게다가 나중에는 이상한 눈짓까지 했지. 대체 뭘 생각하고 있었나?"

"아무것도 생각하지 않았습니다. 정말로 일어서려고 했습니다."

"그런데 왜 일어나지 않았나? 어디 불편한 데라도 있는 거냐?"

"그렇지 않습니다. 어쩐 일인지 저도 모르겠습니다."

"머리가 아팠나?"

"아닙니다."

"좋아. 가보도록 해."

식사 전에 한스는 다시 호출을 받고 침실로 불려갔다. 거기에는 마을의 의사와 함께 교장이 기다리고 있었다. 한스는 진찰을 받았다. 의사가 꼬치꼬치 캐물었지만 무엇 하나 확실한 증상은 없었다. 의사는 호인다운 웃음을 띠며 대수롭지 않게 말했다.

"가벼운 신경증이로군요, 교장 선생님. 일시적인 신경 쇠약, 일종의 가벼운 현기증입니다. 이 젊은이는 매일 밖으로 나가야만 합니다. 두통 관련해서는 몇 자 처방을 적어 드리지요."

그는 부드럽게 웃었다.

그때부터 한스는 매일 식후 한 시간씩 산책을 나가야만 했다. 그는 그게 조금도 싫지 않았으나 하일러가 동행하겠다는 것을 교장 선생이 단호히 거부한 일은 섭섭했다. 하일러는 분개하며 욕을 했지만 지시를 따르지 않을 수 없었다. 그래서 한스는 혼자 나갔다. 오히려 그 사실에 일종의 희열을 느끼기도 했다.

아름다운 둥근 언덕배기에 엷고 맑은 물결과 함께 신록이 일렁이고 있었다. 나무들마다 윤곽이 뚜렷한 갈색 풍경에 거미줄 같은 겨울의 모습을 벗어던지고 어린 잎들이 풍경에 뒤섞여서 약동하는 신록이 파도로 변했다.

라틴어 학교 시절 한스는 지금과는 다른 눈으로 봄을 봤다. 더 생생하게, 더 호기심을 가지고 하나하나 주의 깊게 관찰했다. 여러 종류의 새들이 차례로 날아오르는 것을 관찰했고, 나무에서 꽃들이 차례로 피는 것을 지켜봤다. 5월이 되면 낚시를 시작했다. 그러나 지금은 새의 종류를 구별하려고도, 꽃봉오리로 화초를 구별하려고도 애쓰지 않는다. 그는 다만 전체의 움직임과 도처에서 움트는 색깔을 보고, 어린 잎들의 냄새를 맡고, 부드럽게 비등하는 공기를 느끼면서 두려운 생각으로 들판을 거닐었다. 그는 금세 피곤해져서 옆으로 드러눕고 싶은 충동을 어쩌지 못했다.

끊임없이 자기를 둘러싸고 있는 것과는 다른 여러 가지 것들을 봤다. 그것이 실제로 어떤 것인가를 그 자신은 몰랐고, 그걸 생각해보지도 않았다. 그것은 밝고 부드럽고 기묘한 꿈이었으며, 그림이나 진기한 나무들이 늘어선 가로수처럼 그를 둘러싸고 있었다. 어느 것이나 일부러 꾸며놓은 것 같지는 않았으나 다만 바라보기 위한 순수한 그림에 지나지 않았다. 그러나 그것을 본다는 것은 하나의 체험이었다. 그것은 다른 장소나 다른 인간이 있는 데로 가는 것이었다. 낯선 땅을, 부드럽고 밟기 좋은 땅을 거니는 것과 같았다. 몸에 닿지 않는 공기, 두둥실 떠오르듯 가벼운 리듬과 미묘한 꿈 같은 향기가 가득한 공기를 호흡하는 기분이었다. 이러한 그림들 대신에 때때로 가벼운 손길이 그의 몸을 부드럽게 어루만지듯이 아늑하고 따뜻한 감정이 스며들기도 했다.

한스는 독서나 공부에 집중하는 데 굉장히 힘이 들었다. 그의 흥미를 끌지 않는 것은 환상처럼 손가락 사이로 빠져나갔다. 수업 시간에 히브리어 단어를 잊어버리지 않으려면 마지막 수업 시간 사이에 외워야만 했다. 그러나 때때로 사물의 형체가 눈앞에 뚜렷이 떠오르는 순간이 많아졌다. 책을 읽고 있으면 거기에 묘사된 것들이 별안간 눈앞에 나타나서 바로 앞에 있는 사물보다 훨씬 더 구체적으로 살아 움직였다. 자신의 기억력이 아무것도 받아들이려 하지 않고, 나날이 마비되어가고 불확실해져가는 것을 눈치챈 그는 절망감을 느꼈다.

한편에서는 오래된 기억이 끔찍스러울 만큼 선명하게 그를 괴롭혔다. 그때마다 이상하고 불안했다. 수업 시간이나 독서 중에 아버지나 안나 아주머니, 옛날 선생이나 동급생 중 하나가 머릿속에 자꾸 떠올라 잠깐 동안 그의 집중력을 완전히 앗아갔다. 슈투트가르트에 머물던 때의 일이나 주 시험을 칠 때의 일, 방학 중의 일들이 그의 머릿속에 되살아나고 있었다. 낚싯대를 늘어뜨리고 강기슭에 앉아 있는 자신의 모습을 발견하기도 하고, 햇빛을 머금은 강물 냄새를 맡기도 했다. 마치 오래전 어린 시절로 돌아가서 꿈을 꾸고 있는 것 같은 착각이 들기도 했다.

후텁지근하고 음울한 저녁 무렵, 한스는 하일러와 방 안을 이리저리 돌아다니며 고향에서 있었던 일, 아버지에게서 꾸중을 들었던 일, 낚시하는 재미, 학교에서 일어났던 일들을 이야기했다. 하일러는 한스가 무색할 정도로 담담했다. 그는 한스가 지껄이도록 놔두었다가 가끔 머리를 끄덕였으며, 종일 가지고 놀았던 조그만 삼각자를 생각에 골몰한 듯 허공에 서너 번 던지기도 했다. 한스도 차츰 입을 다물고 말았다. 어느새 밤이 깊었다. 둘은 창가에 앉았다.

"이봐, 한스."

결국 하일러가 말을 꺼냈다. 그 소리는 불안에 떨고 있었다.

"뭐야?"

"아무것도 아냐."

"괜찮으니 말해봐."

"난 말이야, 얼핏 생각한 건데, 네가 여러 가지 이야기를 했으니……."

"대체 무슨 말이야?"

"이봐 한스, 너 젊은 여자 뒤꽁무니를 쫓아다녀본 적 없니?"

다시 잠잠해졌다. 둘은 아직 그런 이야기를 해본 적이 없었다. 한스는 그런 일에 일종의 공포심을 가지고 있었다. 그러나 그 수수께끼 같은 세계는 동화 속에 나오는 꽃밭처럼 그의 마음을 끌었다. 그는 얼굴이 화끈 달아오르는 걸 어쩔 수 없었다. 그의 손가락이 떨렸다.

"딱 한 번."

한스가 속삭이듯 말했다.

"아직 아무것도 모르는 어린아이였을 때."

또다시 잠잠해졌다.

"그럼 넌, 하일러?"

하일러는 한숨을 쉬었다.

"아냐. 그만두자. 이런 말을 하려던 게 아니었는데. 아무 소용도 없는 일인걸 뭐."

"그래도 좋아."

"……좋아하는 여자가 있어."

"네가? 정말이냐?"

"고향 이웃집 아가씨야. 이번 겨울에 그녀에게 키스했어."

"키스를……?"

"음……, 어둠이 내리는 저녁 무렵이었어. 얼음 위에서 스케이트 벗는 걸 도와주다가 키스했어."

"그녀가 아무 말도 하지 않았니?"

"아무 말도 안 했어. 도망쳤을 뿐이지."

"그러고는?"

"그러고는…… 그뿐이야."

그는 한숨을 쉬었다. 한스는 하일러가 금단의 동산에서 쫓겨난 영웅처럼 보였다.

그때 종이 울렸다. 모두 이불 속으로 들어가야만 했다. 불이 꺼지고 모두가 잠들고 나서도 한스는 한 시간 이상 눈을 감지 않고 하일러가 사랑하는 사람에게 했다는 키스를 생각했다.

이튿날 더 자세한 이야기를 들으려고 했으나 부끄러웠다. 하일러는 또 한스가 물어보지 않는데 먼저 말을 꺼내는 것이 어색했다.

한스는 학교생활에 점점 소원해졌다. 선생들은 언짢은 얼굴을 하고 이상한 시선으로 바라보기 시작했다. 교장 선생은 화가 나서 어두운 얼굴을 하고 있었고, 동급생들도 기벤라트가 성적이 떨어져서 1등 목표를 포기해버렸다는 걸 이미 알고 있었다. 하일러만이 학교를 그다지 중요하게 생각하지 않아서 아무것도 눈치채지 못했다. 한스 자신도 별로 신경 쓰지 않고 그저 흘러가는 대로, 변해가는 대로 방관하고 있었다.

하일러는 신문 편집에 권태를 느끼고 다시 그의 친구 곁으로 돌아왔다. 그는 몇 번이나 지시를 어기고 한스의 일과와도 같은 산책에 따라나섰다. 양지바른 곳에 같이 드러누워 공상의 날개를 펴거나 시를 읊으며 교장 선생을 화제로 야유의 꽃을 피우기도 했다. 한스는 날이 새면 언제나 하일러가 그 연애 사건을 들려주리라는 막연한 기대감을 안고 기다렸다. 그렇지만 시간이 흘러가면 갈수록 물어볼 용기가 나지 않았다.

동급생들한테서도 둘은 이전보다 더 미움을 받고 있었다. 그 이유는 하일러가 '고슴도치'에서 신랄한 비난을 퍼부어 누구에게도 신임을 얻지 못했기 때문이었다. 그때는 이미 신문이 폐간되고 난 후였다. 그가 임무를 끝마친 지 오래된 때였다. 본래 그 신문은 겨울과 봄 사이 지리한 몇 주를 예상하고 발행했다. 지금은 막 시작된 아름다운 계절이 식물 채집과 산책 등 대기 속에서 운동을 마음껏 즐길 수 있는 기회를 제공해주고 있었다. 점심 시간마다 체조를 하는 학생, 공놀이를 하는 학생으로 수도원 안뜰에 고함 소리와 생명의 약동이 넘쳐나고 있었다.

그러던 어느 날, 다시금 큰 사건이 일어났다. 그 주인공은 전체

학생의 골칫거리이자 암초였던 헤르만 하일러였다.

교장 선생은 하일러가 자신의 지시를 비웃으며 거의 매일같이 기벤라트의 산책길에 따라나선다는 사실을 알았다. 이번에는 한스는 그대로 두고 그의 친한 친구인 하일러를 교장실로 불러들였다. 교장 선생은 다정하게 반말을 하려 했으나 하일러가 거부했다. 하일러는 지시를 어긴 사실을 교장이 꾸짖자 자기는 기벤라트의 친구이며 그와 자신의 교제를 막을 권리는 누구에게도 없다고 주장했다. 그리하여 심한 언쟁이 벌어졌고, 그 결과 하일러는 서너 시간 감금되고 당분간 한스와 같이 외출하지 말라는 엄격한 금지령이 내려졌다.

다음 날 한스는 혼자서 공인받은 산책을 나갔다가 2시에 돌아와서 다른 학생들과 함께 교실로 들어갔다. 수업이 시작될 때 하일러가 없어졌다는 사실을 알았다. 힌두가 없어졌을 때와 꼭 같았다. 그러나 이번만은 누구 하나 지각이라고 생각하지 않았다.

3시에 전 학생이 선생 셋과 함께 없어진 하일러를 찾으러 나섰다. 모두 숲속으로 흩어져서 소리를 지르며 찾아 헤맸다. 선생 중 두 사람과 학생들 대부분은 하일러가 자살했을 거라고 생각했다.

5시에 그 지방의 파출소와 경찰서에 전보를 치고 저녁때에는 하일러의 아버지에게도 전보를 쳤다. 어두워질 때까지 아무런 단서도 발견하지 못했다. 밤이 되자 침대마다 속삭이는 소리와 귀엣말 소리가 그치지 않았다. 학생들 사이에서는 하일러가 투신자살을 했으리라는 추측이 지배적이었다. 반면에 고향으로 떠났으리라고 생각하는 학생도 있었다. 그러나 그 도망자는 수중에 돈 한 푼 갖고 있지 않은 것이 확인되었다.

학생들은 모두 한스만은 그 사정을 틀림없이 알고 있을 거라고 생각했다. 그러나 한스는 오히려 가장 놀라고 걱정하는 사람 중 한 명이었다. 다른 학생들이 묻기도 하고 얼토당토않은 추측을 하며 농담을 걸어오자 그는 이불을 푹 뒤집어썼다. 그는 불안한 가슴을 부여안고 오랫동안 고통스러운 시간을 보냈다. 하일러가 이제 영영 돌아오지 않으리라는 예감이 불안한 가슴에서 떠나지 않았다. 그는 마침내 슬픔을 이기지 못하고 지쳐 잠이 들고 말았다.

이즈음 하일러는 몇 마일이나 떨어진 어느 숲속에 누워 있었다. 추워서 잠을 이룰 수가 없었으나 진심으로 자유로운 기분에 도취되어 깊은 숨을 내쉬며 좁은 새장에서 풀려난 새와 같이 손발을 뻗어보기도 했다. 그는 점심때부터 달음질을 쳐왔다. 크니틀링겐에서 산 빵을 씹으며 아직 봄빛이 남아 있는 나뭇가지 사이를 바라봤다. 거기에는 칠흑 같은 어둠과 별과 빠르게 스쳐 가는 구름이 있었다. 어디로 갈지는 문제가 되지 않았다. 적어도 오늘 저녁만큼은 몸서리쳐지는 수도원을 뛰쳐나와 자신의 의지가 명령이나 금지보다 강하다는 걸 교장에게 보여주고 싶었다.

그 이튿날도 하루 종일 하일러를 찾았으나 허사였다. 그는 이튿날 밤을 어느 마을 가까이에 있는 밭이랑 위 짚단 사이에서 보냈다. 아침이 되자 또 숲속으로 들어갔다. 저녁 무렵 어느 마을로 들어가려고 하다가 경찰관의 손에 붙들리고 말았다. 경찰관은 악의 없는 욕설을 퍼부으며 그를 달래 읍사무소로 데리고 갔다. 그는 거기서 농담과 애교로 읍장의 환심을 샀다. 읍장은 그를 자기 집으로 데리고 가서 밤을 지내게 했다. 하일러는 잠자기 전 햄과 달걀을 배불리 대접받았다.

이튿날은 그동안에 달려온 아버지가 그를 데리러 왔다. 도망자가 잡혀오자 수도원은 흥분에 빠졌다. 그러나 하일러는 머리를 꼿꼿이 쳐들고 천재적인 짧은 여행을 전혀 후회하지 않는 표정이었다. 모두들 그에게 사과를 받으려고 했다. 그러나 그는 사과를 거부했다. 교수회의 비밀 재판을 조금도 겁내지 않았고 공손한 태도를 보이지도 않았다. 학교에서는 그를 붙들어놓으려고 했으나 이미 재고의 여지가 없었다. 그는 퇴교 처분을 당하고 저녁때 아버지와 같이 떠난 뒤 두 번 다시 돌아오지 않았다. 그의 친구 기벤라트와는 악수로 이별을 고했다.

극히 반항적이고 타락한 이 탈선에 대해서 교장 선생은 격한 감정으로 훈시했다. 그러나 슈투트가르트의 상급 관청에 보내는 그의 보고서는 아주 절제되고 부드러운 문체로 시작되었다. 퇴교당한 학생과는 서신 연락을 금지했다. 그 이야기를 들은 한스 기벤라트는 그냥 웃기만 할 뿐이었다. 몇 주에 걸쳐서 하일러와 그의 도주 사건이 큰 화제가 되어 떠들썩했다. 그러나 멀리 떨어져 있고 시간도 흐르자 모두의 판단이 달라졌다. 그때는 불안감에 싸여 피했던 그 도망자를 나중에는 날아가버린 독수리처럼 선망하는 학생도 적지 않았다.

헬라스 방에는 빈 책상이 두 개로 늘었다. 나중에 없어진 학생은 먼저 없어진 학생처럼 빨리 잊히지는 않았다. 교장 선생만은 두 번째 사건도 얼른 잠잠해졌으면 하고 생각했다. 그러나 하일러는 수도원의 평화를 깨뜨릴 만한 일은 하나도 하지 않았다. 한스는 기다리고 기다렸으나 끝내 아무 소식도 오지 않았다. 하일러는 떠나버린 채 행방불명이 되었다. 하일러와 그의 도주는 차츰 과거의 이야기가 되고 마침내 전설이 되었다. 그 정열적인 소년은 그 후에 여러 가지 천재적인 업적을 쌓고 실패를 거듭한 끝에 비통한 생활 가운데서도 엄격히 처신했고, 큰 인물이라고까지는 할 수 없어도 훌륭한 인간이 되었다.

그러나 뒤에 남겨진 한스는 하일러의 도주를 알고 있었을 거라는 혐의에서 벗어나지 못한 채 선생들의 호의를 완전히 잃어버리고 말았다. 한 선생은 한스가 수업 중에 몇 가지 질문에 대답하지 못하자, "왜 너는 훌륭한 친구 하일러처럼 가버리지 않았나?"라는 말까지 했다.

교장 선생은 그를 내버려두었다. 바리새 사람들이 세리(稅吏)를 보듯이 경멸에 가득 찬 동정심으로 한스를 방관했다. 한스 기벤라트는 이제 학생 축에도 들지 못했다. 그는 나환자와 같은 취급을 받았다.

5

두더지가 저장해둔 먹이를 먹고 한동안 살아가듯이, 한스는 전에 얻은 지식으로 얼마간을 지탱해나갔다. 그다음부터는 괴로운 궁핍의 연속이었지만, 오래가지 않아 조금씩 새로운 노력을 통해 곤경을 모면하기도 했다. 그러나 그 무모함에 자신도 웃지 않을 수 없었다. 그는 부질없이 골머리를 앓을 필요성을 느끼지 않았다. 구약성서 최초의 다섯 권 다음으로 호메로스를 포기하고, 크세노폰 다음에는 대수학을 포기했다. 선생들 사이에서 그에 대한 평판이 조금씩 내려가며 우에서 미로, 미에서 양으로, 드디어 가로 떨어지는 것을 태연히 지켜봤다. 또다시 두통이 버릇처럼 찾아왔다. 두통에 시달리지 않을 때는 헤르만 하일러를 생각하거나 하염없는 꿈을 좇으며 몇 시간씩 멍청하게 생각에 잠겼다.

친절한 젊은 조교수 비드리히는 한스의 얼빠진 웃음을 보고 진심으로 마음 아파했다. 그는 탈선한 소년을 아끼는 마음에서 진정으로 동정심을 갖고 대해주는 유일한 사람이었다. 그 밖에 다른 선생들은 그에게 공연히 화를 내거나 벌을 준다는 듯이 멸시의 눈길을 보냈다. 때로는 경멸에 가득 찬 농담을 던지기도 하여 잠든 그의 공명심을 일깨워주려고도 했다.

"잠들지 않았다면 이 문장을 읽어보지 않겠나?"

유독 화가 난 사람은 교장 선생이었다. 이 허영심 많은 사나이는 자기 눈의 위력에 대단한 자부심을 가지고 있었다. 그가 위풍당당하게 눈을 부릅뜨고 노려보아도 기벤라트는 언제나 비굴하게 죽여주십쇼, 하는 듯한 멋쩍은 웃음만 지을 뿐이었으므로 화가 벌컥 치밀곤 했다. 한스의 웃음은 교장 선생을 차츰 신경질적으로 만들었다.

"그런 머저리 같은 얼굴로 웃지 말아라. 통곡을 해도 시원찮을 판에."

더 큰 충격은 아버지의 편지였다. 아버지는 깜짝 놀라서 아들의 마음을 붙잡아달라고 교장 선생에게 애원했다. 교장 선생이 기벤라트 씨에게 편지를 보낸 것이었다. 아버지는 놀라서 어찌할 바를 몰랐다. 한스에게 보낸 편지에서 아버지는 솔직한 사람들이 보통 쓰지 못하는 격려와 도덕적인 울분을 담은 글귀를 하나도 빠짐없이 늘어놓았다. 그러는 가운데 눈물겨운 호소도 잊지 않았다. 그게 아들의 마음을 쓰라리게 했다.

교장 선생을 비롯하여 기벤라트의 아버지와 교수와 조교수에 이르기까지 자신들의 의무에 충실한 지도자들은 누구나 다 한스의 마음속에서 그들의 소망을 방해하는 독소와 딱딱하게 굳은 게으름을 발견하고 무리를 해서라도 바른길을 걷게 해주겠다고 생각했다. 그 온정 넘치는 젊은 조교수를 제외하고는 여윈 소년의 얼굴에 깃든 실없는 웃음 뒤로 꺼져가는 영혼이 수렁에 빠진 듯 절망적으로 주위를 살피고 있다는 사실을 눈치채는 사람이 아무도 없었다. 학교와 아버지와 몇몇 교사의 잔인한 명예욕이 그들 앞에 숨김 없이 펼쳐진 상처받기 쉬운 영혼을 가차없이 짓밟았다고, 나약하고 아름다운 소년을 이런 지경에까지 이르게 했다고 생각하는 사람은 없었다.

어째서 가장 감수성이 예민하고 위험한 소년 시절에 매일 밤늦게까지 공부를 해야만 했을까? 왜 그에게서 토끼를 빼앗아버렸을까? 왜 라틴어 학교 시절 그를 친구들과 떨어뜨려놓았을까? 왜 낚시질이며 돌아다니며 노는 것을 금지했을까? 왜 심신을 갈가리 찢어놓을 뿐인 쓸데없는 공명심을 부추겨 공허하고 저속한 이상을 불어넣었을까? 왜 시험이 끝나고 나서도 마땅히 누려야 할 휴식조차 허락하지 않았을까? 이제 지칠 대로 지친 노새는 길가에 쓰러져서 아무 쓸모도 없는 존재가 되어 있었다.

초여름에 마을의 의사는 한스에 대해 성장기의 신경 쇠약일 뿐이라고 거듭 진단했다. 방학 중에 잘 먹고 숲속을 거닐면서 충분히 휴식을 취하기만 한다면 병이 꼭 나을 수 있다고 했다. 그러나 안타깝게도 일이 그렇게 되지 않았다. 방학이 시작되기 3주 전이었다. 한스는 오후 수업 시간에 교수에게 심하게 꾸중을 들었다. 교수가 욕을 퍼부어대자 한스는 의자에 쓰러져서 공포에 떨다가 그만 흐느껴 우는 바람에 수업이 중단되고 말았다. 그 후 그는 반나절 동안 침대에 누워 있어야 했다.

이튿날 한스는 수학 시간에 지명을 받아 칠판에 그린 기하 도표를 설명해야 했다. 앞으로 나갔지만 칠판 앞에서 현기증을 느꼈다. 백묵과 자로 선을 긋던 중 그만 그 두 가지를 다 떨어뜨리고 말았다. 주우려고 허리를 굽혔으나 마룻바닥에 무릎을 꿇은 채 도저히 일어설 수가 없었다. 의사는 환자가 어리석은 짓을 했다며 상당히 화를 냈다. 그는 신중한 태도로 즉시 휴식을 취하라고 지시했고, 신경과 의사에게 보이라고도 권했다.

"저 아이는 무도병*이 난 겁니다."

의사가 교장에게 속삭였다. 교장은 조용히 생각해봤다. 무모하게 화난 얼굴을 하기보다는 아버지처럼 자비 넘치는 표정이 좋겠다고 생각했다. 그것은 어려운 일이 아니었고 어쩌면 잘 어울렸는지도 모른다.

교장 선생과 의사는 각기 따로 한스의 아버지에게 편지를 써주고 한스를 고향으로 내려보냈다. 교장 선생의 분노는 깊은 우려로 바뀌었다. 얼마 전 하일러 사건으로 뒤숭숭했던 교육청이 이 새로운 불행을 어떻게 받아들일까? 모두가 의외로 생각한 것은 교장 선생이 이번 돌발 사건과 관련하여 으레 해야 할 훈화조차 단념해 버린 것이었다. 오히려 마지막까지 한스를 끔찍하리만큼 다정하게 대했다. 요양이 끝난 뒤 한스가 돌아오지 않으리라는 것을 교장 선생은 잘 알고 있었다. 그전에 완치된다 하더라도 그때는 벌써 훨씬 뒤처져 있을 그 어린 학생은 휴학한 몇 달을, 아니 몇 주도 따라잡을 가망이 없을 터였다.

진심으로 격려하듯이 "잘 가, 다시 만나자"라는 말로 그와 헤어

---

* 얼굴, 손, 발, 혀 등이 뜻대로 되지 않고 저절로 심하게 움직이는 신경병이다.

지기는 했지만, 그다음 순간 헬라스 방에 들어서서 주인 없는 책상 세 개를 볼 때마다 교장은 마음이 괴로웠다. 타고난 재능을 지닌 두 제자가 연기처럼 사라져버린 데 대한 책임의 일부가 이유야 어찌됐든 자신에게 있을지도 모른다는 생각을 마음 한구석에서 떨쳐버리는 데 적잖이 신경을 썼다. 그러나 배짱 좋고 도덕적으로도 강인한 남자였기에 이 무익하고 어두운 의심을 마음 한구석에서 떨쳐버리기는 쉬운 일이었다.

조그만 여행 가방을 들고 떠나는 신학교 학생 뒤로 교회와 성문과 박공지붕, 또 탑들이 있는 수도원이 멀어져갔다. 숲과 언덕이 벌판 아래로 가라앉고 그 대신 바덴주 경계에 있는 과일나무들이 물결치는 초원이 눈앞에 아른거렸다. 그다음에는 포르츠하임시가 나타나고, 그 뒤로 슈바르츠발트의 검푸른 전나무 산이 펼쳐졌다. 수많은 계곡 사이로 시냇물이 흐르고 있었다. 뜨겁게 내리쬐는 여름 햇살을 받으며 전나무 숲은 어느 때보다 푸르고 시원한 그림자를 짙게 드리우고 있었다.

소년은 고향의 정취를 물씬 풍기는 풍경을 바라보며 한결 즐거운 기분이 들었다. 그러나 고향이 가까워오자 문득 아버지가 떠올랐다. 아버지가 어떻게 맞이할 것인가 하는 불안감이 아늑한 여행의 기쁨을 산산조각 내고 말았다. 시험을 치러 슈투트가르트에 갈 때라든가 입학하러 마울브론으로 갈 때 느꼈던 불안과 긴장을 동반한 기쁨이 다시 머리에 떠올랐다. 그러나 저러나 도대체 무엇 때문에 그랬을까? 교장 선생과 마찬가지로 그 역시 두 번 다시 돌아가지 않으리라는 것을, 신학교도 학문도 야심 찼던 온갖 희망도 완전히 종말을 고하고 말았다는 것을 잘 알고 있었다. 그러나 그 사실이 슬프지는 않았다. 오직 기대를 배반당해 실망하고 있을 아버지가 걱정이었다. 지금은 요양보다 실의에 빠져 있는 아버지에 대한 걱정이 천근만근 마음을 내리눌렀다. 그는 휴식하고, 실컷 자고, 마음껏 울고, 마음껏 꿈꾸며 온갖 시달림과 억압에서 벗어나 안정을 얻고자 하는 간절한 소망 외에는 아무것도 바라지 않았다. 그러나 이러한 환경에서는 도저히 그 소망이 이루어질 것 같지 않았다.

기차 여행이 끝나갈 무렵 한스는 심한 두통을 느꼈다. 기차가 좋아하는 곳을 달리고 있는데도 창밖을 내다보지 않았다. 옛날에 열심히 돌아다녔던 언덕과 숲인데도 정다운 고향 역에서 내려야 한다는 것조차 하마터면 잊어버릴 뻔했다.

우산과 여행 가방을 들고 그는 기차에서 내렸다. 아버지는 아들을 말없이 살펴봤다. 교장 선생의 최후 보고는 성공을 거두지 못한 아들에 대한 환멸과 분노를 당혹스러움으로 바꿔놓았다. 아버지는 비참한 몰골일 거라는 상상과 달리 쇠약해졌어도 두 발로 걷고 있는 한스를 발견했다. 다소 위안이 되었다. 하지만 가장 큰 문제는 그의 숨겨진 불안, 즉 의사와 교장 선생이 알려준 신경 질환에 대한 그의 공포였다. 그의 집안에는 이제까지 신경병에 걸린 사람이 없었다. 세상 사람들은 이런 환자를 마치 정신병자 대하듯 이해심 없는 조소와 경멸하는 듯한 동정심을 가지고 대했다. 그런데 지금 한스가 그런 병을 안고 돌아온 것이다.

집에 도착한 첫날, 한스는 아버지에게 잔소리를 듣지 않은 게 은근히 기뻤다. 아버지는 불안하고 걱정 어린 얼굴로 아들을 맞아주었다. 때로는 묘하게 떠보는 눈초리로, 때로는 간담이 서늘한 호기심으로 대했다. 그리고 어떤 때는 짐짓 부드러운 투로 말을 걸거나 눈치채지 못할 정도로 노려보기도 했다.

한스는 그럴수록 더욱 겁을 집어먹었다. 자신의 상태에 대한 막연한 불안감이 그를 괴롭히기 시작했다. 날씨 좋은 날이면 그는 몇 시간이나 숲속에 드러누워 있었다. 그것은 효과가 있었다. 소년 시절의 행복했던 순간들이 때때로 상처받은 그의 마음을 어루만져주었다. 예를 들면 꽃이나 딱정벌레를 바라볼 때의 기쁨, 새에게 살짝 다가가거나 짐승의 발자취를 더듬어갈 때의 기쁨이 그랬다. 하지만 언제나 순간에 지나지 않았다. 대개는 맥이 빠져서 이끼 위에 드러누운 채로 무거운 머리를 부여안고 뭘 좀 생각해내려고 애썼으나 뜻대로 되지 않았다. 나중에는 꿈이 몰려와서 머나먼 다른 세계로 그를 끌고 갔다. 거의 그칠 사이 없이 두통이 찾아왔다. 수도원이나 라틴어 학교를 회상하면 수많은 책과 학과와 의무가 뚜렷하게 떠올라 무서운 악마처럼 덤벼들기도 했다.

언젠가는 이런 꿈도 꾸었다. 친구 헤르만 하일러가 죽어서 들것에 누워 있었다. 가까이 다가가려고 하자 교장 선생과 다른 학생들이 밀어냈다. 몇 번이나 밀고 들어가도 그때마다 밀려났다. 신학교 교수와 조교수뿐 아니라 초등학교 교장과 슈투트가르트의 시험관도 그 속에 끼어 있었다. 모두가 성난 얼굴이었다. 그리고 별안간 장면이 바뀌어, 들것에 누워 있는 것은 물에 빠진 힌두였다. 우스꽝스러워 보이는 그의 아버지가 높은 실크해트를 쓰고 구부정한 다리로 슬픔에 잠겨 옆에 서 있었다.

그러고는 또다시 도망친 하일러를 찾아서 숲속을 달리는 꿈을 꾸었다. 하일러가 멀리 나무등걸 사이를 걸어가고 있는 것이 몇 번이나 보였다. 이름을 부르려고 할 때마다 그는 사라지고 말았다.

결국에는 하일러가 걸음을 멈추고 한스를 가까이 불러서 말했다.

"이봐, 난 애인이 있단 말이야."

한번은 고요하고 거룩한 눈매와 아름답고 평화로운 손길을 가진 야윈 사람이 배에서 내리는 것을 보고 그쪽으로 달려갔다. 그러나 모든 것이 사라지고 말았다. 그게 뭐였을지 생각해보니 복음서의 한 대목이 떠올랐다. "백성들이 곧 예수를 알아보고 그리로 달려갔도다"라는 그리스어 문구였다. 그러고는 'περιέδραμδυ'가 무슨 변화형인가, 이 동사의 현재, 부정법, 완료, 미래가 뭔지 생각해내고, 또 그것을 단수와 복수로 완전히 변화시켰다. 조금이라도 막히면 조바심이 나서 식은땀이 흘렀다. 정신을 차리고 보면 머릿속이 온통 상처투성이가 된 것 같았다. 체념과 죄의식으로 얼굴을 찡그리자 별안간 교장 선생의 목소리가 들려왔다.

"바보처럼 그 얼빠진 웃음은 뭐지? 그렇게밖에 못 웃나?"

어떤 날은 효과가 있는 것도 같았지만, 대체로 한스의 건강 상태는 좀처럼 나아질 기색 없이 오히려 더 악화되는 듯했다. 그 옛날 한스의 어머니를 치료하고 죽음을 선고했던 의사가 가끔 가벼운 관절염에 시달리고 있는 아버지를 진찰하러 오곤 했다. 의사는 슬픈 얼굴을 하고서 한스의 증세에 대해 소견을 말하는 걸 미뤘다.

그 무렵에 한스는 비로소 라틴어 학교에 다니던 마지막 2년 동안 친구가 한 사람도 없었다는 사실을 깨달았다. 그 무렵의 친구들 가운데에는 죽은 사람도 있고, 수습공이 되어 돌아다니는 친구도 있었다. 그중 어느 누구와도 연락이 없고 누구에게도 도움을 청할 수 없었다.

누구 하나 그에게 신경 쓰는 사람이 없었다. 옛날 선생이나 목사도 거리에서 만나면 친절하게 고개를 끄덕여주었으나 사실은 더는 한스를 생각하지 않았다. 이제 그는 모든 것을 담아도 좋은 그릇이 아니었고, 온갖 씨앗을 뿌려도 좋은 밭이 아니었다. 그를 위해 시간이나 마음을 쓴다는 것은 아무 소용도 없는 일이었다.

목사가 조금이라도 관심을 가지고 한스를 돌봐주었더라면 아마 나아졌을지도 모른다. 그러나 그가 과연 무엇을 해줄 수 있을까? 그가 줄 수 있는 것은 학문, 적어도 학문을 탐구하는 자세였다. 아니, 그것은 벌써 하나도 남김없이 한스에게 주었다. 그 이상은 갖고 있지도 않았다. 그의 라틴어 지식이야 누구든 자신 있게 덤벼들어도 당하질 못하고, 설교 또한 이미 잘 알려져 있었다. 그러나 그는 친절한 눈길과 다정한 말로 역경에 빠진 사람들이 찾아가 온갖 괴로움을 의논할 수 있는 그런 목사는 아니었다. 아버지도 한스에게 실망과 분노를 감추려고 노력할 뿐, 아들의 친구도 위안처도 될 수 없었다.

한스는 모두에게 버림받고 사랑받지 못할 거라는 생각을 하며, 아늑한 정원에서 햇볕을 쬐거나 숲속에 드러누워 몽상이나 잡념에 빠져들었다. 책을 읽어도 머리에 들어오지 않았다. 책을 들면 으레 머리와 눈이 쑤셨다. 어떤 책을 펼쳐도 곧 수도원 시절과 답답했던 그곳이 숨 막힐 듯 되살아나서 그를 무시무시한 꿈의 한구석으로 몰아넣고는 이글이글 타는 듯한 눈초리로 거기에 결박했다.

이런 괴로움과 소외감 속에서 또 다른 악마가 위안처로 가장하여 병든 소년에게 다가왔다. 차츰 친해져서 그와 떼어놓을 수 없는 관계가 되어버렸다. 그것은 죽고 싶다는 생각이었다. 총 같은 걸 입수하거나 숲속 아무 데서나 목을 매는 것쯤은 쉬운 일이었다. 거의 매일같이 그 생각이 산책하는 그를 따라다녔다. 그는 마침내 외지고 아늑한 장소를 발견했다. 거기라면 마음 놓고 죽어갈 수 있을 것 같았다. 한스는 그곳에서 목숨을 끊기로 작정했다. 몇 번이나 그곳을 찾아가서는 주저앉은 채로 언젠가 거기서 주검이 되어 뒹굴고 있을 자신의 모습을 상상했다. 또 남들에게 발견되는 모습을 허공에 그려보면서 알 수 없는 쾌감마저 맛봤다.

목을 매달 줄과 나뭇가지를 정하고 그 탄력성도 시험해봤다. 방해가 되는 것은 하나도 없었다. 조금씩 조금씩 아버지에게 보낼 짧은 편지와 헤르만 하일러에게 보낼 긴 편지를 썼다. 이 두 통의 편지는 그의 시신 옆에서 발견될 것이었다. 여러 가지 준비와 이제는 틀림없다는 생각이 그의 마음속에 좋은 영향을 끼쳤다. 숙명적인 나뭇가지 아래 앉아 있으면 압박감은 사라지고 기쁘기 짝이 없는 쾌감을 맛볼 수가 있었다. 왜 진작 저 아름다운 나뭇가지에 목을 매달지 못했던가. 그 이유는 자신도 알 수 없었다. 마음은 이미 정해졌고, 그의 죽음은 기정사실이 되어갔다. 얼마 동안은 매우 좋았다. 머나먼 여정에 오르기 전 사람들이 그러는 것처럼, 최후의 며칠은 아름다운 햇빛과 고독한 꿈을 마음껏 즐기자는 생각이 들었다. 여정에 오르는 건 언제라도 할 수 있었다. 모든 준비를 빈틈없이 마쳤다. 그러나 자발적으로 지금의 환경에 좀 더 머물며 자신의 위험한 결심을 꿈에도 알지 못하는 사람들의 얼굴을 구경한다는 것은 독특한 흥분이 솟는 쾌감이었다. 의사를 단날 때마다 '그래, 조금만 더 기다려봐'라고 생각했다.

운명은 그가 어두운 계획을 즐기게 만들었고, 죽음의 술잔에서 매일같이 몇 방울의 쾌감과 생의 의욕을 맛보는 걸 지켜봤다. 이미

만신창이가 된 젊은이는 아무래도 좋았으나 그래도 제 분수에 맞게 수명을 종결지어야 했다. 인생의 고뇌와 감미로움을 좀 더 맛보기 전에 인생 무대에서 사라질 수는 없었다. 엉겨붙어 떠나지 않던 쓰디쓴 생각이 줄어들고, 자포자기한 기분으로 괴로움도 없는 맥 빠진 권태감에 사로잡혔다. 그런 기분에 젖어 하루하루 시간을 덧없이 흘려보냈다. 멍하니 허공을 쳐다보면서 때로는 몽유병자와 같은 기분에 사로잡히고, 때로는 어린아이와 같은 마음이 되기도 했다. 나른하고 꿈결 같은 심정으로 어느 날 뜰의 전나무 아래 앉아 우연히 머릿속에 떠오른 라틴어 학교 시절의 시구를 되새기며 혼자 중얼거렸다.

아, 나는 너무나 지쳤네
아, 나는 너무나 고단하네
지갑에는 돈 한 푼 없고
주머니엔 엽전 한 닢 없네.

이 시를 기억 속의 멜로디에 맞춰 노래 부르며 벌써 스무 번째라는 생각 외에는 아무것도 머릿속에 없었다. 그러나 창가에 서서 엿듣고 있던 그의 아버지는 매우 놀랐다. 그의 무뚝뚝한 성격으로는 이 덧없고 천하태평 같은 단조로운 노래를 전혀 이해할 수 없었다. 절망적인 정신 박약의 징조라고 탄식하며 그때부터 아들을 이전보다 더 신경질적으로 바라봤다. 아들은 물론 그것을 눈치채고 더욱 괴로워했다. 그러나 아직은 새끼줄로 그 단단한 나뭇가지에 목을 매는 데까지는 이르지 못했다.

그러는 동안 다시 무더운 여름이 찾아왔다. 주 시험과 여름방학 이후로 벌써 1년이 지났다. 한스는 때때로 그때 일을 생각했으나 별로 감흥이 일지 않았다. 그의 감각은 상당히 무뎌져 있었다. 어떤 때는 낚시를 가고 싶었으나 아버지에게 차마 말할 용기가 나지 않았다. 물가에 서 있을 때마다 고통스러웠다. 아무도 보지 않는 강기슭에 오랫동안 머물며 두 눈을 빛내면서 소리도 없이 헤엄치는 시커먼 고기 떼의 움직임을 봤다. 저녁에는 매일같이 윗마을로 헤엄치러 갔다. 그때마다 검사관 게슬러의 작은 집 옆을 지나가야 했다. 3년 전에 그토록 좋아했던 엠마 게슬러가 집에 돌아와 있었다.

한스는 호기심에 엠마를 두어 번 만나봤으나 그전처럼 마음에 들지는 않았다. 그때는 부드러운 몸짓과 날씬한 몸매를 가진 소녀였는데 지금은 몸짓도 어딘가 이상하고 소녀답지 않게 머리를 묶고 있었다. 그것이 엠마를 꼴사납게 만들었다. 길게 늘어뜨린 옷차림도 어울리지 않았다. 숙녀답게 보이려는 여러 가지 노력이 모두 허사였다. 한스는 그녀가 우습게 보였다. 옛날에 그녀를 볼 적마다 얼마나 독특하고 감미롭고 말할 수 없이 벅찬 기분에 도취되었던가를 떠올리면 슬픈 생각만 들었다.

그때는 모든 것이 지금과 달리 훨씬 아름답고 신선했다. 오랫동안 그는 라틴어와 역사, 그리스어, 시험, 신학, 두통 외에 아는 거라곤 아무것도 없었다. 그때는 동화책이며 도둑 이야기가 담긴 책이 있었다. 그때는 아담한 정원에 장난감 물방아가 돌았고, 저녁때는 나숄트의 집 문간에서 리제가 들려주는 모험담을 함께 들었다. 가리발디라고 불리던 이웃 노인 그로스요한을 강도 살인범으로 오인

하는 꿈을 꾼 일도 있었다. 일 년 열두 달 뭔지 모르는 즐거움이 항상 넘쳤다. 건초를 만드는 일이라든지, 풀베기라든지, 첫 낚시질과 천렵이라든지, 홉을 수확하고 감자를 구워 먹던 일이며 보리 타작을 시작하는 일 등이었다. 그리고 그사이에 야외로 놀러가는 즐거운 일요일과 명절이 더없이 기다려졌다.

그때는 그 밖에도 이상한 매력을 갖고 그를 끌어당기는 일이 얼마든지 있었다. 집과 골목길, 계단, 창고 바닥, 샘물, 울타리를 비롯해 온갖 사람과 동물 따위를 좋아하고 사랑했다. 설사 사랑하지 않았다 해도 그런 것들은 뭐라 말할 수 없는 힘을 가지고 그를 유혹했다. 홉을 수확할 때는 그도 일을 도왔다. 말만 한 처녀들의 노랫소리에 귀를 기울이기도 했다. 그리고 그 노래 가사를 외웠다. 대개 우스운 노래가 많았으나 듣고 있으면 목이 저절로 멜 만큼 애달픈 노래도 있었다.

그런 여러 가지 것이 어느 사이엔가 자취를 감춰버리고 말았다. 먼저 리제의 집에서 저녁 시간을 보내는 일이 없어졌다. 그다음에는 동화책을 읽지 않게 되었다. 이런 식으로 하나씩 하나씩 중단되어 홉을 수확하는 일도, 뜰의 물레방아도 멈추고 말았다. 아, 그것들은 지금 다 어디로 가버렸을까?

조숙한 소년 한스는 병든 나날을 보내면서 비현실적인 제2의 유년 시절을 맛보게 되었다. 선생들에게 유년 시절을 빼앗긴 그는 지금 갑자기 넘쳐흐르는 그리움을 안고 꿈결처럼 아름다운 시절로 도망쳐서 회상의 숲속을 마법에 걸린 사람처럼 헤매고 돌아다녔다. 그 강렬함과 밝은 빛은 어쩌면 병적이었을지도 모른다. 옛날에 직접 경험하던 때 못지않게 실감나게 모든 것을 맛봤다. 기만당하고 억압받았던 유년 시절이 오랫동안 막혔던 샘물과도 같이 그의 마음속에 용솟음쳐 올랐다.

나무는 줄기를 잘라내면 뿌리 가까이에 새순이 돋아나는 법이다. 그와 마찬가지로 어린 시절에 시달리고 상처받은 영혼도 꿈 많은 봄날 같은 어린 시절로 돌아갈 때가 많다. 끊어진 생명을 다시 이을 수 있다는 듯, 뿌리 가까이에 자란 새순은 무럭무럭 성장해가지만 그것은 겉모양에 지나지 않으며, 다시 나무가 될 수는 없다.

한스 기벤라트도 같은 전철을 밟았다. 따라서 동심의 나라에서 그가 걸어온 꿈의 발자취를 약간 더듬어볼 필요가 있다.

기벤라트의 집은 오래된 돌다리 근처에 있었다. 그 집은 전혀 다른 두 골목길 모퉁이에 자리하고 있었다. 맞은편은 읍내에서도 가장 길고 폭이 넓은 도로로, '게르버 거리'라 불렸다. 또 하나는 경사가 급한 오르막길인데, 짧고 비좁고 보잘것없어 '매의 거리'라고 불렸다. 오래전에 문을 닫았지만 '매'라는 간판을 내걸었던 낡은 음식집의 이름을 딴 것이었다.

게르버 거리에는 선량하고 견실한 토박이들이 살고 있었다. 누구나 자기 집과 가족 묘지와 정원을 가지고 있었다. 정원은 집 뒤 언덕에 가파르게 층계가 져 있고, 그 울타리는 1870년에 만들어진, 황색 금작화로 뒤덮인 철둑과 경계를 이루고 있었다. 품위 면에서 게르버 거리와 겨룰 수 있는 것은 읍내 광장뿐이었다. 거기에는 교회, 시청, 법원, 읍사무소, 교구청 등이 자리해서 깨끗하고 품위가 있었으며, 도회지 같은 고상한 인상을 주었다. 게르버 거리에는 공공건물 같은 건 없었지만 훌륭한 현관문이 달린 주택, 아름다운 고딕식 나무기둥에 벽돌을 쌓아 올린 집과 말쑥하고 밝은 박공지붕들이 늘어서 있었다. 게다가 집들이 한 줄로만 이어져서 거리에 친근함과 쾌활함, 밝은 분위기를 더해주었다. 거리 저쪽에는 널빤지 담벼락 아래로 강이 흐르고 있었다.

길고 넓은 게르버 거리가 밝고도 우아하다면 매의 거리는 정반대였다. 여기저기 줄지어 있는 집들은 기울어져서 어둡고 담벼락의 회칠은 얼룩이 져서 지저분했다. 박공지붕은 앞으로 기울어서 납작해진 모자를 연상시켰다. 문이나 창문은 사방이 뒤틀려 나무 토막으로 적당히 이어놓았으며, 난로의 연통은 구부러지고 홈통은 망가져 있었다. 집들은 자리와 빛을 더 확보하겠다고 서로 다투고, 골목길은 이상하게 굽어서 영원히 벗어나지 못할 암흑에 싸여 있는 것 같았다. 비가 오거나 해가 진 뒤에는 더욱 침침하고 지저분한 어둠에 휩싸였다. 집집마다 창문 밖에 막대기와 줄을 걸고 언제나 빨래를 널어놓았다. 골목길은 아주 좁고 보잘것없었으며, 세 들어 사는 사람들이나 하숙생들은 별개로 하더라도 실로 많은 세대가 살고 있었다.

기울어지고 허물어져가는 집들 구석구석에 사람들이 몰려 살았다. 가난과 악습과 병마가 그곳에 진을 치고 있었다. 경찰이나 병원은 읍내 다른 곳들보다 매의 거리 몇 안 되는 집들 때문에 시달리고 있는 형편이었다. 티푸스가 발생했다면 그곳이요, 살인이 났다 하면 역시 그곳이었다. 읍내에 도난 사건이 일어나면 우선 매의 거리를 뒤졌다. 유랑하는 행상들도 그곳에 투숙했다. 그중에는 익살맞은 화장품 장수 호테호테, 갖가지 범죄와 악습의 장본인이라고 사람들이 수군거리는 가위 가는 사나이 아담 히텔도 있었다.

학교에 들어가고 처음 몇 해 동안 한스는 때때로 매의 거리를 찾아갔다. 옅은 금발에 누더기 옷을 입은 한 무리의 아이들과 함께 나쁜 소문이 돌고 있는 로테 플로퓰러가 들려주는 살인 이야기를 들으러 가곤 했다. 작은 여관집 주인과 헤어진 뒤 5년 동안 징역을 살고 나온 여인이었다. 옛날에 사람들에게 꽤 알려진 미인으로, 직공들 중에 많은 정부를 거느리고 있었다. 그래서 자주 추문이라든지 칼부림이 일어나곤 했다. 그녀는 지금 혼자 살면서 공장 문이 닫히면 커피를 끓이고 이야기를 하며 저녁을 보냈다. 그녀는 언제나 문을 활짝 열어놓고 지내서 아낙네들이나 젊은 노동자들 외에도 근처에 사는 아이들이 문지방 너머로 겁에 질린 파리한 얼굴을 하고서 그녀의 이야기를 황홀하게 들었다. 조그맣고 까만 돌아궁이 위 냄비에 물이 끓고, 그 옆에 기름촛불이 타오르며, 파란 숯불과 함께 괴상하게 흔들리는 불꽃이 사람들로 가득 찬 어두운 방 안을 비추고 있었다. 벽과 천장에 커다랗게 드리워진 그림자가 악마의 장난같이 요란한 그림을 그려놓았다.

이 집에서 여덟 살 난 소년 한스는 우연히 핑켄바인 형제와 알게 되었다. 약 1년간 아버지의 엄격한 금지령을 어기고 한스는 그들과 가까이 지냈다. 그 형제는 돌프와 에밀로, 읍내에서 제일 잔꾀 많은 골목대장이었다. 과일 서리를 하고 작은 산짐승을 사냥하기로 유명해서 누구 하나 모르는 사람이 없었다. 무수한 잔꾀로 범죄를 저지르거나 장난을 치는 데는 빈틈없는 명수였다. 그들은 가끔 새알이나 납 구슬 그리고 새끼 까마귀, 찌르레기, 토끼 등을 잡아서 팔기도 하고, 법으로 금지된 밤낚시를 즐기곤 했다. 아무리 높고 아무리 날카로운 유리 조각을 촘촘히 박아놓았다 하더라도 쉽게 담을 넘었다.

그러나 매의 거리에 살면서 누구보다도 먼저 한스의 친구가 된 것은 헤르만 레히텐하일이었다. 그 아이는 고아에다 몸에 장애가 있었으며 유달리 조숙했다. 한쪽 다리가 짧아서 언제나 지팡이를 짚고 다녀야만 했는데, 그래서 아이들 놀이에 낄 수도 없었다. 그는 항상 야위고 혈색이 좋지 않은 병든 얼굴을 하고 있었으며, 나이에 맞지 않게 무뚝뚝한 입술과 뾰족한 턱을 갖고 있었다. 손재주가 있어서 무엇을 하든 서툰 법이 없었다. 특히 낚시에 굉장한 열정을 갖고 있었다. 그 열정은 한스에게로 옮아갔다.

한스는 그때까지 낚시 허가증을 갖고 있지 않았다. 그래서 남의 눈에 띄지 않는 곳에서 몰래 낚시질을 하곤 했다. 고기를 잡는 것이 일종의 기쁨이라면, 법의 눈을 피해서 고기를 잡는 것도 더없는 즐거움이었다. 절름발이 레히텐하일은 한스에게 낚싯대를 자르는 법과 낚싯줄로 쓸 말총을 고르는 법, 실을 매는 법, 낚싯바늘 가는 법 등을 가르쳐주었다. 그리고 날씨를 보는 법, 물을 관찰하는 법, 미끼의 선택법과 그것을 다는 법, 고기를 낚는 법, 실을 적당한 깊이까지 풀어주는 법 등 여러 가지를 전수했다. 그는 말로만 하지 않고 현장에서 시범을 보여주어 줄을 당기거나 늦추는 순간의 호흡, 군침이 저절로 삼켜지는 느낌, 손에 닿는 신비로운 감촉까지 가르쳐주었다. 그는 가게에서 살 수 있는 보기 좋은 낚싯대와 코르크와 유리 먹인 실 등 인공적인 낚시 도구를 무시했다. 자신의 손으로 일일이 만든 낚시 도구가 아니면 낚시를 할 수 없다는 것을 한스에게 주입시켰다.

핑켄바인 형제와 한스는 한바탕 싸우고 헤어졌다. 말이 없던 절름발이 레히텐하일은 싸움도 하지 않고 한스를 떼어놓고 말았다.

2월 어느 날, 지팡이를 의자 위 옷에다 올려놓은 채 초라한 침대에 손발을 뻗고 누워서 고열에 시달리다가 끝내 소식도 없이 죽어버렸다. 매의 거리에 사는 사람들은 소년이 죽었다는 사실을 며칠도 못 가서 잊어버리고 말았다. 한스만이 오랫동안 그를 그리워하며 떠올리곤 했다.

매의 거리에는 레히텐하일 말고도 별난 주민들이 적지 않았다. 술주정 때문에 목이 달아난 우편배달부 레텔러를 모르는 사람이 있을까! 그는 2주에 한 번씩 곯아떨어져 길바닥에 드러눕기 일쑤였고, 밤중에도 큰 소동을 일으킨 적이 여러 번이었다. 그러나 보통 때는 어린애같이 선량하고 다정한 웃음을 머금고 있었다. 그는 한스에게 달걀처럼 생긴 상자에서 담배 냄새를 맡게 하고, 때로는 한스에게서 물고기를 얻어 버터를 바른 뒤 튀겨서 한스를 불러 같이 먹기도 했다. 그에게는 유리 눈을 박아서 박제한 솔개와 가냘프고 고운 소리의 춤곡이 나오는 낡은 시계가 있었다.

그리고 맨발로 걸어다닐 때도 반드시 커프스를 달고 다닌 팔순 고령의 기계공 포르슈를 모르는 사람이 있을까? 그는 옛날 엄격했던 공립 학교 선생의 아들이라 성서를 절반이나 외웠다. 게다가 격언이며 잠언 같은 것을 진저리가 날 정도로 외고 있었다. 백발을 하고서도 아낙네들 앞에서는 바람둥이 행세를 하고, 술을 마실 때마다 곯아떨어지며 말썽을 부렸다. 조금만 취해도 기벤라트의 집 모퉁이 댓돌에 걸터앉아서 행인들의 이름을 부르고는 속담을 들려주곤 했다.

"꼬마 한스 기벤라트. 자, 내 말을 들어봐! 지라하가 가로되, 그릇된 충고를 하지 않고 언짢은 마음을 갖지 않는 자는 행복하나니

라. 아름다운 나무의 푸른 잎과 같이 어떤 것은 다시 피어난다. 사람도 이와 같다. 어떤 사람은 죽고 어떤 사람은 태어나느니라. 그래, 이제 가도 좋다. 이 물개 같은 녀석아."

포르슈 영감은 그 경건한 잠언을 하나도 틀리지 않았다. 도깨비나 그런 유의 괴상한 전설 같은 이야기도 곧잘 했다. 그는 도깨비가 나오는 곳을 알고 있었다. 그리고 언제나 자기 한 이야기의 진위를 혼동했다. 대개의 경우 이야기를 듣는 사람을 조롱이라도 하듯이 허풍을 떨었으나, 그 이야기는 회의적이며 너무나 과장되었다. 이야기하는 도중에 무섭다는 듯이 몸을 움츠리고 소리를 낮춰서 끝에 가서는 아주 나직하게 소름 끼치는 듯한 귀엣말이 되곤 했다.

이처럼 초라한 거리에는 얼마나 많은 끔찍하고 불분명하며 풀기 어려운 자극적인 일들이 숨어 있었을까? 자물쇠 장수 브렌토레는 폐업 후 방치된 일터가 황폐해지고서도 이 거리에 살고 있었다. 그는 언제나 반나절 동안은 창가에 앉아서 부산한 거리를 우울하게 내다봤다. 때때로 허술한 차림의 이웃 아이들이 한 명이라도 그의 손에 붙들리기만 하면, 야수 같은 그의 손아귀에 눌려 귀나 머리칼을 뜯겼다. 온몸이 파랗게 멍들 정도로 꼬집히기도 했다. 그런데 어쩐 일인지 그는 어느 날 철사에 목이 졸린 채로 계단에 대롱대롱 매달려 죽고 말았다. 너무나 처참한 모습이어서 누구 하나 가까이 가보려고 하지 않았다. 기계공 포르슈 영감이 겨우 뒤에서 철사를 펜치로 끊었다. 그러자 혓바닥을 쏙 빼문 시체가 앞으로 고꾸라지며 계단을 굴러 놀란 구경꾼들 한가운데로 떨어졌다.

한스는 밝고 넓은 게르버 거리에서 컴컴한 매의 거리로 들어설 때마다 이상하고 섬뜩한 기분이 들었다. 유쾌한 것 같기도 하고 무섭기도 한 것 같은 긴박감이라든지 호기심, 공포, 양심의 가책, 모험적인 기쁨에 두근거리는 불안감이 뒤죽박죽되어 그를 억눌렀다. 매의 거리는 전설이나 기적, 듣도 보도 못한 끔찍한 일들이 일어날 수 있는 유일한 장소였다. 또 마법이 펼쳐지거나 악마 같은 것들이 으레 나타날 것 같은 유일한 장소이기도 했다. 그곳은 전설이나 창피스러운 로이틀링거의 통속 소설을 읽을 때처럼 괴롭긴 하지만 감미로운 두려움을 느낄 수도 있는 곳이었다. 선생들에게 빼앗긴 로이틀링거의 통속 소설에는 존넨비르틀레와 탈옥범 한네스, 칼잡이 칼레, 역마차 습격범 미헬 등 암흑가의 영웅과 중죄수와 모험가들의 죄상과 처벌에 관한 이야기가 실려 있었다.

매의 거리 외에도 보통과는 아주 딴판인 곳이 하나 더 있었다. 자신의 심각한 체험을 맛볼 수도 들어볼 수도 있는 곳이요, 어두컴컴한 마룻바닥이나 기묘한 방 안에 앉아 자신을 망각할 수도 있는 곳이었다. 그곳은 근처에 있는 큰 피혁 공장으로, 낡았지만 거대한 건물이었다. 어둠이 짙은 그곳 창고에는 커다란 가죽이 매달려 있었다. 지하실에는 비밀 동굴과 통행금지 구역이 된 통로가 있었다. 저녁때가 되면 리제가 그곳에서 아이들에게 아름다운 동화를 들려주었다. 그곳은 건너편 매의 거리보다 조용하고 친근하고 인간미가 있었지만, 수수께끼를 가득 품고 있다는 점에서는 매의 거리와 별다를 것이 없었다.

피혁 직공들이 굴이나 지하실, 무두질하는 방에서 일하는 모습은 아주 독특하고 기이해 보였다. 하품을 하듯이 입을 벌린 큰 방은 조용하고 소름이 끼칠 정도였지만, 그에 못지않게 매력도 있었다. 그들은 우악스럽고 무뚝뚝한 주인을 식인종처럼 무서워하며 꺼렸다. 리제라는 여자는 이처럼 별난 집을 마귀처럼 돌아다니고 있었다. 그녀는 모든 어린이와 새들, 고양이와 강아지의 보호자이자 어머니였다. 악을 모르는 이 여인은 이상할 정도로 동화와 노래를 많이 알고 있었다.

한스의 생각과 꿈은 벌써 오래전에 떠나왔던 이러한 세계로 되돌아가 있었다. 커다란 환멸과 절망 속에서 그는 행복했던 지난 시절로 도망쳐갔다. 그때는 그래도 희망이 넘쳤고, 눈앞의 세계가 무시무시한 위험과 마법에 걸린 보물, 신비스러운 에메랄드 궁전을 깊숙이 감추고 있는 비밀스러운 거대한 요괴들의 숲처럼 보이기도 했다. 이 신비의 세계에 발을 들여놓았으나 한스는 기적이 나타나기 전에 지쳐버리고 말았다. 그는 다시 수수께끼 같은 컴컴한 입구에 섰으나, 이번에는 내쫓긴 자로서 할 일 없는 호기심을 품고 서 있는 데 지나지 않았다.

한스는 매의 거리를 두세 번 찾아갔다. 그곳에는 여느 때와 마찬가지로 짙은 어둠과 악취, 골방 그리고 빛 하나 새어들지 않는 계단이 있었다. 이름뿐인 대문 앞에는 노인들이 지금도 앉아 있었다. 그리고 누더기를 걸친 엷은 금발의 아이들이 악을 쓰며 뛰어다녔다. 기계공 포르슈 영감은 더 나이가 들어 이제는 한스가 정중히 인사해도 조롱으로 답할 뿐이었다. 가리발디라고 불린 그로스요한은 이미 세상을 떠난 뒤였고, 우편배달부 레텔러는 아직 살아 있었다. 그는 한스에게 담배를 권한 다음 뭘 좀 빼앗아보려고 했다. 마지막에 그는 핑켄바인 형제 이야기를 들려주었다. 하나는 담배 공장에 들어갔는데 벌써 어른처럼 말술을 마시고, 또 하나는 교회 축성식에서 칼부림을 하고 도망쳐서 1년 전부터 행방을 감추었다고 했다. 모든 것이 비참하고 슬픈 인상을 풍겼다.

한스는 어느 날 밤 피혁 공장으로 가봤다. 잃어버린 유년 시절의 모든 것이 낡고 큰 집에 기쁨과 함께 숨어 있기나 한 듯이 대문을 지나 침침한 안뜰을 가로질러서 이곳저곳으로 걸음을 옮겼다.

굽은 계단과 자갈을 깐 현관을 지나서 캄캄한 계단으로 내려가 더듬더듬 다듬이질 방으로 갔다. 그 방에는 가죽이 펼쳐진 채로 매달려 있었다. 그는 지독한 가죽 냄새와 별안간 끓어오르는 추억의 냄새를 들이마셨다. 그는 다시 피혁용 기름 단지와 기름 찌꺼기를 말리기 위해 만들어놓은 상당히 높고 좁은 지붕을 이은 선반 있는 데로 가서 뒤뜰로 나갔다. 벽에 붙은 의자에 리제가 앉아서 감자한 바구니를 앞에 놓고 껍질을 벗기고 있었다. 아이들 서넛이 그녀를 둘러싼 채 이야기에 귀를 기울이고 있었다.

한스도 캄캄한 문간에 서서 그쪽에 귀를 기울였다. 황혼이 짙어가는 피혁 공장은 아늑한 평화에 싸여 있었다. 마당의 담벼락 뒤로 흐르는 강물의 가냘픈 속삭임과 칼로 감자를 벗기는 소리 그리고 리제의 목소리만 들릴 뿐이었다. 아이들은 조용히 웅크리고 앉아서 군침을 삼키며 열심히 경청하고 있었다. 리제는 밤중에 한 무리의 아이들이 강 저쪽에서 성 크리스토포루스를 부르고 있다는 이야기를 들려주고 있었다.

한스는 잠시 듣다가 어두운 현관을 살짝 빠져나와 집으로 돌아갔다. 그는 두 번 다시 어린아이가 될 수 없다는 것과 저녁때 피혁 공장에서 리제 곁에 앉아 이야기를 들을 수 없다는 사실을 깨달았다. 그는 더는 피혁 공장이나 매의 거리에 가지 않겠다고 결심했다.

6

가을이 깊어갔다. 시커먼 전나무 숲에서는 듬성듬성한 활엽수가 노랗고 빨간 횃불같이 빛나고 있었다. 개울에는 새벽녘 찬 기운으로 짙은 안개가 서렸다.

창백한 옛날의 신학교 학생은 여전히 교외를 헤매고 다녔다. 누가 봐도 내키지 않는 걸음걸이였고 피곤한 것 같기도 했다. 사귀려고 들면 얼마든지 상대해줄 사람도 있었건만 굳이 사귀기를 꺼렸다. 의사는 물약과 간유와 달걀과 냉수마찰을 처방했다.

아무것도 효과가 없었다는 건 별로 이상한 일이 아니었다. 아무래도 건강한 생활에는 내용과 목표가 없으면 안 되는데, 젊은 기벤라트는 그것을 상실하고 만 것이었다. 그의 아버지는 한스를 서기로 취직시키든가 기술이라도 가르쳐보려고 했으나 아들이 아직 허약했기 때문에 먼저 원기를 북돋아줘야 했다. 그것보다 우선은 진심으로 그의 앞날을 걱정해야 좋았을 것이다.

처음에 한스의 마음을 뒤흔들어놓았던 상념들이 차츰 누그러져 자살 기도를 스스로 그만두게 된 이래 한스는 흥분과 불안 상태에서 외곬의 우울증에 빠져들기 시작했다. 그리고 맥없이 천천히 그 속에 가라앉았다.

그는 가을 들판을 헤매고 다니며 계절의 영향에 굴복하고 말았다. 시들어가는 가을, 고요히 떨어지는 낙엽, 갈색이 짙어가는 초원, 짙은 아침 안개, 무르익은 채로 죽어가는 온갖 식물이 병자처럼 그를 무겁고 절망적인 감정으로 몰아갔다. 그는 같이 소멸해가며 같이 잠들고 싶다는, 그리고 같이 죽고 싶다는 소망의 포로가 되었다. 그러나 그의 젊음은 그것을 거부하고 끊임없는 힘으로 삶에 집착하게 만드니 더욱 괴로운 일이었다.

나뭇잎들이 노랗게 변했다가는 갈색이 되고, 그러다가 빨갛게 변해가는 모습과 함께 숲속에서 뭉게뭉게 피어오르는 우윳빛 안개를 바라봤다. 또 뜰을 바라보기도 했다. 마지막 과일 수확이 끝난 뒤 생명을 잃고 시들어가는 정원은 이제 돌보는 이도 없었다. 그리고 수영과 고기잡이가 모두 끝나고 시든 이파리에 뒤덮여 있는 강물을 바라봤다. 그 차가운 강가에서 견뎌낼 수 있는 이는 강인한 피혁공들뿐이었다.

며칠 전부터 강물에 많은 과즙 찌꺼기가 떠내려가고 있었다. 그도 그럴 것이, 과즙을 짜는 공장이나 물방앗간에서 지금 과즙 짜기가 한창이라 읍내 어느 거리에서나 발효되기 시작하는 과즙 향기가 진동했다. 아랫마을 물방앗간에서도 구두장이 플라크 씨가 작은 압착기를 빌려 한스와 같이 과즙을 짰다.

물방앗간 앞뜰에는 크고 작은 압착기와 달구지, 과실이 가득 담긴 바구니와 자루, 들통과 양재기와 항아리, 산더미 같은 갈색 찌꺼기, 나무지렛대와 손수레, 비어 있는 운반 도구 따위가 어지럽게 널려 있었다. 압착기가 돌아가며 낑낑거리고 삐걱댔다. 앓는 소리를 하거나 떠는 소리를 내며 쉴 새 없이 돌아갔다. 압착기에는 대개 초록색 바니스 칠이 되어 있었다. 이 초록색은 황갈색 사과 찌꺼기와 바구니 색깔, 연초록빛 강물과 맨발로 뛰는 아이들, 맑은 가을 하늘과 어우러져 보는 이에게 기쁨과 생의 쾌감, 만족감과 유혹적인 인상을 불러일으켰다.

사과들이 으깨지고 부서지는 소리에 신맛이 돌아 저절로 입안에 침이 흥건히 고였다. 옆에서 그 소리를 듣고 있으면 얼른 사과를 집어들어 한입에 덥석 베어물지 않을 수 없었다. 대롱 속에서 굵은 물기둥을 이루며 신선하고 다디단 과즙이 햇빛에 적황색으로 웃으며 흘러내렸다. 여기 와서 그 광경을 보는 이는 그 자리에서 한잔을 청해 맛보지 않을 수 없었다. 그리고 그 자리에 그냥 버티고 서서 눈물을 글썽이며 감미롭고 유쾌한 물결이 전신에 퍼지는 것을 느꼈다. 그럴 때면 으레 감미로운 과즙이 즐겁고도 강하고 달콤한 향기로 주위를 가득 채웠다.

이 향기야말로 성숙과 추수의 정수로, 연중 가장 아름다웠다. 다가오는 겨울을 앞두고 그 향기를 맡는다는 건 확실히 즐거운 일이었다. 이 향기를 맡으면 감사하는 마음으로 수많은 즐겁고도 훌륭한 것들, 가령 포근한 5월의 비와 쏴 하고 쏟아지는 여름날의 비, 가을날의 아침이슬, 부드러운 봄날의 햇빛, 따갑게 내리쬐는 한여름 뙤약볕, 하얗게 또는 빨갛게 빛나는 꽃들, 수확하기 전 잘 익은 과일들의 적갈색 광택, 그리고 그 사이사이 사계절의 변화가 가져다주는 온갖 아름다운 감각이며 즐거운 것들을 회상하게 되었다.

누구에게나 멋진 나날이었다. 부자나 성공한 사람도 그때만큼은 보통 사람들처럼 직접 밖으로 나와 잘 여문 사과를 손에 들어 무게를 재보기도 하고, 한두 묶음씩 자루를 세어보기도 했다. 그리고 은으로 만든 술잔으로 맛을 보면서 과즙 속에 물이 한 방울이라도 들어가면 안 된다고 일렀다. 가난뱅이들은 사과가 한 자루밖에 없었으므로 컵이나 사방에 널려 있는 그릇으로 맛을 봐가며 과즙에 물을 탔다. 그러나 그들의 만족과 기쁨은 부자와 다르지 않았다. 무슨 이유에서인지 과즙을 짤 수 없는 사람은 잘 아는 이나 압착기가 있는 이웃집을 돌아다니며 한 잔씩 얻어 마시고는 그 기회에 사과도 조금씩 얻었다. 그리고 제딴에는 그 맛을 안다는 듯 한바탕 떠들어댔다. 식구가 많은 가난한 집 아이들이나 잘사는 집 아이들이나 하나같이 작은 컵을 가지고 뛰어다녔다. 모두들 먹다 남은 사과와 빵 한 조각을 가지고 있었다. 과즙을 짤 때 빵을 실컷 먹어두면 나중에 배탈이 나지 않는다는 밑도 끝도 없는 전설이 옛날부터 전해 내려왔기 때문이다.

아이들의 소동은 별개로 하더라도 수많은 고함 소리가 뒤얽혔다. 그런 소리는 하나같이 분주하고 흥분과 기쁨에 들떠 있었다.

"한스야, 이리 와! 나 있는 데로! 한 잔만 마셔, 응?"

"정말 고마워요. 그런데 전 벌써 배탈이 날 지경인걸요."

"100파운드에 얼마나 줬니?"

"4마르크요. 하지만 최고급이죠. 그럼 맛 좀 볼까요?"

그러나 약간 귀찮은 일도 간혹 일어났다. 사과 담은 자루가 터져서 사과가 땅바닥에 몽땅 굴러떨어지는 일 등이었다.

"이거 큰일이다. 사과가! 좀 도와주세요!"

모두들 힘을 모아 주워 모으지만 그중 몇몇 아이는 그사이에 슬쩍하려고 했다.

"야, 이놈들아! 가져가지 마라. 먹고 싶으면 양껏 먹어! 절대로 집어가면 안 돼! 거기 있어, 이 녀석들아!"

"여, 이웃 친구! 거만하게 굴지 말고 좀 거들어봐!"

"꿀맛 같아. 진짜 꿀 같은데! 자네는 얼마나 만들었어?"

"두 통뿐이야. 하지만 전부 최고급이지."

"한여름에 짜지 않는 게 다행이지. 여름 같았으면 벌써 다 먹어치우고 말았을 거야."

올해도 빠져서는 안 될 채신머리없는 노인들 서넛이 얼굴을 내밀었다. 그들을 요 몇 년 동안 과즙을 직접 짜지는 않았지만 모르는 것이 거의 없었다. 그들은 곧잘 먼 옛날 일을 이야기했다. 그때는 과일 같은 건 거의 공짜로 얻어먹을 수 있었다는 얘기였다. 무엇이든 지금보다 값이 싸고 품질도 꽤 좋았으며, 설탕을 넣는 걸 통 몰랐다고 했다. 또 무엇보다 그 당시는 나무에 열매가 달리는 것조차 달랐다고 했다.

"그땐 그래도 추수라고 떠들 수 있었지. 내게도 사과나무가 있었지 않나. 그게 한 그루에 500파운드나 열리곤 했거든."

시세가 그토록 나빠지기는 했어도, 그 채신머리없는 노인들은 올해도 과즙을 실컷 마시고 몇 개 남지 않은 이로 사과를 오물오물 갉아먹었다. 그뿐인가, 심지어 큰 배를 서너 개 억지로 뱃속에 집어넣었다가 가엾게 배탈이 난 노인도 있었다.

"정말이야. 옛날엔 이런 것쯤이야 열 개도 문제없었다고."

그는 변명했다. 그러고는 진짜 한숨을 내쉬며 큰 배 열 개를 먹어도 배탈이 나지 않았던 그 시절을 회상하곤 했다.

플라크 씨는 혼잡한 사람들 가운데에 압착기를 놓고 나이 든 제자를 부리고 있었다. 그는 사과를 바덴 주에서 사들였다. 그의 과즙은 매년 최고급이었다. 그는 회심의 미소를 지으며 조금씩 시식하는 것쯤은 막지도 않았다. 그의 아이들은 더 좋아했다. 그리하여 행복이 가득한 얼굴로 근방을 이리저리 뛰어다녔다. 떠들지는 않았으나 그의 제자도 희열에 넘쳐 있었다. 그의 제자는 두메산골 가난한 농가 태생이었다. 그러므로 집 밖에서 마음대로 움직이며 일할 수 있는 것을 무엇보다 좋아했다. 최고급 과즙 맛도 그에게는 별미였다. 건강한 이 시골 청년은 익살꾼같이 이를 드러내며 웃었고, 신발을 만드는 그의 손은 여느 일요일보다도 깨끗했다.

압착장에 왔을 때 한스 기벤라트는 조용했으나 알 수 없는 불안에 휩싸여 있었다. 그는 억지로 그 자리에 나가게 되었다. 맨 처음 압착기에서 나온 과즙을 한잔 얻어 마셨다. 잔을 건네준 사람은 나숄트 집안의 리제였다.

그는 맛을 봤다. 과즙 한 모금이 목구멍을 자극하자 달콤하고 감미로운 맛과 함께 어릴 적 어느 가을날의 즐거운 향수가 되살아났다. 동시에 여러 사람과 어울리며 느꼈던 유쾌한 기분을 다시 맛보고 싶은 숨은 욕망도 일어났다. 아는 사람들이 그에게 말을 걸어오며 과즙이 담긴 컵을 건넸다. 플라크 씨의 압착기가 있는 데까지 갔을 때는 벌써 흥겨운 분위기 속에서 과즙의 포로가 된 듯하여 기분도 많이 좋아졌다. 아주 명랑해져서 구두장이에게 인사하고 사람들에게 익살도 부려봤다.

플라크 씨는 놀라움을 감추고 그를 반갑게 맞이했다.

반 시간쯤 지났을 때 파란 치마를 입은 처녀가 그곳으로 왔다. 그녀는 플라크 씨와 그의 제자들에게 웃음을 던지고 일을 거들기 시작했다.

"응, 그래. 이 아이는 하일브론에서 온 내 조카딸이란다. 물론 이 아이 고향에도 포도밭이 많지만 우리와는 아주 딴판으로 추수를 하지."

구두장이는 말했다.

그 처녀는 열여덟 아니면 열아홉쯤 됐을까? 저지대 지방 여자답게 몸놀림도 빠르고 쾌활했다. 키는 그리 크지 않았지만 몸매도 좋고 나무랄 데가 없었다. 둥근 얼굴에 정열적인 까만 눈동자와 입맞추고 싶은 예쁜 입술이 쾌활하고 영리해 보였다.

아무튼 그녀는 건강하고 명랑한 하일브론의 처녀 같기는 했지만, 신앙심 깊은 구두장이의 친척 같지는 않았다. 그녀는 철저히 세속적인 여자였다. 그녀의 눈은 아무래도 밤마다 성경을 읽고 고스너의 금언집을 읽는 그런 사람의 눈 같지는 않았다.

한스는 또 별안간 우울한 감정에 빠지고 말았다. 엠마가 곧 가주기를 마음속으로 빌었으나 그녀는 자리를 뜰 생각이 전혀 없는 듯 웃고 조잘거리며 거의 모든 사람의 농담에 일일이 응수하고 있었다. 한스는 부끄러워서 아무 말도 하지 않았다.

밉지 않은 처녀들과 이야기할 때는 '당신'이라 불러야 되지만, 그에겐 아무래도 어울리지 않는 말이었다. 게다가 이 처녀는 지나치게 쾌활했다. 그의 존재라든가 그가 느끼는 부끄러움 같은 건 문제 삼지도 않았다. 한스는 마치 수레바퀴에 붙은 달팽이처럼 껍데

기 속에 들어가 잠자코 싫증 난 사람처럼 얼굴을 찌푸렸다.

누구 하나 그것을 눈치챈 사람이 없었지만 엠마는 더욱 그랬다. 한스가 소문을 듣기로 그녀는 2주 전부터 플라크 씨 댁에 와 있었다. 그것은 벌써 온 동네 사람들이 다 아는 사실이었다. 그녀는 빈부귀천을 막론하고 아무 데나 쫓아다니며 갓 짜낸 과즙 맛을 보거나 익살을 부려가며 조금 웃다가는 다시 제자리로 와서 사뭇 열심히 일을 거드는 듯했다. 그러고는 어린아이들을 안고 사과를 주기도 하며 즐거움과 웃음보따리를 사방에 풀어놓았다.

그녀는 지나가는 아이들을 불러서 "사과 줄까?" 하고 조잘거렸다. 그리고 빨갛고 고운 사과 하나를 집어다가 두 손을 등뒤에 감추고 "오른쪽? 왼쪽?" 하며 알아맞히게 했다. 그러나 사과는 한 번도 지목된 손에 없었다. 아이들이 투덜거리자 그녀는 겨우 한 개를 내주었다. 그것은 잘 익지 않은 작고 푸른 사과였다.

그녀는 한스의 이야기도 들었던지 언제나 두통을 앓고 있는 이가 당신이냐고 물었다. 그러나 한스가 대답도 하기 전에 벌써 이웃 사람과 딴 이야기에 휩쓸려 들어가고 말았다.

한스가 살짝 도망쳐버릴까 생각했을 때 플라크 씨가 그의 손에 압착기 손잡이를 쥐여주었다.

"그럼 좀 계속해서 해보는 게 어때? 엠마가 너를 도와줄 테니까. 난 이제 일터로 가봐야겠어."

플라크 씨는 그렇게 가버렸다. 제자는 플라크 부인과 같이 과즙을 날라야만 했다.

한스는 엠마와 압착기 앞에 단둘만 남게 되었다. 그는 입술을 깨문 채 적을 마주하고 있는 것처럼 일을 했다. 그때 왜 갑자기 손잡이가 무거운지 의문스러웠다. 얼굴을 들고 보니 그 처녀가 천진한 웃음을 터뜨렸다. 그녀가 장난치듯이 손잡이를 반대쪽으로 잡고서 버티고 있었다. 한스가 약이 올라 손잡이를 당기자 그녀도 버텼다.

그는 말을 하지 않았다. 그러나 손잡이를 반대쪽으로 미는 동안에 갑자기 수줍고 답답한 기분이 들었다. 물론 처녀의 몸뚱이가 저쪽에서 손잡이를 잡고 누르고 있었기 때문이었다. 그래서 그는 천천히 손잡이를 돌리다가 나중에는 완전히 멈춰버렸다. 달콤한 불안감이 엄습해왔다. 젊은 처녀가 대담하게도 그의 면전에서 웃음보를 터뜨리자 별안간 그녀가 다른 사람같이 다정스러워 보였다.

그러나 어쩐지 서먹서먹한 것만은 사실이었다. 한스도 웃긴 했으나 그 웃음소리는 어딘가 부자연스러운 데가 있었다. 이윽고 손잡이가 완전히 멈춰 섰다.

"뭘 그리 힘들어하세요?"

엠마가 마시다 반쯤 남은 과즙을 한스에게 내밀었다. 그 한 모금의 맛이 상당히 진하고 먼저 마신 것보다 달아서 한스는 다 마시고 나서도 부족한 듯 컵을 들여다봤다. 그러자 가슴이 심하게 고동치고 호흡이 차츰 답답해지는 데 놀랐다.

두 사람은 또다시 일을 시작했다. 한스는 처녀의 치맛자락이 자신의 살갗을 스치고, 그녀의 손이 자기 손에 슬쩍 닿을 수 있는 위치에 자리를 잡으려고 애쓰면서도 자신이 무슨 짓을 하는지조차 모르고 있었다. 그러다 그녀의 치맛자락이나 손이 몸에 닿을 때마다 심장이 두근두근 이상한 환희에 숨이 막히고, 흐뭇하고 달콤한 허탈감에 휩싸였다. 무릎이 차츰 떨리고 머릿속이 어질어질하며 현기증이 나는 것처럼 요란한 소음이 울리는 듯했다.

자신이 무슨 말을 했는지조차 모르면서 그녀에게 대답은 잘했다. 그녀가 웃으면 그도 따라 웃었다. 그녀가 두세 번 바보 흉내를 내면 손가락으로 겁을 주기도 했다. 그런 다음에도 두 번이나 그녀의 손에서 컵을 빼앗아 과즙을 마셔버렸다.

무수히 많은 추억이 그의 마음에 스쳐 지나갔다. 저녁 무렵 사내들과 같이 문간에 서 있던 하녀들, 이야기책에 나오는 두세 구절, 지난날 헤르만 하일러에게 받았던 키스, 수많은 단어, 소설, 처녀, 애인이 생기면 어떨까 하고 동급생들과 나누었던 어렴풋한 대화 등이 머릿속을 스쳐 갔다. 그는 산등성이를 올라가는 노새처럼 가쁜 숨을 내쉬었다.

모든 것이 변해갔다. 일하던 사람도, 분주한 움직임도, 화려하게 웃음 짓는 구름 같은 것에 모두 녹아버리고 말았다. 각각의 목소리며 욕설이며 웃음소리가 전체적으로 탁한 소음 속에 가라앉고, 강이며 낡은 다리는 멀리 한 폭의 그림처럼 보였다.

엠마의 모습도 달리 보였다. 그는 더는 그녀의 얼굴을 보지 않았다. 맑고 검은 눈동자와 빨간 입술, 그 속에 하얗게 드러나는 이만 보였다. 그녀의 자태도 녹아 없어지고 보이는 것은 그녀의 신체 각 부분뿐이었다. 까만 양말에 슬리퍼, 그을린 둥근 목덜미, 팽팽한 어깨와 그 밑에서 큰 파도를 일으키는 숨결, 햇볕을 받아 빨갛게 물든 귀, 이 모든 것이 하나씩 부각되었다.

잠시 후 그녀가 통 속에 컵을 떨어뜨렸다. 그것을 주우려고 허리를 굽혔는데 그때 통 모서리에서 그녀의 무릎이 그의 손목을 눌렀다. 그도 느린 몸짓이었지만 허리를 굽혔다. 그러자 하마터면 얼굴이 그녀의 머리칼에 닿을 뻔했다. 그녀의 머리는 은은한 향기를 풍기고 있었다. 그 아래쪽 풀어 흩어진 곱슬머리 그늘 속에 고운 목덜미가 파란 속옷 속에서 갈색으로 훈훈하게 빛나며 숨어 있었다. 속옷의 레이스 끈이 단단하게 묶여 있었지만 그 틈새로 조금 아래까지 훤히 들여다봤다.

그녀가 다시 일어섰을 때 그녀의 무릎이 그의 팔을 스쳤고, 머리카락이 그의 뺨을 약간 스쳤다. 그녀는 상체를 구부리고 있었기 때문에 얼굴이 약간 상기되어 있었다. 한스는 강한 전율을 느꼈다. 그는 얼굴이 백지장처럼 하얘지며 순간 극심한 피로감을 느꼈다. 그래서 압착기의 나사를 꽉 잡고 있어야만 했다. 그의 심장은 경련하듯 고동치고 팔은 힘이 빠지고 어깨는 아팠다.

그때부터 그는 더는 한마디도 하지 않은 채 그녀의 눈을 피했다. 그러다 그녀가 딴청을 피우면 아직 맛보지 못한 쾌감, 비굴한 양심과 싸우면서 가만히 그녀를 바라봤다. 그의 마음속에서 알 수 없는 어떤 줄이 끊어졌다. 그리고 끝이 보이지 않는 파란 해변이 있는, 신비한 매력을 가진 신천지가 서서히 그의 영혼 앞에 펼쳐졌다. 그 불안과 달콤한 고뇌가 무엇을 뜻하는지 그는 그때까지 알지 못했다. 막연하게 겨우 짐작만 할 뿐이었다. 마음속 고뇌니 쾌감이니 하는 것들 가운데 어느 것이 더 큰지도 알지 못했다.

그러나 그 쾌감이란 것은 젊음이 넘치는 사랑의 힘, 힘찬 맥박이 뛰는 생명의 첫 예감을 뜻하며, 고뇌란 아침의 평화가 깨져버렸다는 의미였다. 또 그의 영혼이 다시는 돌아갈 수 없는 유년의 세계를 떠났다는 것을 의미했다. 간신히 난파를 모면한 그의 조각배는 이제 새로운 폭풍우와 심연, 위험하기 짝이 없는 암초 근처에 휘말려 들어갔다. 여기에는 안내자도 없고, 최고의 가르침을 받은 젊은

이들이라 하더라도 자신의 힘으로 활로를 찾아야만 했다.

때맞춰 구두장이의 제자가 돌아와서 일을 교대해주었다. 한스는 잠깐 그대로 있었다. 다시 엠마의 살결을 스친다든가, 다정한 소리를 들어본다든가 그중 하나를 바라고 있었다. 아니 둘 다 원했는지도 모른다. 엠마는 또 다른 압착기 앞에서 조잘거리고 있었다. 한스는 제자 앞에서 공연히 부끄러운 생각이 들어 인사도 없이 집으로 와버렸다.

온갖 것이 이상하게 달라져서 마음을 곱게 물들이는 것 같았다. 살찐 참새들이 요란하게 하늘을 날고 있었으나 그 하늘이 이토록 높고 푸르른 적이 없었다. 개울물이 이처럼 눈부시게 하얀 거품을 일으킨 적이 없었다. 어느 것이나 새로 그려진 고운 그림이 투명한 유리 뒤에 세워져 있는 것 같았다. 모든 것이 큰 축제가 시작되기를 기다리고 있는 것 같았다. 한스는 부푼 가슴속에서 묘하게도 대담한 감정과 강하게 솟구치는 눈부신 희망 그리고 불안하고 감미로운 격동을 느꼈다. 그러나 거기에는 이것이 꿈에 지나지 않으며, 결코 실현될 수 없으리라는 불안이 깔려 있었다. 분열을 일으키는 이 감정은 팽창되어 몰래 솟아오르는 샘이 되었다.

때로는 어떤 비상한 힘이 그의 가슴속에서 자유를 얻어 날개를 펴려는 것 같기도 했다. 아마 그것은 흐느낌이거나 노래이거나 통곡이거나 웃음이었을 것이다. 이 흥분 상태는 집에 돌아가서야 비로소 약간 진정되었다. 그곳은 물론 모든 것이 여전했다.

"어딜 갔다 왔니?"

기벤라트 씨가 물었다.

"물방앗간 옆 플라크 씨한테요."

"그 사람은 몇 통이나 짰니?"

"두 통쯤이오."

아버지가 과즙을 짤 땐 플라크 씨의 아이들을 부를 수 있도록 허락해달라고 부탁했다.

"물론이지. 다음 주일에 하자. 그때 아이들을 불러오너라."

저녁 식사까지 아직 한 시간이 남아 있었다. 한스는 뜰에 나갔다. 두 그루 전나무 외에 푸른 것이라곤 거의 없었다. 그는 개암나무 잔가지를 하나 꺾어 들고 허공에 휘저으며 시든 잎 사이를 돌아다녔다. 해는 이미 서산으로 기울고 있었다. 산의 검은 윤곽이 뾰족한 전나무 가지 끝을 드러내며 유리알같이 맑은 초록빛 가을 하늘을 갈라놓고 있었다.

회색빛으로 길게 뻗은 구름이 저녁놀에 황갈색으로 비치면서 엷은 황금빛 대기를 뚫고 귀로에 오른 고깃배처럼 한가로이 골짜기 저 너머로 떠갔다. 저녁빛의 무르익은 아름다움에 한스는 알 수 없는 묘한 감동을 느끼며 정원을 걸었다. 가끔 걸음을 멈춘 채 눈을 감고는 엠마를 생각했다. 자신의 잔을 건네던 엠마를 머릿속에 그려보려고 애썼다. 그녀의 머리카락이며 푸른 옷에 휘감긴 탄탄한 자태며, 까만 뒷머리 때문에 갈색 그림자가 진 목덜미가 눈에 선했다. 그 모든 것이 쾌감과 떨림으로 그의 마음을 가득 채웠다. 그러나 아무리 애써도 그녀의 얼굴만은 떠올릴 수가 없었다.

해가 넘어갔는데도 그는 냉기를 느끼지 못했다. 짙어가는 황혼이 신비와 비밀을 간직한 베일 같다는 생각이 들었다. 물론 자신이 하일브론의 처녀에게 반했다는 사실은 알고 있었다. 그렇지만 그의 핏속에 눈뜬 남성의 작용은 다만 막연하고 기이하고 조바심이 일어나는 지친 상태라고밖에는 달리 어떤 것으로도 이해할 수 없었다.

저녁 식사 때는 옛날부터 정붙이고 살아온 환경 속에 아주 변화된 자신이 앉아 있는 것을 발견하고 이상한 감정에 사로잡혔다. 아버지와 늙은 하녀와 세간살이, 또 방 전체가 낡아빠졌다는 생각이 들었다. 그는 마치 기나긴 여행에서 방금 돌아온 사람처럼, 놀랍고 서먹서먹하고 그리움 가득한 시선으로 모든 것을 쳐다봤다.

지금 와서 보면 그렇게 못생긴 나뭇가지에 추파를 던지던 무렵, 그는 이별을 앞둔 사람으로서 애상이 뒤섞인 우월감을 가지고 똑같은 사람과 똑같은 사물을 바라봤다. 지금은 그것이 놀라움과 웃음이 되었고, 자신의 소유가 되었다.

저녁 식사를 마치고 한스가 막 자리에서 일어서려고 할 때 아버지가 특유의 짧은 어조로 말했다.

"한스야! 너 기계공이 되어볼래? 그게 아니면 서기라도."

"왜요?"

한스가 놀라서 되물었다.

"네가 좋다면 다음 주말에 기계공 슐러 씨에게 가보든지. 아니면 그다음 주에 관청에 수습생으로 들어갈 수 있으니까 잘 생각해봐. 내일 또 이야기하자."

한스는 일어나 밖으로 나갔다. 아버지의 갑작스러운 물음에 그는 당황했다. 몇 개월 전부터 서먹서먹해진 일상이며 생생한 생활이 뜻하지 않게 그의 눈앞에 나타나 어느 때는 유혹하는 듯한 얼굴로, 또 어느 때는 협박하는 듯한 얼굴로 기대를 갖게 하고 노력을 요구하기도 했다. 그는 정말 기계공도, 서기도 되고 싶은 마음이 없었다. 가혹한 육체노동은 약간의 공포심마저 안겨주었다. 학교 친구 아우구스트가 머리에 떠올랐다. 기계공이 된 그에게 물어보면 좋을 것 같았다.

그 일을 생각하는 동안 그의 얼굴은 차츰 어두워졌다. 이 문제는 그리 서두를 필요도 없고 중요하지도 않을 것 같았다. 그는 뭔가 다른 일에 정신을 빼앗기고 있었다. 그는 초조하게 현관을 왔다 갔다 했다. 그러다가 갑자기 모자를 들고 집을 나와 천천히 골목길을 빠져나갔다. 오늘 안에 아무래도 엠마를 한 번 더 만나봐야겠다는 생각이 들었다.

벌써 어둠이 짙었다. 근처 식당에서 고함 소리와 쉰 노랫소리가 들려왔다. 불을 밝힌 창문이 여러 군데 있었다. 여기저기 하나둘씩 불이 켜지며 어슴푸레 빨간 빛이 어두운 문밖으로 비치고 있었다. 손에 손을 맞잡고 큰 소리로 웃으며 조잘대는 젊은 처녀들의 긴 행렬이 즐겁게 골목길을 서성였다. 희미한 불빛 속에서 흔들리며 그녀들은 청춘과 환락의 포근한 파도처럼 가물거리는 골목길을 지나가고 있었다. 한스는 오래도록 그녀들을 바라봤다. 심장 뛰는 소리가 목구멍까지 전해져왔다. 커튼을 내린 창문에서 바이올린 소리가 들렸다. 우물가에선 한 여인이 상추를 씻고 있었다.

다리 위에서 두 젊은이가 애인과 함께 산책을 하고 있었다. 한 사람은 처녀의 손을 으스러지듯 붙잡고 흔들면서 여송연을 물고 걸어갔다. 또 한 쌍은 바싹 달라붙어서 천천히 앞으로 걸어가고 있었다. 젊은이는 처녀의 허리를 안고 처녀는 어깨와 머리를 그의 가슴에 푹 파묻고 있었다. 한스는 전에도 그런 모습을 여러 번 봤으나 관심을 가진 적이 없었다. 그러나 지금은 그것이 그윽한 뜻을 내포하고 있었다. 분명하진 않지만 정답고 달콤한 의미였다. 그의 시선은 두 쌍의 남녀에게 머물렀다. 그는 황홀한 예감으로 공상의 날개를 폈다. 안타깝게 마음속 깊은 곳까지 흔들렸다. 그는 자신이 어떤 커다란 비밀에 접근해 있다는 것을 느꼈다. 그 비밀이 감미로울지 끔찍할지는 알 수 없으나 둘 중 하나를 떨리는 가슴으로 느껴봤다.

플라크 씨 집 앞에서 걸음을 멈추었다. 안으로 들어갈 용기가 나지 않았다. 들어가서 무엇을 하고 무슨 말을 해야 좋을까? 열두어 살 무렵 이 집에 자주 들렀던 일을 머릿속에 그려보지 않을 수 없었다. 그 당시 플라크 아저씨는 그에게 성서 이야기를 들려주었다. 지옥과 악마, 성령에 대해서 호기심을 억누르지 못하고 질문을 해대면 그때마다 친절하게 대답해주곤 했다. 하필 이때 성가시게 이따위 추억이 생각날 줄이야!

그의 양심은 괴로웠다. 자신이 무엇을 하고 싶어 하는지, 정말 무엇을 원하는지조차 알지 못했다. 그러나 어떤 신비로운 것과 금지된 것 앞에 서 있다는 것만은 부정할 수 없었다. 한스는 안에 들어가지도 않고 대문 앞 어둠 속에 서 있는 것은 옳지 못하다는 생각이 들었다. 여기에 서 있는 것을 본다면 구두장이는 아마 꾸짖기보다는 비웃을 것이다. 한스는 그것이 가장 두려웠다.

그는 발소리를 죽이며 집 뒤로 걸어갔다. 그곳에서는 정원 울타리 너머로 불 켜진 안방을 들여다볼 수가 있었다. 주인은 보이지 않았다. 부인은 바느질을 하거나 무엇을 짜고 있는 것 같았다. 큰아들은 아직 자지 않고 책상 앞에 앉아서 책을 읽고 있었다. 엠마는 설거지를 하는 듯 분주히 왔다 갔다 하는 것이 보였다. 그 틈에 그녀를 한 번, 잠깐이나마 볼 수 있었다. 주위는 아주 고요했다. 먼 골목길의 발소리, 정원 저 건너편으로 잔잔히 흐르는 강물 소리까지 똑똑히 들을 수 있었다. 어둠과 밤의 냉기가 조금씩 몸에 스며들었다.

안방 창문 옆에 어두컴컴한 작은 창문이 보였다. 한참 후에야 이 창문에 희미한 자태가 나타나서 몸을 앞으로 내밀고 어둠 속을 응시했다. 한스는 그 모습을 보고 이내 엠마라는 것을 알아차렸다. 초조한 기다림 때문에 심장박동이 일순간 정지하는 느낌이었다. 그녀는 창가에 오랫동안 서서 조용히 이쪽을 보고 있었다. 그러나 그를 보고 있는 것인지, 또 알면서도 시치미를 떼는 것인지는 알 수 없었다. 그도 꼼짝하지 않고 그녀를 뚫어지게 쳐다보며, 초조한 망설임 속에서도 그녀가 자신을 알아봤으면 하고 안타깝게 기대했다. 그러면서도 한편으로 자기를 알아보면 어쩌나 싶어 은근히 겁도 났다.

희미한 그 자태가 창가에서 사라졌다. 이윽고 조그만 정원 문이 열리면서 엠마가 집 안에서 나왔다. 한스는 간담이 서늘해져서 그냥 도망칠까 했으나 결국 자신에게 걸어오는 엠마를 가만히 보고만 있었다. 다가오는 그녀의 발소리가 들릴 때마다 달아날까 생각했지만 그보다 더 강력한 힘이 그를 거기에 꼼짝없이 붙들어놓았다. 엠마가 곧 그의 정면으로 다가왔다. 낮은 울타리가 사이에 있었으므로 반 발자국도 안 되는 거리였다. 이윽고 엠마가 낮은 목소리로 물었다.

"너, 무슨 일이야?"

"아무것도 아냐."

그녀가 '너'라고 부르자 마치 그녀의 살결이 자신의 살결을 스쳐 간 것 같은 느낌이었다.

엠마가 울타리 너머로 손을 내밀었다. 한스는 수줍은 듯이, 그러나 정답게 약간 힘을 주어 그녀의 손을 잡았다. 그 손을 빼지 않는 걸 보고 한스는 용기가 나서 그녀의 따뜻한 손을 조심스레 어루만졌다. 그녀는 여전히 움직이지 않았다. 한스는 그녀의 손을 자신의 뺨에 가져갔다. 피부로 스며드는 쾌감과 향긋한 촉감, 행복한 피로의 물결이 그를 덮쳤다. 그의 눈앞에는 골목도 정원도 없고, 단지 하얀 얼굴과 헝클어진 까만 머리카락 외에는 아무것도 보이지 않았다.

그때 그녀가 아주 낮은 목소리로 물었다.

"내게 키스해줄래?"

그 목소리는 마치 머나먼 밤하늘 저쪽에서 울려오는 것 같았다.

하얀 얼굴이 바싹 다가왔다. 몸무게 때문에 울타리 널빤지가 밖으로 조금 밀렸다. 헝클어진 향긋한 머리카락이 한스의 이마에 스쳤다. 하얗고 넓은 눈꺼풀과 까만 속눈썹에 휩싸인 그녀의 감은 두 눈이 바로 눈앞에 있었다. 두려움에 싸인 입술이 그녀의 입술에 닿았을 때 강한 전율이 그의 전신을 휩쓸고 지나갔다. 그는 순간적으로 두려워져 몸을 뒤로 젖혔다. 그녀가 그의 머리를 두 손으로 부여잡고 자신의 얼굴로 내리누르며 그의 입술을 놓치지 않았다. 타오르는 열정을 자신의 입술로 내리누르면서 마치 그의 생명마저 삼키려는 듯, 어쩌면 악마처럼 빨아들이려는 것같이 느껴졌다. 그는 전신에 맥이 빠졌다. 그녀의 입술과 떨어지기 전의 흐뭇한 쾌감이 멍한 피로와 고통으로 변했다. 엠마에게서 입술이 떨어졌을 때 그는 비틀거리며 떨리는 손으로 울타리를 꼭 붙들었다.

"내일 밤에 또 와."

엠마는 이렇게 말하고 얼른 집으로 들어갔다. 그녀가 들어가고 채 5분도 되지 않았을 시간이 한스에게는 기나긴 세월처럼 느껴졌다. 그는 멍한 눈으로 그녀를 보내고 여전히 울타리를 움켜쥔 채 지쳐서 한 걸음도 옮길 수가 없었다. 황홀한 꿈속에서 그는 피가 흐르는 소리를 들었다. 피는 그의 머릿속에 고르지 못한 괴로운 파동을 일으키며 심장을 넘나들고 호흡을 멎게 했다.

한스는 방문이 열리고 주인이 들어오는 것을 봤다. 그는 조금 전까지도 일터에 있었던 모양이었다. 한스는 들킬지도 모른다는 공포심에 짓눌려 그곳에서 도망쳤다. 가볍게 한잔 마신 사람처럼 내키지 않는 걸음으로 느릿느릿 걸었다. 걸음을 내디딜 때마다 무엇이 쪼개지는 것 같은 느낌이었다. 졸린 듯한 박공과 음산한 빨간 창들이 있는 어두운 골목길이 마치 빛바랜 무대장치의 한쪽 벽면처럼 그의 눈앞에서 흘러가고 있었다. 다리며 강이며 안뜰이며 정원도 흘러갔다.

게르버 거리의 분수가 묘하게 높은 소리를 내며 물을 내뿜고 있었다. 꿈같은 심정으로 한스는 문을 열고 칠흑같이 어두운 복도를 지나서 계단을 올라갔다. 그러고는 문을 하나하나 열고는 안으로 들어섰다. 거기 놓인 책상 앞에 앉아 시간이 한참 흐른 다음에야 비로소 자신의 방에 돌아왔다는 생각에 갑자기 눈을 떴다. 옷을 벗을 기분이 내킬 때까지 몇 분이 걸렸다. 긴장이 풀리자 옷을 벗고 창가에 앉았다. 그러나 차가운 가을 밤공기에 별안간 오한이 나서 이불 속으로 기어들어갔다.

그는 곧 잠들 수 있으리라고 생각했다. 그러나 누워서 몸이 조금씩 따뜻해지자 다시 가슴에 격동이 일어났다. 피가 사납게 끓어오르기 시작했다. 눈을 감으면 그녀의 입술이 아직까지 달라붙어 그의 영혼을 빨아당기며 괴롭게 불태우는 것 같았다.

늦게야 잠이 들었으나 꿈에서 꿈으로 쫓겨다녀야만 했다. 그는 불안한 마음으로 깊은 어둠 속에서 더듬거리며 엠마의 팔을 잡았다. 그녀가 그를 안았다. 두 사람은 포근한 깊은 물결 속으로 가라앉았다. 별안간 구두장이가 나타나서 너는 왜 도무지 찾아올 줄을 모르느냐고 물었다. 한스는 웃지 않을 수 없었다. 왜냐하면 그는 플라크 씨가 아니라 마울브론의 기도실에서 같이 창가에 앉아 익살을 부리던 헤르만 하일러였기 때문이었다. 그러나 그 모습도 곧 사라져버렸다. 그는 과즙 압착기 옆에 서 있었다. 엠마가 손잡이를 반대 방향으로 돌리는 바람에 있는 힘을 다해서 거기에 저항했다. 그녀가 한스 쪽으로 허리를 굽혀 그의 입술을 찾고 있었다. 주위가 고요하고 따뜻한 심연 속으로 가라앉았다. 현기증이 났다. 동시에 교장의 훈시가 들렸다. 그가 한스 이야기를 하고 있는지 어쩐지는 알 수 없었다.

그는 아침 늦게까지 잠을 잤다. 맑고 화창한 날이었다. 겨우 잠에서 깨어나 두어 번 정원을 왔다 갔다 했으나 여전히 안개 속에 휩싸인 듯 졸음이 가시지 않았다. 정원에 피어 있는 한 송이 보라색 과꽃이 기도하듯이 햇빛에 아름답게 웃고 있는 것을 그는 봤다. 따뜻하고 부드러운 햇살이 이른 봄날과도 같이 시든 크고 작은 나뭇가지며 잎들이 떨어진 덩굴 주위를 넘나들고 있는 것을 그는 봤다. 그러나 물끄러미 바라만 볼 뿐 아무런 느낌도 들지 않았다. 어떤 것도 그의 관심을 끌지 못했다. 별안간 이 뜰에서 토끼가 뛰놀고, 물레방아가 돌아가던 그 시절의 추억이 뚜렷하고 강렬하게 그를 사로잡았다.

그는 3년 전 9월의 어느 날을 머릿속에 떠올렸다. 세단 축제* 전날 밤이었다. 아우구스트가 담쟁이풀을 가지고 한스의 집으로 왔다. 두 사람은 깃대를 깨끗이 씻고 황금색 꼭지에 담쟁이풀을 꽂으면서 축제에 대해 이야기하며 내일의 즐거움을 기다렸다. 다만 그뿐, 그 외에는 아무것도 없었으나 두 사람은 축제에 대한 기대와 기쁨으로 들떠 있었다. 밤에는 높은 바위 위에서 세단의 불이 타오르기로 되어 있었다.

왜 하필이면 그날 밤의 일이 머릿속에 떠오르는지, 왜 그 추억이 이다지도 아름답고 강렬한지, 왜 그 추억이 그를 이토록 비참하고 슬프게 하는지 한스는 알 길이 없었다. 추억의 색동옷을 입고 유년 시절과 소년 시절에 이별을 고하고 다시는 되돌아오지 않을 행복에 커다란 가시의 흔적을 남기기 위해 다시 한번 즐겁게 웃으면서 자기 앞에 나타났다는 것을 그는 알지 못했다. 이 추억이 엊저녁 엠마와의 일과 조화롭지 않다는 것을, 또 그 옛날의 행복과 결합되지 않는 무엇이 그의 마음속에 나타난 것을 단순히 느꼈을 뿐이었다. 반짝반짝 빛나는 황금빛 깃대가 보이고, 친구 아우구스트의 웃음소리가 들리고, 막 구워낸 과자 냄새가 나는 것 같았다. 즐겁고 행복했던 그 모든 것들에서 멀어져 서먹서먹했다. 그는 큰 전나무

---

* 1870년 9월 독일군이 프랑스 세당(독일어로 세단이다)을 침공하여 나폴레옹 3세를 체포한 것을 기념하는 날이다. 프랑스는 세당 전투의 패배를 계기로 제2제정이 무너지고 제3 공화국이 시작되었다.

의 울퉁불퉁한 줄기에 기대 절망적인 감정에 북받쳐 흐느꼈다. 그러고 나니 약간이라도 위안과 구원을 받은 듯한 기분이 들었다.

정오 무렵에 한스는 아우구스트에게 달려갔다. 아우구스트는 이제 일급 수습공이 되어 자리를 잡았고 키도 상당히 자라 있었다. 한스는 기계공이 되고자 하는 자신의 소망을 피력했다.

"쉬운 일이 아니야."

아우구스트는 이렇게 말하며 세상 물정에 밝은 사람 같은 표정을 지었다.

"쉬운 일이 아니야. 어쨌든 너는 허약 체질이잖아. 처음 1년 동안은 쇠를 다루는데 계속 서서 망치질만 해야 해. 망치라는 게 수프를 떠먹는 숟가락처럼 다루기가 쉽지 않아. 또 쇠를 나르고 저녁때는 뒷정리를 해야 돼. 그뿐인가, 줄을 미는 데도 힘이 들지. 숙달될 때까지는 낡은 줄만 주거든. 낡은 줄은 날이 무뎌서 원숭이 엉덩이처럼 매끈매끈해."

한스는 갑자기 숨이 막혀 말이 나오질 않았다.

"그래, 그만두는 게 좋단 말이지?"

그는 더듬거리며 물었다.

"왜 그래? 그런 말이 아니야! 머리 아픈 이야기는 그만두자! 처음에는 춤추는 데와는 다르다는 걸 말했을 뿐이야. 그러나 그 밖에는…… 기계공도 아주 훌륭하지. 알겠니? 머리도 좋아야만 돼. 그러지 않으면 평범한 대장장이에 지나지 않으니까. 자, 한번 봐!"

그는 반짝반짝 빛나는 강철로 된 작고 정밀한 기계 부품을 서너 개 가지고 와서 한스에게 보여주었다.

"0.5밀리라도 틀어지면 못쓰게 돼. 나사못까지도 전부 손으로 일일이 만들지. 눈을 크게 뜨고 주시해야 해. 이걸 갈아서 단단하게 만들어야 비로소 물건이 되거든."

아우구스트는 웃었다.

"걱정되니? 수습공은 구박받게 마련이야. 어쩔 도리가 없어. 그러나 나도 있고 하니까 도와줄게. 마침 다음 주 금요일에 파티를 해. 맥주도 나오고 과자도 나온단다. 모두들 참석하는데 당연히 너도 와야지. 그러면 우리들 사정을 알게 될 테니까. 그렇지, 그러면 알게 될 거야. 게다가 우린 옛 친구니까."

식사 시간에 한스는 아버지에게 기계공이 되고 싶다며, 일주일쯤 뒤에 일을 시작하면 어떻겠냐고 물어봤다.

"그야 좋은 일이지."

아버지는 그렇게 말하고 오후에 한스와 같이 슐러 씨네 일터로 가서 신청을 했다.

그러나 황혼이 찾아들 무렵부터 한스는 그 일은 까맣게 잊어버리고 밤에 엠마가 기다린다는 것만 생각했다. 그때부터 숨이 차오르며 시간이 너무 긴 것도 같고 짧은 것도 같았다. 그는 마치 급류로 향하는 뱃사공 같은 심정으로 엠마를 만나려고 약속 장소로 줄달음을 쳤다. 저녁 식사 따위는 문제도 되지 않았다. 한스는 우유 한 잔을 겨우 마시고 밖으로 뛰어나갔다.

무엇 하나 어제와 다름없었다. 어둡고 졸린 듯한 골목길이며, 빨간 창문이며, 희미한 가로등 불빛이며, 천천히 걸어다니는 연인들. 구두장이네 정원 울타리에서 그는 커다란 불안에 휩싸였다. 바스락 소리가 날 때마다 간담이 서늘해졌다. 어둠 속에서 기웃거리고 있는 자신이 도둑놈 같다는 생각이 들었다.

1분도 채 안 돼 엠마가 눈앞에 나타나 그의 머리카락을 두 손으로 어루만지며 정원 문을 열었다. 그는 조심스럽게 안으로 들어갔다. 그녀는 덩굴에 둘러싸인 길을 지나 뒷문을 통해 어두운 복도로 그를 살짝 끌고 들어갔다.

두 사람은 지하실 맨 윗계단에 나란히 앉았다. 시간이 한참 지나서야 어둠 속에서 간신히 서로의 얼굴을 볼 수 있었다. 처녀는 기분이 매우 좋아서 쉴 새 없이 재잘거렸다. 그녀는 벌써 몇 번이나 키스를 해본 경험이 있었다. 그래서 그 방면으로 약간 알고 있었다. 내성적이고 침착한 이 소년은 그녀에게 딱 알맞은 상대였다. 그녀는 그의 헌칠한 얼굴을 두 손으로 받치고 이마며 눈이며 뺨에 키스했다. 입술에 할 차례가 되어 이번에도 오랫동안 빨아당기는 듯한 키스 세례를 받자 한스는 현기증이 났다. 그는 힘이 빠져 맥없이 처녀의 몸에 기댔다. 그녀는 소리 낮춰 웃으면서 그의 귀를 잡아당겼다.

처녀는 쉴 새 없이 조잘거렸다. 한스는 귀를 기울였지만 그녀가 무슨 말을 하는지 알아들을 수가 없었다. 그녀는 손으로 그의 팔과 머리카락, 목덜미, 두 손을 쓰다듬으며 자신의 뺨과 머리와 어깨에 그의 뺨을 기대게 했다. 그는 묵묵히 앉아서 처녀가 하는 대로 맡겨두었다. 감미로운 전율과 깊고 행복한 불안감 때문에 때때로 열병 환자처럼 가냘프게 몸을 떨었다.

"무슨 애인이 이래? 왜 아무 반응도 없어?"

그녀가 웃으며 말했다.

엠마는 그의 손을 잡고 자신의 목덜미와 머리카락과 가슴 위에 올려놓고 꼭 눌렀다. 한스는 감미롭고 이상한 감정을 느끼며 눈을 감았다. 끝없는 심연으로 가라앉는 것 같은 기분이 들었다.

"그만둬! 이제 그만해!"

그녀가 또 키스 세례를 퍼부으려고 하자 손으로 막으며 말했다. 그녀가 웃었다. 그녀가 팔로 끌어안으면서 그의 허리를 자신의 가슴으로 누르는 바람에 그 육체적 감촉에 충격을 받아 머리가 어지러웠다. 그 이상 아무 말도 나오지 않았다.

"날 좋아하니?"

그녀가 물었다.

그는 그렇다고 대답할까 하다가 그저 고개만 끄덕였다. 그리고 잠시 동안 그대로 고개를 끄덕이고 있었다. 그녀가 또 한 번 그의 손을 잡고는 장난스럽게 자신의 코르셋 밑에다 집어넣었다. 그러자 타인의 육체에서 전해지는 맥박과 호흡이 뜨겁게, 너무나 가까이에서 느껴졌다. 그는 심장이 멎고 금방 죽을 것처럼 호흡하기가 힘들어졌다. 그는 손을 뺀 다음 신음하듯이 말했다.

"이제 집에 가야지."

일어서려고 하는데 몸이 휘청거려서 하마터면 지하실 계단 아래로 굴러떨어질 뻔했다.

"왜 그래?"

엠마가 놀라서 물었다.

"몰라, 너무 피곤해."

정원 울타리까지 그녀가 바싹 다가서서 그를 붙들고 걷는 것조차 느끼지 못했다. 그녀가 인사를 하고 뒤에서 정원 문이 닫히는 소리조차 그의 귀에는 들리지 않았다. 그는 골목을 지나 집으로 달려갔다. 거센 폭풍우가 그를 휩쓸고 가는 건지, 거친 물결이 그를 삼켜버리는 건지 영문을 몰랐고, 어떻게 집으로 돌아왔는지조차 알 수 없었다.

좌우로 희미하게 솟은 집들이 보이고 그 위로 산등성이와 전나무 가지와 어둠과 커다랗고 조용한 별들이 보였다. 바람이 불고 있었다. 강물이 다리 기둥에 부딪히며 흘러가는 소리가 간간이 들리고 물에 비친 정원, 희미하게 솟은 집들, 밤의 어둠, 가로등, 별들이 보였다. 그는 다리 위에 주저앉고 말았다. 너무나 피곤해서 더는 걸음을 옮길 수가 없었다. 그는 다리 난간에 기대앉아 강물이 다리 기둥에 부딪히고 둑에서 여울져 물레방아를 돌리며 흘러가는 소리를 들었다. 그것은 마치 오르간을 연주하는 것 같은 소리였다. 두 손이 차가웠다. 가슴과 목구멍에 피가 꽉 차오르는 것 같기도 하고, 밀치고 내려가는 것 같기도 했다. 그러다가 눈앞이 캄캄해졌다. 별안간 피가 심장으로 흘러가며 머리가 어지러웠다.

그는 집으로 돌아가 방에 들어가서 눕기가 바쁘게 곧 잠이 들었다. 꿈속에서 거대한 공간으로 깊이 빠져들어갔다. 한밤중에 악몽에 시달리다가 기진맥진해 눈을 떴고, 심한 갈증에 허덕이면서 아침까지 몽롱한 상태로 누워 있었다. 새벽녘에는 골수에 스며드는 번뇌가 기나긴 흐느낌으로 변했다. 그는 눈물에 젖은 이불 위에서 또 잠이 들었다.

7

기벤라트 씨는 과즙 압착기 옆에서 제법 뽐내며 일을 하느라 동분서주하고 있었다. 한스도 일을 도왔다. 구두장이의 아들 둘이 와서 함께 과일을 나르느라 눈코 뜰 새 없이 바쁘게 움직였다. 둘은 조그만 시음용 컵을 같이 사용하며 큼직한 까만 빵을 각각 손에 들고 있었다. 그러나 엠마는 같이 오지 않았다.

아버지가 통을 가지고 나가서 반 시간 동안 자리를 비웠을 때 한스는 겨우 큰마음을 먹고 엠마 이야기를 꺼냈다.

"엠마는 어디 갔니? 여기 오지 않는대?"

소년들이 입안에 있는 것을 다 삼키고 말을 할 때까지 시간이 걸렸다.

"엠마는 가버렸는걸."

그들은 말을 하고는 고개를 끄덕였다.

"가버렸어? 어딜?"

"집에."

"갔어? 기차 타고?"

소년들은 고개를 끄덕였다.

"대체 언제?"

"오늘 아침에."

소년들은 다시 사과에 손을 뻗었다. 한스는 압착기를 돌리며 과즙이 담긴 통을 멍하니 쳐다봤다. 차츰 그 이유를 알 것 같았다.

그의 아버지가 돌아왔다. 모두들 일하며 웃고 야단이었다. 소년들은 고맙다는 인사를 하고는 달아나버렸다. 저녁때가 되자 모두들 집으로 돌아갔다.

저녁 식사가 끝난 뒤 한스는 혼자 그의 방에 앉아 있었다. 10시가 되고 11시가 지났으나 불도 켜지 않았다. 그러고는 한숨 실컷 잤다.

여느 때보다 늦게 눈을 떴을 때 그는 오직 불행과 상실감을 희미하게 느꼈을 뿐이었다. 나중에 또 엠마가 머리에 떠올랐다. 그녀는 인사도 없이, 작별의 말도 없이 떠나버렸다. 그가 다지막 날 밤에 찾아갔을 때, 언제 떠나는지 그녀는 확실히 알고 있었다. 다정하게 몸을 맡긴 거라든지, 그녀의 웃음소리며 키스를 지금에서야 새삼스레 머릿속에 떠올려봤다. 그녀는 한스를 진정으로 좋아하지 않았던 것이다.

분노를 억누를 길 없는 고통과 좀처럼 진정될 줄 모르는 사랑의 힘이 뒤엉켜 애달픈 번뇌로 변했다. 이 번뇌의 채찍질에 못 이겨 그는 집에서 뜰로, 거리로, 숲으로, 다시 집으로 헤매고 다녔다.

훗날에 맛보게 될 사랑의 비밀을 너무 어린 나이에 일찍 알아버린 것이었다. 그 사랑은 별로 달콤하지도 않았고 그 대신 쓰디쓴 고배를 들게 했다. 매일매일 그 얼마나 부질없는 한탄과 실없이 그리워지는 추억과 하염없는 생각에 잠겨 있었던가. 밤마다 그 엄청난 안타까움에 잠을 이루지 못하고 악몽에 시달리며 뛰는 가슴을 억누를 길 없었다. 그리고 꿈! 꿈속에서는 피가 파도치듯이 괴상하게 끓어올라 괴물이 되기도 하고, 커다란 공포로 변하기도 했으며, 껴안아 죽일 듯한 팔이 되기도 했다. 또 시퍼런 빛을 내며 눈을 부릅뜬 요괴가 되기도 했다. 정신이 아득할 정도의 심연이 되기도 했으며, 이글이글 타오르는 커다란 눈이 되기도 했다. 그러나 눈을 뜨면 혼자서 쓸쓸히 가을밤의 고독을 안고 사랑하는 그녀를 그리워하며 눈물 젖은 베개에 머리를 파묻었다.

기계공의 일터로 들어가야 할 금요일이 다가왔다. 아버지가 아마로 된 푸른 작업복과 푸른 반모직 모자를 사주었다. 한스는 옷을 입어봤다. 작업복을 입으니 아주 딴사람이 된 것처럼 우스워 보였다. 학교와 교장 선생 댁과 플라크 씨의 일터와 목사의 집을 지나칠 때는 비참한 생각이 들 것 같았다. 그토록 고생하며 애썼던 공부와 그동안 흘린 땀, 수많은 기쁨, 대단했던 자만심과 공명심, 희망에 부푼 몽상! 그 모든 것이 구름처럼 사라지고 말았다. 결국 그 모든 것이 다른 친구들보다 뒤늦게, 사람들의 조소를 받으며 가장 서투른 수습공이 되어 일터로 가기 위함이던가.

하일러가 이 사실을 알면 뭐라고 할까?

그러나 모든 것을 체념하고 푸른 색깔의 작업복을 입고 나설 금요일이 얼마간 기다려지기까지 했다. 그렇게 되면 적어도 또 무엇을 맛보게 될 기회가 생기는 것이다!

그러나 그런 생각도 시꺼먼 구름 속에서 순간적으로 번쩍이는 섬광에 지나지 않았다. 엠마가 떠나간 것을 그는 좀처럼 잊지 못했다. 더욱이 그의 피는 지난 며칠 동안의 자극을 잊을 수도, 억제할 수도 없었다. 그의 피는 더 많은 것을 원하며 끓어올랐다. 아니, 이제야 눈뜬 그리움에 아우성치고 있었다. 그리하여 숨 가쁘고 쓰디쓴 시간이 계속 흘러갔다.

온화한 햇살이 충만하여 어느 때보다 아름다운 가을이었다. 이른 새벽은 은빛으로, 한낮에는 화려한 웃음을 띠었고, 저녁은 맑았다. 먼산은 우산을 펼친 듯 깊은 하늘색을 띠고, 밤나무는 황금색으로 빛났다. 담쟁이와 울타리 위는 보라색 야생 머루 잎들이 드리워져 있었다.

한스는 초조하게 피해 다녔다. 그는 하루 종일 읍내며 들판을 헤매고 다니면서 사람들이 연정 때문에 괴로워하는 모습을 눈치챌까봐 미리 그들을 피했다. 그러나 밤에는 한길을 오가는 하녀들을 한 사람 한 사람 쳐다보고, 연인들을 보면 양심의 가책을 느끼면서 몰래 뒤를 밟았다. 엠마와 함께 온갖 욕망과 인생의 온갖 매력이 그에게 다가왔으나, 엠마와 함께 이 또한 허망하게 사라지고 말았다. 그는 이제 엠마에게 느꼈던 번뇌와 안타까움을 머릿속에 그리지 않았다. 다시 한번 그녀의 손을 잡을 수만 있다면, 이번에는 결코 부끄러워 덜덜 떨지 않고 온갖 비밀을 그녀에게서 빼앗아 마술에 걸린 사랑의 동산으로 끌고 갈 수 있을 것만 같았다. 그런데 지금은 그 동산의 문도 눈앞에서 닫히고 말았다. 그의 온갖 공상은 이 위험한 밀림 속 덩굴에 걸려들었고, 그는 비틀거리며 그 속을 헤매고 있었다. 한스는 끈질기게 자신을 괴롭히며 이 좁은 악마의 세계

바깥에 아름답고 넓은 세계가 환하게 자리하고 있다는 것을 외면하려고 들었다.

불안하게 기다리던 금요일이 되자 오히려 기쁜 마음이 앞섰다. 아침 일찍 푸른 작업복을 입고 모자를 쓰고 좀 머뭇거리다가 게르버 거리 아래쪽 슐러 씨의 일터로 갔다. 아는 사람 몇몇이 이상하다는 듯 그를 쳐다보며 다그쳐 물었다.

"어찌된 일이냐? 대장장이라도 된 거냐?"

일터에서는 벌써 작업이 한창이었다. 주인은 막 쇠를 달궈 단련하려던 참이었다. 그는 빨갛게 단 쇳덩어리를 모루 위에 얹었다. 직공이 무거운 모루채로 두들기기 시작했다. 주인은 가볍게 모양을 만들어가면서 두들기고, 불집게를 위아래로 놀리며 사이사이에 꼭 알맞은 망치를 가지고 모루를 치면서 박자를 맞췄다. 그 소리는 활짝 열어젖힌 문을 통해 아침 공기 속으로 맑게 울려 퍼졌다.

기름과 줄밥으로 까맣게 된 기다란 작업대 앞에 나이 든 직공과 아우구스트가 나란히 바이스에 매달려 일을 하고 있었다. 천장에서 선반이며 숫돌, 풀무, 천공기를 돌리는 벨트가 빠른 속도로 돌아가고 있었다. 이곳에서는 수력을 이용했다. 일터에 들어선 친구에게 아우구스트는 머리를 끄덕이며 주인이 짬이 날 때까지 문간에서 기다리라고 했다.

한스는 풀무에서 일고 있는 불과 멈춰 선 선반, 요란하게 돌아가는 벨트, 공전반(空轉盤) 등을 수줍게 구경했다. 주인이 하던 일을 마치고 한스가 있는 데로 와서 따뜻하고 두꺼운 손을 내밀며 악수를 청했다.

"거기 네 모자를 걸어라!"

그가 벽에 박혀 있는 못을 가리켰다.

"그럼 이리 와. 여기 네 자리와 바이스가 있으니까."

그가 한스를 제일 뒤쪽에 있는 바이스로 데리고 가서 우선 그것을 사용하는 법과 도구며 작업대를 정돈하는 법을 알려주었다.

"네가 장사가 아니라는 걸 네 아버지한테서 벌써 들었다. 보기에도 그렇구나. 좋아! 힘이 좀 날 때까지 쇠 다루는 일은 미루도록 하자."

주인은 작업대 밑에 손을 넣어 무쇠로 만든 조그만 톱니바퀴를 끄집어냈다.

"자, 이걸 가지고 해봐. 이 바퀴는 아직 완성되지 않은 거야. 사방이 울퉁불퉁하지. 그러니 이걸 갈아서 매끌매끌하게 해야 해. 그렇지 않으면 나중에 정밀한 부속품으로서 아무런 가치가 없을 테니까."

주인은 바퀴를 바이스에 끼우고 낡은 줄을 가져와서 미는 법을 가르쳐주었다.

"그럼 일을 시작해보지. 다른 줄을 써서는 안 돼! 그걸로 점심때까지는 충분히 일감이 될 거야. 끝나면 내게로 가지고 와. 일을 할 때는 시키는 것 외에 다른 일에 관여해서는 안 돼. 수습할 땐 사색은 금물이야."

한스는 줄을 밀기 시작했다.

"잠깐, 멈춰라! 그렇게 하는 게 아니야. 왼손을 이렇게 줄 위에다 놓아야지. 너 왼손잡이냐?"

"아니요."

"자, 그러면 해봐라. 이제 할 수 있을 테니까."

주인은 입구 옆에 있는 첫 번째 바이스 쪽으로 갔다. 한스는 어떻게 하면 잘할 수 있을까 생각하면서 정신을 똑바로 차렸다.

처음에 서너 번 밀어봤더니 톱니가 부드럽게 밀리는데 뭔가이상한 기분이 들었다. 얼마간 그대로 밀어보다가 매끈하게 잘 벗겨지는 것은 부서지기 쉬운 표면에 지나지 않고 정말 매끌매끌하게 해야 할 딱딱한 쇠붙이는 그 밑에 숨어 있다는 것을 알게 되었다. 그는 마음을 단단히 먹고 열심히 일을 계속했다. 어릴 적 장난을 그만둔 뒤 처음으로 눈에 보이는 유익한 물건이 자신의 손으로 만들어지는 기쁨을 제대로 맛봤다.

"좀 천천히 해라!"

주인이 이쪽을 보며 소리를 질렀다.

"줄을 밀 때는 하나둘, 하나둘, 박자를 맞춰가면서 밀고 당겨야지. 그러지 않고 마구 밀어대면 줄이 아주 못쓰게 되고 말아."

그곳에서는 제일 나이 많은 직공이 선반 앞에서 무슨 일인가 하고 있었다. 한스는 그쪽으로 곁눈질을 했다. 직공이 강철 쐐기를 선반에 끼우고 벨트를 돌렸다. 그러자 쐐기가 빠르게 돌아가면서 불꽃을 일으키며 요란한 소리를 냈다. 그사이에 직공은 털같이 얇은 반짝이는 쇠부스러기를 끄집어내고 있었다. 사방에 연장이며 쇠붙이, 강철, 놋쇠, 시작하다 만 일거리며, 갖가지 송곳 등이 흩어져 있었다. 줄 옆에는 작은 망치와 큰 망치, 덮개와 불집게, 인두 등이 걸려 있었다. 벽을 따라서는 줄과 절삭기가 나란히 걸려 있었다. 선반에는 기름걸레, 조그만 비, 금강사 쇠줄, 톱, 압력 펌프, 산소통, 못 상자, 나사못 상자 등이 얹혀 있었다. 여기서는 숫돌이 쉴새 없이 사용되고 있었다.

한스는 까매진 자신의 손을 보니 무척 유쾌했다. 다른 사람들의 까만 작업복에 비해서 우스꽝스러울 정도로 파란 자신의 새 작업복도 곧 낡은 옷으로 보이길 바랐다. 아침나절의 시간이 흘러갈수록 바깥에서도 일터에 활기가 더해졌다. 근처 편물 공장의 일꾼들 몇이 와서 부속품을 갈거나 고쳐가기도 했다. 또 농부가 한 사람 와서 고치려고 맡겨둔 세탁 기계가 어떻게 되었느냐고 물었다. 수리가 아직 안 끝났다고 하자 그는 한바탕 욕을 하고는 가버렸다. 그다음에는 점잖은 차림의 공장 주인이 와서 주인과 옆방에서 상담을 했다.

그사이에도 사람들과 바퀴, 벨트 등은 잠시도 쉬지 않고 움직였다. 그런 와중에 한스는 난생처음으로 노동의 찬가를 듣고 맛봤다. 거기에는 신출내기의 마음을 사로잡는 그 무엇이 있었다. 그는 자기와 같은 보잘것없는 인간과 보잘것없는 생활이 커다란 리듬에 조화를 이뤄가고 있음을 알게 되었다.

9시가 되자 15분 동안 휴식 시간이 주어졌다.

빵 하나와 과실주 한 잔씩이 모두에게 돌아갔다. 아우구스트는 그때 처음으로 이 신입 수습공에게 다가와서 그를 격려해주었다. 그러고는 처음 받는 주급을 가지고 동료들과 함께 흥겹게 보낼 다음 일요일에 대해서 정신없이 지껄여대기 시작했다. 한스는 자신이 지금 줄로 밀고 있는 바퀴가 뭐에 쓰이는지 물어봤다. 아우구스트는 탑시계의 부속품이 될 거라고 했다. 그는 바퀴가 나중에 어떤 모양으로 돌아가는지 가르쳐주려고 했는데, 그때 마침 수석 직공이 다시 줄을 밀기 시작하는 바람에 모두들 서둘러 각자 위치로 물러갔다.

10시와 11시 사이가 되자 한스는 지치기 시작했다. 무릎과 오른쪽 팔이 약간 쑤셨다. 한쪽 다리에 쏠린 무게 중심을 다른 쪽으로 옮기고 몰래 기지개를 켰으나 별 효과가 없었다. 그래서 잠시 줄을 옆으로 놓고 바이스에 몸을 기댔다. 그를 유심히 보는 사람은 하나도 없었다. 그대로 조용히 서서 머리 위에서 돌아가는 벨트의 노랫소리를 듣고 있으려니 현기증이 살짝 날 것 같았다. 눈을 감고 한 1분쯤 지났을까? 그때 마침 주인이 뒤에 와 있었다.

"얘, 왜 그러니? 벌써 지쳤어?"

"네, 좀."

한스는 피로한 듯이 말했다. 직공들이 웃었다.

"곧 괜찮아질 거야. 이번에는 납땜질을 보여주마. 따라와!"

주인이 조용히 말했다.

한스는 마른침을 삼키며 납땜질을 구경했다. 처음에 인두를 불에 달구고 그다음 땜질할 곳에 염산을 발랐다. 그러자 불에 달궈진 인두에서 하얀 금속이 흐르며 치익 하고 소리가 났다.

"걸레를 가져와서 잘 닦아. 염산은 금속을 부식시키니까 금속에 묻혀두면 안 돼."

한스는 다시 바이스 앞에 서서 줄로 바퀴를 밀었다. 팔이 쑤시고 아팠다. 줄을 꽉 누르고 있어야 하는 왼손이 빨갛게 되어 쓰리기 시작했다.

정오쯤에 직공 감독이 줄을 놓고 손을 씻으러 갔을 때 한스는 자신이 작업한 것을 주인에게 가지고 갔다. 주인이 힐끔 보고 말했다.

"좋아, 됐어. 네 자리 밑 상자 안에 같은 톱니바퀴가 하나 더 있다. 오후에는 그걸 가지고 해봐!"

한스는 손을 씻고 집으로 향했다. 점심 시간은 한 시간이었다.

옛날 학교 친구였던 상점의 점원 둘이 따라와서 그를 비웃었다.

"주 시험에 합격한 대장장이!"

한 녀석이 소리쳤다.

한스는 걸음을 재촉했다. 지금 정말로 만족하고 있는지 그렇지 않은지 자신도 알 수 없었다. 일터는 마음에 들었지만 너무나 피곤했다. 정말 지쳐서 미칠 지경이었다.

집으로 돌아와 막 식사를 하려고 서두르는데 갑자기 엠마가 떠올랐다. 오전에는 엠마 생각을 전혀 하지 않았다. 그는 방으로 올라가서 침대에 몸을 던지고 깊은 고민에 빠져들었다. 울고 싶었으나 눈물이 나오지 않았다. 살갗을 파고드는 그리움에 몸을 맡기고 절망의 구렁텅이에 빠져 있는 자신을 의식했다. 머릿속은 미칠 듯이 쿡쿡 쑤시고 아팠으며 흐느끼느라 목이 막혔다.

점심 시간이 고통스러웠다. 시종 싱글벙글 웃는 아버지 말에 대답도 해야 했고, 마음에도 없는 익살을 부려야 했다. 점심을 먹고 뜰에 나가 햇볕 아래서 몽유병자처럼 15분쯤 보내고 나자 또 일터로 가야 할 시간이었다.

오전 중에 벌써 두 손이 빨갛게 되어 조금씩 쑤시기 시작하더니 저녁때는 부풀어올라 무엇을 잡아도 아파서 견딜 수가 없었다. 일이 끝났을 때에는 아우구스트의 지시를 받아 작업장을 말끔히 치워놓아야 했다.

토요일은 더욱 나빴다. 두 손이 타는 듯 아팠고 커다란 물집이 잡혔다. 주인은 기분이 언짢은 듯 아주 사소한 일에도 트집을 잡아 욕을 퍼부었다. 물집 잡힌 것은 이삼일만 지나면 굳은살이 되어 괜찮아진다며 아우구스트가 위로해주었다. 한스는 하루 종일 시계만 쳐다보다가 나중에는 될 대로 되라는 식으로 톱니바퀴를 아무렇게나 갈아버렸다.

저녁때 뒷정리를 하는데 아우구스트가 한스의 귀에다 대고 말했다. 몇몇 친구와 함께 내일 뷔라하에 가서 기분 좋게 한잔할 계획이니 너도 꼭 가야 한다며 2시에 데리러 가겠다고 했다. 한스는 일요일에 집에서 하루 종일 드러누워 있고 싶었지만 거절하지 않았다. 집에 돌아가자 안나 아주머니가 상처가 난 두 손에 고약을 발라주었다. 8시에 잠자리에 들었는데 늦잠을 자는 바람에 아버지와 함께 교회에 가느라 몹시 서둘러야 했다.

점심때 한스는 아우구스트 이야기를 하며 오늘 그 친구와 같이 바람을 쐬러 가고 싶다고 했다. 아버지는 반대하기는커녕 50페니히나 주며 저녁 식사 전까지는 꼭 돌아와야 한다고 말했다.

한스는 아름다운 햇살을 받으며 거리를 걸었다. 몇 달 만에 처음으로 일요일이 주는 기쁨을 맛볼 수가 있었다. 평일에는 두 손을 까맣게 물들이며 피곤한 몸을 이끌고 일을 했으므로 일요일의 거리가 갑자기 새롭고 태양도 한결 빛나며 모든 것이 더 맑고 아름답게 보였다. 집 앞 긴 의자에 앉아 햇볕을 쬐면서 밝은 얼굴을 하고 있는 고기 장수와 피혁공, 제빵사, 대장장이의 기분을 이제야 알 것 같았다. 그들을 결코 천한 직업을 가진 사람들로만 간주해버릴 수는 없었다.

한스는 노동자나 직공, 수습공이 모자를 약간 삐딱하게 쓰고 흰 셔츠와 잘 손질한 나들이옷을 입고 줄을 지어 거닐거나 술집에 드나드는 것을 구경했다. 꼭 그런 것은 아니지만 대개 목수는 목수끼리, 미장이는 미장이끼리 어울리며 자기 직업에 긍지를 느끼고 있었다. 그중에서도 대장장이가 고상한 직업이었고, 가장 제일은 물론 기계공이었다. 그런 모든 것들이 정답게 느껴졌다. 다소 유치하고 웃긴 면도 없지 않았으나 그 속에는 동업자 간의 아름다움과 긍지가 있었다. 그것은 오늘도 여전히 일종의 기쁨과 쓸모 있는 무엇을 나타냈으며, 아무리 보잘것없는 양복 수습공까지도 한가득 희망을 갖고 있었다.

슐러 씨네 앞에는 젊은 기계공들이 조용히 뽐내고 서서 지나가는 사람들에게 웃음으로 답하면서 농담을 주고받고 있었다. 그 모습을 보니 그들이 확실한 그룹을 이루어 일요일을 즐길 때는 다른 사람들이 필요하지 않다는 것을 알 수 있었다.

한스도 그것을 느끼고 그들의 일원이 된 것을 기뻐했다. 그러나 기계공들은 한번 시작했다 하면 호탕하게 놀고 어지간해서는 끝내지 않는다는 것을 한스는 전부터 알고 있었다. 그랬기 때문에 계획하고 있는 일요일의 파티에 대해서 희미하게 불안감을 느꼈다. 아마 댄스 타임도 있을 텐데 한스는 춤을 출 줄 몰랐다. 춤만 아니라면 되도록 동료들의 기분에 맞춰서 필요하다면 한 이틀 곯아떨어지는 것도 사양하지 않을 작정이었다. 그는 맥주를 많이 마시는 축에는 들지 못했다. 담배도 여송연 한 개비를 조심스럽게 끝까지 피우는 것이 고작이었다. 아무래도 창피를 톡톡히 당할 것 같았다.

아우구스트는 잔칫날 손님을 대하듯 한스를 맞아주었다. 나이 많은 직공들은 오지 않았다. 그 대신 다른 일터에서 친구가 한 사람 오니까 적어도 네 사람이면 마을 하나쯤 휩쓰는 데는 충분하다고 아우구스트는 장담했다. 그리고 술값은 자기가 알아서 할 테니까 오늘은 맥주를 마시고 싶은 만큼 얼마든지 마시라고 했다. 그는 한스에게 여송연을 권했다. 네 사람은 터덜터덜 발길을 옮겨 어깨를 거들먹거리며 읍내를 걸었다. 아랫마을 보리수 광장에 이르러서야 뷔라하로 향하는 걸음을 재촉했다.

강의 수면이 푸른색으로 반짝이고 있었다. 어느 때는 황금색으로, 어느 때는 흰색으로 반짝였다. 잎들이 거의 떨어진 단풍나무와 아카시아 가로수 사이로 부드러운 10월의 태양이 따사롭게 내리쬐고 있었다. 드높은 하늘은 구름 한 점 없이 맑았다. 조용하고 맑고 평화로운 가을날이었다. 이런 날에는 지나간 여름날의 온갖 아름다움이 즐겁고 괴로움 없는 추억처럼 부드러운 공기를 가득 채웠다. 아이들은 으레 꽃을 찾으러 다녔고, 노인들은 그해뿐만 아니라 지난 삶의 그리운 추억이 맑게 갠 파란 하늘을 달리고 있는 듯 창가나 집 앞의 긴 의자에 앉아서 깊은 생각에 잠긴 눈으로 창공을 가만히 응시했다. 젊은이들은 즐거운 기분으로 각자 타고난 기질에 따라 배가 터지도록 먹고 마시거나, 노래를 부르거나, 춤을 추거나, 큰 파티를 열거나, 큰 싸움판을 벌이거나 하며 아름다운 그날을 찬미했다. 어디를 가나 과일을 넣은 과자를 새로 굽고, 어디를 가나 막 익어가는 사과주와 포도주가 지하실에서 부글부글 거품을 일으켰다. 그리고 식당 앞이나 보리수 광장 같은 곳에서는 바이올린과 하모니카가 한 해의 마지막을 아름답게 장식하며 춤과 노래와 사랑의 유희로 그들을 불러들였다.

젊은이들은 걸음을 재촉했다. 한스는 억지로 아무렇지도 않다는 듯이 여송연을 피워 물었다. 그것이 구미에 당긴다는 데 자신도 놀랐다. 직공들은 자신들이 객지에서 품팔이하던 시절을 이야기했다. 그가 얼마쯤 허풍을 떨어도 누구 하나 사리에 맞지 않는 조작이라고 지적하는 이 없었다. 그런 것쯤이야 으레 따라다니는 법이니까. 아무리 겸손한 직공이라 하더라도 혼자서 돈벌이를 하는 사람이라면, 목격자가 지금 없다는 것이 확인되면 자신이 객지에서 품팔이하던 때를 과장되고 재미나게, 아니 전설처럼 이야기했다. 젊은 직공의 인생이 담긴 훌륭한 시는 민족이 공유한 재산과 같은 것으로서 전통적인 모험담을 새로운 아라비아 무늬를 넣어 재창작하는 것이었다. 떠돌이 직공이나 거지라도 이야기를 시작하기만 하면 누구라도 불멸의 익살꾼 오일렌슈피겔이나 영원한 나그네 슈트라우빙거 같은 일면을 보여주었다.

"몇 해 전 프랑크푸르트에 머물던 당시는 그래도 사는 재미가 있었지. 나 원 더러워서! 아직 아무한테도 말을 안 했는데, 돈 많은 상인이 우리 주인 딸과 결혼을 하겠다는 거야. 그런데 딸이 거절했어. 내게 마음이 좀 있었거든. 우린 넉 달가량을 쭈 애인으로 지냈어. 내가 주인과 싸우지만 않았더라면 지금쯤 그의 사위가 되어 거기 앉아 있을 텐데."

그 잔인한 주인이 그를 혼쭐을 내려고 실제로 그를 향해 손을 올렸을 때 그는 한마디도 하지 않았다. 그가 망치를 들고 그 늙은이를 노려보자 머리통을 얻어맞을 것 같았던지 아무 말 없이 나가버리고 말았다. 그 주제에 그 비겁한 바보가 나중에 서면으로 자신을 해고했다는 이야기를 했다. 또 오펜부르크에서 한바탕 싸움을 벌였다는 이야기도 했다. 그때 그를 포함한 대장장이 셋이서 공장 직공 일곱 명을 거의 반쯤 죽여놓았다는 것이다. 오펜부르크에 가서 키다리 쇼르슈에게 물어보면 사실인지 아닌지 당장 알 수 있다고 했다. 그 사람은 아직 거기에 살고 있으며 같은 패거리였다고 덧붙였다.

하나같이 무식하고 냉정한 어조였다. 그러나 매우 열심히 마음에 들게 이야기했다. 모두가 대단히 흡족해하면서 귀를 기울였다. 자기도 남몰래 이 이야기를 다른 친구들한테 들려주겠다고 생각하면서. 그래야만 주인 딸을 애인으로 가져봤다는 우월감을 갖게 되고, 망치를 들고 나쁜 주인의 간담을 서늘하게 해주었다는 것으로 명예를 얻을 수 있기 때문이었다. 이야기의 무대도 나중에는 바덴이 되거나 헤센 또는 스위스에서 일어난 일로 바뀌었다. 어느 때는 망치 대신에 줄이 되기도 하고, 불에 달군 쇠붙이가 되기도 했다. 또 어느 때는 직공 대신에 제빵사나 재단사가 되기도 했다. 언제든지 듣게 되는 진부한 이야기인데도 사람들은 몇 번이고 즐겨 들었다. 그 이야기는 낡았지만 재미나고, 동업자들 간에는 명예가 되었다. 그렇다고 해서 실제로 경험을 하거나 꾸미는 데 천재가 젊은 직공들 간에 없어졌다는 것은 아니다. 이러한 부류는 근본적으로 성격이 같았다.

특히 아우구스트는 이야기에 솔깃하여 기분이 아주 좋아 보였다. 그는 쉴 새 없이 웃음을 터뜨리고 머리를 끄덕여 동의했다. 그리고 벌써 반은 직공이라도 된 것처럼 건달 같은 표정으로 담배연기를 한가로이 공중으로 내뿜었다. 이야기꾼은 계속해서 떠들어댔다. 그는 원래 직공으로서 체면상 일요일에는 수습공과 어울려 다니지 않고, 풋내기들이 코 묻은 돈을 쓰는 자리에 함께하는 것을 부끄럽게 여겼다. 그렇기 때문에 오늘 함께 움직이는 것은 단순히 호의를 베푸는 일임을 알려줄 필요가 있었다.

한참을 걸어서 국도를 따라 강 하류 쪽으로 내려갔다. 오르막길이 시작되어 활 모양으로 휘어져 올라가는 국도를 택하느냐, 거리는 절반밖에 안 되지만 가파른 오솔길을 택하느냐로 옥신각신했다. 결국 거리가 좀 멀고 먼지가 가끔 일긴 하지만 국도를 택하기로 의견을 모았다.

오솔길은 일하는 날에 산책하는 신사들을 위한 길이었다. 서민들은 특히 일요일 같은 때면 아직까지 시적인 매력을 잃지 않고 있는 국도를 좋아했다. 가파른 오솔길을 올라간다는 것은 농부들 아니면 도시의 자연 애호가들이나 할 일이었다. 그들에게는 노동이며 스포츠지만 보통 사람들에게는 오락이 아니었다. 이와 반대로 국도에서는 편안하게 걸을 수 있고, 걸으면서 이야기도 주고받을 수가 있으며, 신발과 나들이옷을 조금이라도 아낄 수가 있다. 마차나 말도 볼 수 있고, 다른 산책객과 마주치거나 뒤따를 수도 있다. 그리고 한껏 꾸민 소녀와 노래 부르는 총각도 만날 수 있다. 누가 뒤에서 농담이라도 던지면 웃으며 대꾸하고 멈춰 서서 떠들 수도 있다. 혼자라면 소녀들의 뒤꽁무니를 좇아가며 뒤에서 웃어댈 수도 있다. 그렇지 않으면 친한 친구와 개인적인 불화를 저녁때 주먹으로 해결 짓고 화해할 수도 있다. 그래서 모두들 국도로 갔다.

길은 크게 커브를 그리며 땀 흘리기를 좋아하지 않는 사람이 걷기 편하게 완만한 오르막길로 되어 있었다. 직공은 웃옷을 벗어서 어깨에 걸쳤다. 이번에는 이야기 대신에 명랑한 리듬으로 휘파람을 불기 시작하여 한 시간 뒤 뷔라하에 도착할 때까지 그치지 않았다. 한스에게도 서너 번 조롱 섞인 말을 던졌으나 그리 대수로운 것은 아니었다. 한스보다도 아우구스트가 더 열심히 대꾸했다. 그러는 사이에 마침내 뷔라하 마을 앞에 이르렀다.

우뚝 솟은 검은 산림을 배경으로 가을 냄새가 짙은 과실수에 둘러싸인 그 마을은 빨간 기와며 은회색 지붕들이 여기저기 흩어져 있었다. 젊은이들은 어느 주점으로 들어갈지 의견의 일치를 보지 못했다. '닻집'에는 제일 좋은 맥주가 있지만 '백조'에는 제일 좋은 과자가 있었다. 또 '모퉁이집'에는 아름다운 주인집 딸이 있었다. 결국 아우구스트가 '닻집'에 가자고 우겼다. '모퉁이집'이 달아나지 않는 한, 서너 군데를 순회하고 나서 나중에라도 갈 수 있다고 그들을 달래 모두가 합의를 봤다.

마구간 앞을 지나고 제라늄 화분이 줄지어 있는 어느 농가의 창문 앞을 지나 '닻집'으로 돌진해 들어갔다. 그 집 앞에 걸린 황금색 간판이 두 그루 밤나무 너머로 햇빛에 반짝반짝 빛나며 손님을 부르는 것처럼 보였다. 꼭 홀에 앉아서 한잔하자고 했지만 섭섭하게도 홀이 만원이어서 정원에 자리를 잡을 수밖에 없었다. 손님들의 의견을 종합해보면 '닻집'은 낡아빠진 농사꾼들의 선술집이 아니라 고급 주점이며, 창문이 여럿 있는 현대식 사각 벽돌집으로 긴 의자 대신 개인 의자를 갖추고 양철로 만든 색칠한 간판이 걸려 있었다. 게다가 종업원은 도회풍으로 차려입고, 주인도 팔목을 걷어붙인 것이 아니라 단정한 갈색 옷을 항상 입고 있었다. 그는 파산을 했는데 큰 맥주회사 경영자인 채권자 대표에게서 그 집을 전세로 얻은 것이었다. 그 후로 '닻집'은 한층 더 고급이 되었다.

뜰은 아카시아나무 한 그루와 커다란 철제 울타리에 둘러싸여 있었다. 울타리는 머루 덩굴이 반쯤 뒤덮고 있었다.

"우리의 건강을 위하여!"

직공이 소리 높여 말했다. 그는 다른 세 사람과 잔을 부딪치며 실력을 보이기 위해 술을 단숨에 들이켰다.

"이봐, 멋쟁이 아가씨, 잔이 비었잖아. 얼른 한 잔 더 가져와!"

그는 종업원을 향하여 소리치고는 탁자 건너로 술잔을 내밀었다. 맥주 맛이 고급이었다. 시원했고 그리 쓰지 않았다. 한스도 즐겁게 맛봤다. 아우구스트는 주당 같은 얼굴을 하고 입맛을 쩍쩍 다셨다. 그는 틈틈이 연통이 막힌 난로처럼 담배를 빠끔빠끔 피워댔다. 한스는 속으로 그에게 감탄했다.

젊음이 가득한 일요일을 누리며 당연히 그럴 자격이 있는 사람처럼 인생을 알고 즐겁게 놀 줄 아는 사람들과 함께 주점에 마주앉아 있는 것이 그리 나쁘지 않았다. 같이 웃고 때로는 큰 모험이라도 하듯 농담을 던지는데 참으로 통쾌한 기분이었다.

맥주를 쭉 들이켜고 나서 술잔으로 탁자를 꽝 내리치며 아무 거리낌 없이 "이봐 아가씨, 한 잔 더 가져와!"라고 소리지르면 3년 묵은 체증이 내려가듯 후련하고 사나이다웠다. 다른 탁자에 앉아 있는 지인과 건배를 하거나 다른 사람과 같이 불 꺼진 담배를 왼손에 끼고 모자를 목덜미까지 젖히는 것도 그리 나쁘지 않은 일이었다.

같이 온 다른 직공도 흥에 겨워 이야기를 시작했다. 그가 아는 어떤 사람은 울름 맥주를 스무 잔이나 마시고는 입을 쓱 닦고 나서 "이번에는 고급 포도주 작은 걸로 한 병 더!"라고 했다. 또 예전에 알던 칸슈타트의 화부는 돼지 통조림 열두 개를 한꺼번에 먹어치워서 내기에 이겼다. 그러나 그는 최근에 한 내기에서 졌다고 했다. 무식하게도 작은 식당의 메뉴를 빠짐없이 먹어치우려 했던 것이다. 사실 거의 다 먹어치웠으나 메뉴 맨 마지막에 치즈가 네 종류 있었다. 세 번째 치즈가 나왔을 때 그는 쟁반을 밀어붙이고 "이걸 더 먹느니 죽는 게 낫겠다"고 말했다.

이런 이야기도 대단히 갈채를 받았다. 누구나 다 이런 호걸이나 기막힌 재주에 관한 이야깃거리를 가지고 있으니 세상에는 어디든 지독한 술꾼과 대식가가 있구나 하는 생각이 들었다.

한 사람이 이야기한 호걸은 '슈투트가르트에 사는 사나이'이며, 또 한 사람은 '루드비히스부르크의 용기병'이었다. 한 사람은 감자 열일곱 개를 먹어치웠고, 또 한 사람은 샐러드와 달걀 과자 열한 개를 먹었다고 했다.

모두가 이런 사건들을 구체적으로 이야기하는 데 열을 올렸다. 여러 가지 특이한 재주를 가진 사람과 기묘한 인간, 그중에 얼토당토않은 괴팍한 사람도 있다는 것은 즐거운 일이었다. 이러한 즐거움과 현실성은 모든 주당들 사회에서 존경할 만한 유산이었다. 음주와 흡연, 결혼과 죽음이 그렇듯이 젊은이들이 끊임없이 모방해 갔다.

술을 석 잔째 마신 한스는 과자가 없냐고 물었다. 종업원이 "네, 과자는 없어요" 하는 바람에 모두가 흥분해서 성을 냈다. 아우구스트가 일어서서 말했다.

"과자가 없다면 한 집 더 건너가야지."

다른 일터의 직공이 형편없는 집이라며 욕을 퍼부었다. 프랑크푸르트에서 온 사나이만이 여기에 있겠다고 고집을 부렸다. 그는 종업원과 약간 친해져서 벌써 몇 번이나 뜨겁게 몸을 만졌기 때문이었다. 한스는 한참 그 모습을 바라봤다. 맥주와 함께 그 광경이 그를 이상하게 흥분시켰다. 그는 모두가 이 집을 나가게 되자 기뺐다.

계산을 하고 밖으로 나가자 한스는 맥주 석 잔에 약간 반응이 왔다. 절반은 지쳐서 그런 것 같고, 절반은 무엇을 해보고 싶은 듯한 쾌감이었다. 얇은 천 같은 것이 눈앞에 어른거려 마치 꿈속을 헤매듯 모든 것이 아득하고 비현실적이었다. 그는 잠시도 웃지 않고는 배기지 못할 쾌감에 들떠 있었다. 모자를 삐딱하게 쓰니 진짜 건달 같은 기분이 들었다. 프랑크푸르트에서 온 사나이가 또 용감하게 휘파람을 불었다. 한스는 거기에 박자를 맞춰 걸어가려고 애썼다.

'모퉁이집'은 상당히 조용했다. 농부 두세 명이 새로 담근 포도주를 마시고 있었다. 생맥주는 없었고 병에 담긴 맥주뿐이었다. 그들 앞에 금세 병맥주가 한 병씩 놓였다. 다른 일터의 직공이 인심 좋다는 것을 보이기 위해 각자에게 큰 사과 과자를 한 개씩 주문했다. 한스는 갑자기 극심한 시장기를 느끼고 그것을 여러 조각 먹어치웠다. 낡은 갈색의 술집에서 넓은 벽에 기대 딱딱한 긴 의자에 앉아 있으니 아늑한 기분이 들었다. 고풍스러운 식기대며 큰 난로가 어둠 속에 사라지고, 나무 창살을 댄 큰 새장에서 곤줄박이 두 마리가 퍼덕이고 있었다. 창살 사이에 곤줄박이의 먹이인 빨간 열매가 잔뜩 달린 마가목이 꽂혀 있었다. 주인이 잠시 탁자 옆으로 와서 손님들을 환영했다. 그리고 잠시 후 다시 이야기가 시작되었다. 한스는 독한 병맥주를 두세 모금 마시자 병째 마실 수 있는지 없는지 호기심이 발동했다.

프랑크푸르트에서 온 사나이가 라인 지방의 포도 축제며 객지 생활, 무허가 하숙집 생활에 대해서 끔찍스러울 정도로 허풍을 늘어놓았다. 모두들 즐겁게 들었고 한스도 웃음을 참을 수가 없었다.

한스는 갑자기 몸이 이상해진 걸 느꼈다. 방이며 탁자, 술잔이며 친구들이 쉴 새 없이 부드러운 갈색 구름 속에 녹아내리고 있었다. 정신을 똑바로 차리고 긴장할 때만 다시 제 모습으로 되돌아왔다. 때때로 말소리나 웃음소리가 고조되면 그도 함께 소리 높여 웃고 뭐라고 떠들기도 했으나 무슨 말을 했는지 곧 잊어버리곤 했다. 잔을 서로 부딪칠 때는 그도 같이 부딪쳤다. 한 시간 후에 놀랍게도 그의 술병이 바닥을 드러냈다.

"잘 마시는데! 하나 더 마실래?"

아우구스트가 말했다.

한스는 웃으면서 고개를 끄덕였다. 이렇게 많은 술을 마시는 것은 아주 위험한 일이라고 생각했다. 그때 프랑크푸르트에서 온 사나이가 노래를 부르기 시작했다. 모두가 장단을 맞추자 한스도 목청을 돋워 노래를 불렀다.

술집에 손님이 점점 늘었다. 종업원을 돕기 위해 주인집 딸까지 나왔다. 그녀는 아름다운 몸매에 키가 큰 소녀였다. 건강하고 혈색 좋은 얼굴에 시원한 갈색 눈매를 가지고 있었다.

그녀가 맥주병을 한스 앞에 갖다 놓자 옆에 앉아 있던 직공이 놓치지 않고 능숙한 솜씨로 추파를 던졌다. 소녀는 눈도 깜박이지 않았다. 그 직공에게 아무 관심도 없다는 것을 보여주기 위해서인지, 아니면 곱상하게 생긴 소년의 작은 얼굴이 마음에 들었던지 그녀가 한스 쪽을 보며 손으로 재빨리 머리를 매만졌다. 그런 다음 식기대 쪽으로 돌아갔다.

맥주를 벌써 세 병째 마시고 있던 직공이 소녀를 따라가서 그녀와 이야기꽃을 피우려고 무진 애를 썼으나 소용이 없었다. 키 큰 소녀는 그를 냉정하게 쳐다보고 대답도 하지 않은 채 등을 돌려버렸다. 그러자 직공은 탁자로 돌아와서 빈 병을 탕탕 치며 미친 듯이 소리를 질렀다.

"자, 힘을 내자고! 이 사람들아, 술잔을 마주 대!"

그러고는 음탕한 아낙네 이야기를 끄집어냈다.

한스의 귀에 들리는 것은 뒤섞여서 흐리멍덩한 소리뿐이었다. 두 번째 병이 거의 바닥날 무렵 말이 헛나오기 시작하고 웃는 것도 힘이 들었다. 그는 곤줄박이 새장이 있는 데로 가서 새를 좀 놀려볼까 생각했다. 그러나 두 발자국도 못 가서 눈앞이 핑 돌아 하마터면 바닥에 고꾸라질 뻔했다. 한스는 조심조심 자리로 되돌아왔다. 그때부터 잔뜩 들떠 있던 기분이 조금씩 가라앉기 시작했다. 술에 취했다는 것을 깨닫자 기분이 씁쓸했다. 갖가지 불행이 저 멀리서 그를 기다리고 있었다. 집에 가는 길이라든가, 아버지와의 충돌, 내일 아침 또 일터에 나가야 한다는 것들이. 차츰 두통이 몰려오기 시작했다.

다른 사람들도 상당히 취한 듯했다. 약간 술이 깼을 때 아우구스트가 "계산해!"라고 소리를 질렀다.

1탈러를 주고도 잔돈은 얼마 받지 못했다. 서로들 흥청거리며 거리로 나서자 밝은 저녁 햇살에 눈이 부셔 똑바로 뜰 수가 없었다. 한스는 바로 서 있지를 못하고 비틀거리며 아우구스트에게 가서 몸을 기댔다. 아우구스트가 한스를 부축해 데리고 가주었다.

다른 곳에서 온 직공이 센티멘털해져서 "내일은 여기를 떠나야 하네"라고 노래를 부르며 두 눈에 눈물을 글썽였다. 곧장 집으로 갈 작정이었으나 '백조' 앞에 이르자 그가 들어가자고 고집을 부렸다. 한스는 문간에서 그를 뿌리쳤다.

"나는 가야 해."

"넌 혼자서 걸을 수도 없잖아."

직공이 웃었다.

"그래도, 나는…… 꼭…… 가야 해."

"그럼 브랜디라도 한잔해, 이 꼬마야! 한 잔만 마셔. 설 수도 있고 속도 가라앉을 거야. 정말이야. 너도 알게 될 거야."

한스의 손에 어느새 작은 컵 하나가 쥐여 있었다. 그는 그 술을 절반이나 쏟아버리고 나머지를 마셨다. 목구멍이 타는 것 같았다. 심한 구역질이 나서 몸이 떨렸다. 혼자서 비틀거리며 계단을 내려왔지만 어디로 가야 마을을 빠져나갈 수 있을지 갈피를 잡을 수가 없었다. 집이며 울타리며 정원이 옆으로 빙빙 돌며 눈앞에서 소용돌이쳤다.

그는 사과나무 아래 축축한 풀밭에 드러누웠다. 온갖 불쾌한 감정과 불안감, 건잡을 수 없는 생각 때문에 잠을 청할 수가 없었다. 더럽혀지고 모욕당한 것 같은 기분이 들었다. 어떻게 하면 집으로 돌아갈 수 있을까? 아버지에게 도대체 뭐라고 말해야 하나? 내일은 어떻게 될까? 이제 영원한 품속에서 쉬어야 할 것 같았고, 잠들어야 할 것 같았고, 부끄러워해야 할 것 같았다. 아주 녹초가 되어 비참한 생각이 들었다. 머리와 두 눈이 쑤시고 아팠다. 일어서서 걸어갈 기운조차 없었다.

갑자기 뒤늦게 밀려온 물결과도 같이 조금 전 환락의 연분홍빛 물보라가 되살아났다. 그는 얼굴을 찡그리며 흥얼거렸다.

아, 사랑스러운 아우구스틴이여,
아우구스틴이여, 아우구스틴이여,
아, 사랑스러운 아우구스틴이여,
모든 것이 끝나고 말았네.

노래를 멈추자 가슴 저 깊은 곳에서 무엇인가 뭉클하게 올라와 몽롱한 생각과 기억, 부끄러움과 자책감이 물결처럼 밀려왔다.

그는 큰 소리로 부르짖고 흐느끼면서 풀밭에 쓰러졌다.

한 시간쯤 지나 날이 어두워지자 그는 일어서서 비틀거리며 간신히 고개를 내려갔다.

저녁 식사 때까지 아들이 돌아오지 않자 기벤라트 씨는 쉴 새 없이 욕을 해댔다. 9시가 되어도 여전히 돌아오지 않았으므로 그는 오랫동안 쓰지 않았던 단단한 등나무 지팡이를 꺼냈다. 이놈이 이제 아버지의 매를 맞지 않을 나이가 되었다고 생각하지만 돌아오기만 해봐라! 눈앞에 번갯불이 일게 해줄 테니!

10시에 그는 현관문을 걸어 잠갔다. 녀석이 밤늦도록 놀겠다면 어디서 밤을 새야 하는지를 알려줘야지. 그는 잠을 자지 않고 화를 내면서도 한스의 손이 손잡이를 돌려보고 두려움에 싸여 초인종을 누르기만을 기다렸다. 그는 그 장면을 상상했다. 할 일 없이 돌아다니는 녀석에게 본때를 보여줘야지! 아마도 술에 곯아떨어졌겠지. 그러나 곧 술이 깨겠지. 못난 녀석, 거지 같은 녀석! 녀석의 뼈가 부러지도록 두들겨 패줘야지!

결국 그도, 그의 분노도 잠을 이기지는 못했다.

바로 그 시각, 그처럼 위협을 받던 한스는 벌써 차가운 몸이 되어 소리 없이 천천히 어두운 강물을 따라 골짜기로 흘러가고 있었다. 구역질도, 부끄러움도, 괴로움도 없이. 어둠 속에 떠내려가는 그의 허약한 몸뚱이를 차갑고 푸른 가을밤이 내려다보고 있었다. 까만 물결이 그의 양손이며 머리칼, 창백한 입술을 희롱했다. 날이 새기 전에 먹을 것을 찾아 나온 겁쟁이 수달이 교활한 옆눈을 뜨고 소리도 없이 그의 옆을 떠내려가고 있었다.

어떻게 해서 그가 물에 빠졌는지 어느 누구도 알지 못했다. 어쩌면 길을 잃고 험한 곳에서 발을 헛디뎠는지 모른다. 아니면 물을 마시려다가 몸의 균형을 잃었는지도 모른다. 혹은 아름다운 강물에 도취되어 스스로 물에 들어갔는지도 모른다. 그래서 평화와 깊은 휴식이 가득한 밤, 희미한 달빛이 그를 내려다보고 있으니 피로감과 불안감에 죽음의 그림자에 끌려갔는지도 모른다.

한낮이 되어서야 한스는 사람들에게 발견되어 들것에 실려 집으로 돌아갔다. 놀란 아버지는 지팡이를 옆으로 밀쳐놓은 채 쌓이고 쌓인 분노를 삭여야만 했다. 그는 울지도 않았고 무표정했다. 이튿날 밤도 뜬눈으로 지새우며 간간이 문틈으로 말 한마디 못하게 된 아들을 내려다봤다. 깨끗한 침대에 누워 있는 아들은 여전히 고운 이마와 창백하고 영리한 얼굴을 하고 있었다. 마치 어딘가 특별한 데가 있는, 보통 사람과는 다른 운명을 가진 것이 천부의 권리라도 되는 것 같았다. 이마와 양손이 약간 보라색으로 변해 있었고, 고운 얼굴은 잠을 자는 것처럼 보였다. 두 눈은 하얀 눈꺼풀에 덮여 있었다. 완전히 다물지 않은 입술은 불만이 없는 듯, 명랑한 기분을 감추지 못하는 것처럼 보였다. 소년은 꽃다운 시절 별안간 바람에 꺾여 즐거운 인생 행로에서 억지로 밀려난 것 같은 얼굴을 하고 있었다. 아버지도 피로감과 슬픔 속에서 이와 같은 착각에 사로잡혔다.

장례식에는 조합원과 구경꾼이 많이 몰려들었다. 한스 기벤라트는 다시 유명한 인물이 되어 사람들의 관심을 끌었다. 선생들과 교장 선생, 목사도 또다시 한스의 운명에 관심을 가졌다. 그들은 한결같이 프록코트를 입고 엄숙하게 실크해트를 쓰고 나타나 서로 이야기를 주고받으며 장례 행렬을 뒤따랐다. 그들은 무덤가에 잠시 멈춰 섰다. 그중에서도 특히 라틴어 선생이 우울해 보였다. 교장 선생이 그를 향해 나지막이 말했다.

"선생님, 저 애는 정말 훌륭한 인물이 될 수 있었는데. 거의 예외 없이 가장 우수한 학생들에게 불행한 결과가 생기니 정말 비참한 일 아니오?"

아버지와 쉴 새 없이 통곡하는 안나 아주머니 그리고 플라크 씨가 무덤가에 남았다.

"정말 이건 못할 짓이에요, 기벤라트 씨. 저도 이 아이를 사랑했답니다."

플라크 씨가 동정심에서 우러난 말을 했다.

"도무지 이유를 모르겠습니다. 그렇게도 재능이 뛰어났고 만사가 잘 풀려갔는데. 어느 학교 시험에도…… 그런데 별안간 불행이 닥친 겁니다!"

기벤라트 씨가 한숨을 쉬었다.

구두장이는 프록코트를 입고 묘지 문을 나서는 이들을 손으로 가리켰다.

"저기 가는 저 사람들도 이 아이를 이 지경에 빠뜨리는 데 한몫을 했죠."

그가 소리를 낮추어 말했다.

"뭐라고요? 천만의 말씀! 도대체 그게 무슨 말씀인가요?"

기벤라트 씨가 펄쩍 뛰었다. 그러고는 구두장이를 이상하다는 듯 바라봤다.

"진정하십시오, 기벤라트 씨! 저는 다만 학교 선생들을 말했을 뿐이에요."

"왜, 무엇 때문에요?"

"아뇨. 아무 말도 하지 않는 게 좋겠어요. 당신이나 나나 이 아이에게 여러 가지로 소홀한 점이 많았어요. 그렇게 생각하지 않으세요?"

조그마한 마을 위로 푸른 하늘이 평화롭게 펼쳐졌고, 강물이 반짝이며 골짜기를 흘러갔다. 전나무와 산들은 그리운 듯이 먼 데까지 녹색을 부드럽게 뻗치고 있었다. 구두장이는 슬픔에 잠겨 쓴웃음을 지으며 돌아가야 할 사람의 팔을 잡았다. 기벤라트 씨는 이 한때의 정적과 이상하게도 괴로운 온갖 상념에서 헤어나 머뭇거리며 정든 생활 터전으로 무거운 발걸음을 옮겼다.

작품 해설

헤르만 헤세(Hermann Hesse, 1877~1962)는 세 살 때 부모와 함께 출생지인 칼프를 떠나 바젤로 옮겨가서 아홉 살 때까지 살았다. 그의 부모는 아시아 지역에서 개신교 선교에 종사할 사람들을 양성하는 일을 하고 있었다.

그런 가정 환경도 무시할 수 없었지만, 헤세가 또래 아이들과는 달리 독특하게 성장할 수 있었던 것은 교외의 넓은 들판을 늘 혼자서 돌아다닐 수 있었기 때문이다. 갖가지 들꽃과 나비가 어린 헤세의 둘도 없는 친구가 되었다. 따라서 자연과 자연의 노래가 일찍부터 그의 마음속에 배어들었다.

그가 작품에 시종일관 아름다운 포에지로 그려내고 있는 구름과 강물, 들과 꽃과 나비와 새는 이 바젤 시절과 아홉 살 때 다시 돌아간 칼프 시절에 이미 헤세의 마음속에 녹아들었다.

그의 장편소설 《로스할데》의 주인공인 화가는 "사람이 자신이 경험하는 것을 진실로 예민하고 생생하게 음미할 수 있는 것은 극히 어릴 때의 경험, 기껏해야 열서너 살 때까지의 경험이다. 그것을 일생 동안 곱씹으며 살아가고 있다"라고 말하는데 이것은 헤세의 경우에 그대로 들어맞는다.

헤세의 작품은 거의 대부분 자전적 성격을 가지고 있으며, 특히 유소년 시절의 경험을 가장 많이 묘사한다는 점이 이를 뒷받침한다. 그런 의미에서 헤세에게 유소년 시절은 각별하게 중요하다.

그러나 자연 속에서 자라난 이 아이는 다루기가 여간 힘들지 않았다. 그의 부모, 특히 어머니는 헤세의 거친 행동을 제어할 수가 없었다. 고집통이고, 장난꾸러기고, 난폭한 아이여서 헤세라는 이름을 들을 때마다 무슨 나쁜 일이 생겼나 해서 가슴이 철렁 내려앉았다. 하지만 이 고집이 그를 독특한 작가로 자라나게 했다.

고집대로 살고자 하는 욕구는 유소년 시절의 헤세를 끝없는 혼란과 고뇌에 빠뜨렸다. 자신에게만 순종하려는 자는 세상에서 고립되고, 이단자로 몰려서 백안시당하기가 일쑤였기 때문이다.

헤세는 바젤에서도, 다시 돌아온 칼프에서도 학교 성적이 좋았다. 열네 살 때 어려운 시험에 합격하여 마울브론 신학교에 입학했다. 그러나 개성이 강한 성가신 학생이었던 그를 교사들은 항상 애물단지로 취급했다. 아버지의 희망과 고향의 기대를 한몸에 짊어지고 마울브론 신학교에 입학했지만 반년쯤 후에 헤세는 거기서 도망치고 말았다. 이 학교는 전액 국비 장학금이 지급되었고, 그곳을 졸업하면 튀빙겐대학교에 진학하여 목사가 될 수 있었다. 일생 동안 안정된 생활을 할 수 있도록 장래가 보장되었다.

그렇지만 헤세는 억누를 수 없는 충동을 제어하지 못하고 스스로 궤도에서 이탈하고 말았다. 여기에는 열세 살쯤에 그가, "시인이 되지 못한다면 아무것도 되지 않겠다"라고 자신과 한 약속도 크게 작용했을 것이다.

그의 어머니의 일기에 따르면, 헤세는 이미 다섯 살 무렵부터 시구 같은 것을 만들어 즉흥적으로 피아노에 맞춰 노래하거나 잠자리에서 흥얼거리는 일이 자주 있었다고 한다. 그러나 교사들은 시인이 되려고 하는 소년은 언제나 질색이었다. 헤세도 예외일 수 없었다. 한창 자라나는 소년들을 무리하게 일정한 틀에 가두려 하는 신학교의 교육 방침을 견디지 못했다.

자기 고집대로 살고자 하는 사람은 자신의 본질을 스스로 파악하고, 자신이 걸어갈 궤도를 스스로 개척해야만 한다. 그러나 남이 깔아준 궤도를 걷는 경우와는 비교가 되지 않을 만큼 힘든 일이다. 소년 헤세는 학교마저도 떠나버려 앞으로 살아갈 길을 스스로 찾아야만 했다. 열다섯 살 소년에게는 견디기 어려운 무거운 짐이었고, 그처럼 엄청난 고집불통 소년도 신경 쇠약증에 걸렸고 한때 자살을 시도하기도 했다.

그사이 두세 해 정도 고등학교에 다니기도 했지만 교과서를 사야 할 돈으로 권총을 사는 등 탈선을 계속하다가 다시 그만뒀다. 책을 좋아해서 서점 점원으로 취직했지만, 이마저도 사흘 만에 그만두고 말았다.

헤세 자신도, 그의 부모도 어떻게 해야 할지 몰랐다. 학업을 계속하려고도 해보고, 취업을 하려고도 해봤지만 모두 실패하고 말았다. 하는 수 없이 헤세는 집에서 아버지의 일을 돕기로 했다. 희망 없는 숨 막히는 나날이 계속되었다. 이때의 암담한 심경이《수레바퀴 아래서》에 실감나게 그려져 있다. 주인공 한스가 자살할 방법을 생각하며 괴로운 나날을 보내는데 그 당시 헤세가 그러했을 것이다. 그러나 그 와중에도 헤세는 외할아버지의 엄청난 장서로 공부를 했고 열심히 시도 썼다.

결국에는 말라빠진 허약한 몸으로 칼프의 기계 공장에 취직했다. 교회 등의 탑에 설치된 큰 시계의 톱니바퀴를 연마하거나 조립하는 일을 했다. 지난날의 수재 소년은 이제 남보다 뒤처져서 수습 직공이 되었고, 세상의 냉소거리가 되어 비웃음을 샀다. 이것도 《수레바퀴 아래서》에 잘 그려져 있다.

이 소설의 주인공은 결국 자살인지 사고사인지 분간할 수 없는 죽음으로 생을 마감하지만, 헤세는 삶과 죽음의 경계를 아슬아슬하게 빠져나와서 어떻게든 살아남았다. 그가 1년 남짓 직공 생활을 계속한 것은 훗날 그의 창작에 좋은 밑거름이 되었다.

중편소설 《크눌프》의 매력은 그 경험에서 비롯되었다. 그 밖에 단편소설 〈청춘은 아름다워라〉, 〈라틴어 학교 학생〉 등 여러 작품에 등장하는 상인이나 직공 등 유머러스하고 서러운 소시민의 생활은 이 시절과 그다음의 서점 점원 시절이 없었다면, 그처럼 절실하게 그려낼 수 없었을 것이다.

한때 브라질에 갈 생각까지 했던 헤세는 열여덟 살 가을, 작은 대학 도시 튀빙겐의 서점에서 근무하게 되었다. 역시 책은 그의 적성에 잘 맞았고, 게다가 세상에 나가서 호되게 얻어맞은 뒤라 정신적으로 단련되어선지 이번에는 여유를 가지고 안정을 찾을 수 있었다. 지나간 날은 긴 방황과 고뇌와 절망 속에서 모색하는 시간이었다. 그러다가 마침내 궤도에 올랐다. 이때부터 8년간 서점에서 일하며 시작(詩作)에 열중했고, 드디어 스물일곱 살 때 첫 번째 장편소설《페터 카멘친트》를 발표하며 작가로서 지위를 확립했다.

《페터 카멘친트》에 이어서 1906년, 그의 나이 스물아홉 살 때 두 번째 장편소설《수레바퀴 아래서》가 나왔다. 이것은 헤세의 소설 중에서 가장 많이 읽힌 작품이다. 자전적 요소가 많은 점이 아마도 독자들에게 깊은 감명을 주었을 것이다.

오로지 수험 공부에만 매달리던《수레바퀴 아래서》의 소년 한스는 괴로움과 한탄과 불안 속에 합격하여 입학의 기쁨과 흥분을 만끽한다. 하지만 그것도 잠시, 여름방학 때의 낚시와 수영의 즐거움을 어이없이 빼앗기고 결국 낙오자가 되고 마는 경위가 읽는 이의 가슴을 울린다. 그 대강의 줄거리는 다음과 같다.

19세기와 20세기의 전환기인 1900년 무렵, 독일 남부 슈바르츠발트의 작은 시골 도시에 사는 티 없는 소년 한스 기벤라트는 정신없이 공부에만 매달리고 있었다. 풍부한 재능을 타고난 이 소년이 엘리트 코스를 밟을 수 있도록 하자는 것이 그의 아버지를 비롯한 고장의 목사나 교사들의 희망이었다.

그 첫 번째 관문인, 슈투트가르트에서 시행된 주 시험에 그는 거뜬히 합격한다. 드디어 마울브론의 신학교에 들어갈 수 있게 되었다. 그러나 방학 중에도 예비 학습 때문에 좋아하는 수영과 낚시의 즐거움을 빼앗기고 만다. 소년은 점점 살이 빠지고 때때로 두통을 호소하게 된다.

마울브론의 신학교는 전원 기숙사 생활을 한다. 우리의 주인공은 '헬라스'라는 이름이 붙은 방에서 동료들 아홉 명과 함께 기거하게 된다.

그런데 기묘하게도 수석을 노리는 모범생 한스와, 시인 기질이 있는 열혈한이며 권위에 반항하는 헤르만 하일러가 친밀해지고 결국 우정을 나누는 사이가 된다. 그러나 하일러는 학교에서 도망치려고 하다가 결국 퇴학 처분을 받는다. 그 뒤로 한스는 고립되고 학업 성적도 점점 떨어진다. 게다가 신경 쇠약증에 걸려서 고향으로 돌아갈 수밖에 없었고, 그러는 사이에 퇴학이 되고 만다.

집으로 돌아온 한스는 우연히 엠마라는 여인과 덧없는 사랑의 한때를 맛보지만, 결국은 그녀의 놀림감이 되고 깊은 상처만을 입었을 뿐이다.

그러다가 아버지의 권유로, 옛날 학교 친구인 아우구스트가 다니는 기계 공장에 취직한다. 어느 일요일, 아우구스트 등과 함께 근교로 놀러 나갔다가 술을 너무 많이 마신 나머지 강물에 빠져 죽는다. 자살인지, 아니면 사고사인지는 아무도 알 수 없다.

헤세의 암담했던 사춘기의 경험을 그대로 옮겨놓은 것 같은 이 소설은, 19세기 말의 사회나 비인간적인 교육 제도에 신랄한 비판과 항의를 보내고 있지만, 한편으로는 아름답고 서러운 고향의 추억을 가슴 아프도록 끝없이 그려나가고 있다.

옮긴이

헤르만 헤세 연보

1877년 7월 2일, 독일 남서부 슈바벤 지방의 소도시 칼프에서 태어났다. 아버지 요하네스 헤세는 개신교 목사였고 어머니 마리 군데르트는 유서 깊은 신학자 집안 출신이었다. 부모님의 종교적 영향 때문에 헤세는 어린 시절 엄격한 환경에서 자랐고 종교적 신념을 강요당하기도 했다. 아버지는 인도에서 선교 활동을 한 적이 있었고 외사촌 빌헬름 군데르트는 불교 연구의 권위자였다. 이러한 환경은 훗날 헤세가 동양 사상에 관심을 두는 계기가 되었다.

1881년 가족이 모두 스위스 바젤로 이사했고, 1883년 아버지가 스위스 국적을 얻었다.

1886년 스위스 바젤을 떠나 독일 칼프로 돌아왔다. 헤세는 시골 마을 칼프에서 마음껏 뛰어놀았고 외할아버지의 집을 자주 방문했다. 외할아버지 헤르만 군데르트는 철학 박사이자 여러 언어에 능통했고 그런 외할아버지의 영향으로 헤세는 어린 시절부터 폭넓은 독서를 할 수 있었다.

1890년 신학교 시험 준비를 위해 괴팅겐의 라틴어 학교에 다녔다.

1891년 명문 개신교 신학교이자 수도원인 마울브론 신학교에 입학했다. 처음 몇 달 동안은 성적이 좋았지만 답답한 신학교 생활에 적응하지 못해 힘들어했다. 고전 그리스 시를 읽고 번역하거나 글을 쓰면서 보냈다.

1892년 "시인이 되지 못하면 아무것도 되지 않겠다"라며 신학교를 그만두었다. 이후 우울증으로 힘들어하다가 자살을 시도해 잠시 정신 병원에 입원하기도 했다. 11월에 칸슈타트 김나지움에 입학했다.

1893년 1년 만에 칸슈타트 김나지움을 그만두었다. 이것으로 헤세는 공식 학교 교육을 끝냈다. 이후 나이 많은 친구들과 어울리며 시간을 보냈고 술과 담배를 시작했다.

1894년 칼프의 시계 부품 공장에서 14개월간 수습공으로 일했다.

1895년 튀빙겐의 서점에서 일하면서 글을 쓰기 시작했고 비로소 안정을 찾았다. 이 서점은 신학, 문헌학, 법학 등 전문 서적을 판매했고 헤세는 책을 정리하고 포장, 보관하는 일을 했다. 일이 끝나면 책을 읽으며 개인 시간을 보냈고 신학 논문, 그리스 신화, 괴테, 실러, 니체 등의 책을 탐독했다.

1896년 시 〈마돈나〉가 빈의 정기 간행물에 실렸다.

1899년 첫 시집 《낭만적인 노래》와 산문집 《자정 이후의 한 시간》을 출판했다. 두 작품 모두 상업적으로는 성공하지 못했다. 더욱이 헤세의 어머니는 《낭만적인 노래》가 너무 세속적이고 심지어 "죄악스럽다"라고 해서 헤세가 큰 충격을 받았다. 이후 스위스 바젤의 유명한 고서점에서 일했다. 바젤에서 헤세는 자기만의 고독하고 예술적인 탐구를 이어갔다.

1900년 눈 질환으로 병역 의무가 면제되었다. 이 질환은 신경 장애, 지속적인 두통과 함께 평생 그를 따라다녔다. 시문집《헤르만 라우셔》를 발간해 시인 부세의 주목을 받았다.

1901년 오랫동안 품어온 꿈을 위해 처음으로 이탈리아로 여행을 떠났다.

1902년 어머니가 세상을 떠났다. 헤세는 아버지에게 보낸 편지에서 "어머니를 사랑하지만, 내가 가지 않는 것이 우리 둘에게 더 나을 것 같다"라고 말하며 장례식에 참석하지 않았다.

1904년 첫 소설인《페터 카멘친트》가 문단의 주독을 받았다. 스위스의 유명한 수학자 집안 출신으로 아홉 살 연상인 스위스 최초의 여류 사진작가 마리아 베르누이와 결혼했다. 마리아의 아버지가 두 사람의 관계를 강하게 반대하자 마리아의 아버지가 없는 주말을 이용해 집을 나와 결혼했고, 이후 스위스 근처 가이엔호펜이라는 작은 마을에 정착했다.

1906년 마울브론 신학교의 경험을 담은 자전적 소설《수레바퀴 아래서》를 출간했다.

1910년 예술가의 내면을 탐구하는 작품인《게르트루트》를 출간했다.

1911년 스리랑카와 인도네시아로 긴 여행을 떠났고 수마트라, 보르네오, 미얀마도 방문했다. 이 여행은 그의 문학 작품에 큰 영향을 미쳤다.

1912년 여행에서 돌아온 후 스위스 베른으로 이사했다.

1914년 《로스할데》를 출간했다. 1차 세계대전이 발발하자 평화를 호소하는 글을 스위스 〈신취리히 신문〉에 발표했고 독일인들에게 매국노, 반역자라는 비난을 받았다. 자원입대했지만 전투에 부적격하다는 판정을 받고 전쟁 포로를 돌보는 임무를 맡았다.

1915년 《크눌프》를 출간했다.

1916년 아버지가 세상을 떠났다.

1917년 《데미안》의 집필을 시작했다.

1919년 작가로 이름이 알려진 상태에서 자신을 감추고 '에밀 싱클레어'라는 필명으로 《데미안》을 출간했다. 아내가 조현병을 앓았고 그의 결혼 생활도 파탄이 났다. 헤세는 아내가 회복된 후에도 함께 미래를 꾸려가기 힘들다고 판단해 4월부터 집을 나와 혼자 살았다. 몬테뇰라의 오래된 성(城)인 카사 카무치를 빌려 글쓰기를 이어갔고 이곳에서 대표작을 여럿 집필하고 발표했다.

1920년 가장 활발한 작품 활동을 하던 시기로 《클라인과 바그너》, 《클링조어의 마지막 여름》, 《방랑》, 《혼란 속으로 향한 시선》을 출간했다. 수채화를 그려 첫 개인 전시회를 열었다.

1922년 《싯다르타》를 출간했다. 처음 출간되었을 때는 큰 주목을 받지 못했지만 1950년대 영어로 번역 출판된 후 영적 깨달음을 추구하는 젊은 독자들의 지지를 받았다.

1923년 아내 마리아 베르누이와 정식으로 이혼했다. 스위스 국적을 취득했다.

1924년 스위스 작가 리사 벵거의 딸인 가수 루트 벵거와 두 번째 결혼을 했다. 하지만 이 결혼에서도 안정을 얻지 못하고 3년 만에 이혼했다.

1927년 물질 과잉의 현대 문명사회 비판을 담은《황야의 이리》를 출간했다.

1930년 지성과 감정, 종교와 예술 등의 대립을 다룬《나르치스와 골드문트》를 출간했다.

1931년 미술사학자 니논 돌빈과 세 번째 결혼을 했다. 그동안 글을 쓰며 생활하던 카사 카무치를 떠나 더 큰 집으로 이사했다.

1932년 《유리알 유희》의 모태가 되는《동방 순례》를 출간했다. 《유리알 유희》의 집필을 시작했다.

1933년 독일의 나치즘을 걱정스러운 시선으로 지켜보다가, 베르톨트 브레히트와 토마스 만의 망명을 도왔다. 1930년대에 헤세는 프란츠 카프카를 포함해 유대인 작가들의 작품을 소개하며 조용히 자신만의 방식으로 저항 의사를 표현했다. 이에 나치는 1930년대 후반에 헤세의 작품을 금지했다.

1943년 《유리알 유희》를 출간했다.

1946년 《유리알 유희》로 노벨문학상과 괴테상을 수상했다.

1962년 8월 9일, 85세의 나이로 세상을 떠났다. 평생 자유와 행복의 의미를 찾으려 했고 수많은 소설과 시, 그림을 남겼다.

옮긴이 **송영택**

서울대학교 독어독문학과를 졸업하고 서울대학교 강사로 재직했으며, 시인으로 활동하면서 한국문인협회 사무국장과 이사를 역임했다. 저서로는 시집《너와 나의 목숨을 위하여》가 있고, 번역서로는《젊은 베르테르의 슬픔》,《괴테 시집》,《말테의 수기》,《어느 시인의 고백》,《릴케 시집》,《릴케 후기 시집》,《데미안》,《헤르만 헤세 시집》,《잠 못 이루는 밤을 위하여》등이 있다.

수레바퀴 아래서

1판 1쇄 발행 2013년 3월 25일
2판 1쇄 발행 2025년 4월 15일
2판 2쇄 발행 2026년 1월 30일

지은이 헤르만 헤세 | 옮긴이 송영택
펴낸곳 (주)문예출판사 | 펴낸이 전준배
출판등록 2004. 02. 11. 제 2013-000357호 (1966. 12. 2. 제 1-134호)
주 소 04001 서울시 마포구 월드컵북로 21
전화 02-393-5681 | 팩스 02-393-5685
홈페이지 www.moonye.com | 블로그 blog.naver.com/imoonye
페이스북 www.facebook.com/moonyepublishing | 이메일 info@moonye.com

ISBN 978-89-310-2461-6 04800
ISBN 978-89-310-2365-7 (세트)

• 잘못 만든 책은 구입하신 서점에서 바꿔드립니다.

문예출판사® 상표등록 제 40-0833187호, 제 41-0200044호

■ 문예세계문학선

★ 서울대, 연세대, 고려대 필독 권장 도서 ▲ 미국대학위원회 추천 도서
● 《타임》 선정 현대 100대 영문 소설 ▽ 《뉴스위크》 선정 세계 100대 명저

1 **젊은 베르테르의 슬픔** 괴테 / 송영택 옮김
▲▽ 2 **멋진 신세계** 올더스 헉슬리 / 이덕형 옮김
▲●▽ 3 **호밀밭의 파수꾼** J. D. 샐린저 / 이덕형 옮김
4 **데미안** 헤르만 헤세 / 구기성 옮김
5 **생의 한가운데** 루이제 린저 / 전혜린 옮김
6 **대지** 펄 S. 벅 / 안정효 옮김
●▽ 7 **1984** 조지 오웰 / 김승욱 옮김
▲●▽ 8 **위대한 개츠비** F. 스콧 피츠제럴드 / 송무 옮김
▲●▽ 9 **파리대왕** 윌리엄 골딩 / 이덕형 옮김
10 **삼십세** 잉게보르크 바흐만 / 차경아 옮김
★▲ 11 **오이디푸스왕 · 안티고네 외** 소포클레스 · 아이스킬로스 / 천병희 옮김
★▲ 12 **주홍글씨** 너새니얼 호손 / 조승국 옮김
▲●▽ 13 **동물농장** 조지 오웰 / 김승욱 옮김
★ 14 **마음** 나쓰메 소세키 / 오유리 옮김
★ 15 **아Q정전 · 광인일기** 루쉰 / 정석원 옮김
16 **개선문** 레마르크 / 송영택 옮김
★ 17 **구토** 장 폴 사르트르 / 방곤 옮김
18 **노인과 바다** 어니스트 헤밍웨이 / 이경식 옮김
19 **좁은 문** 앙드레 지드 / 오현우 옮김
★▲ 20 **변신 · 시골 의사** 프란츠 카프카 / 이덕형 옮김
★▲ 21 **이방인** 알베르 카뮈 / 이휘영 옮김
22 **지하생활자의 수기** 도스토옙스키 / 이동현 옮김
★ 23 **설국** 가와바타 야스나리 / 장경룡 옮김
★▲ 24 **이반 데니소비치의 하루** 알렉산드르 솔제니친 / 이동현 옮김
25 **더블린 사람들** 제임스 조이스 / 김병철 옮김
★ 26 **여자의 일생** 기 드 모파상 / 신인영 옮김
27 **달과 6펜스** 서머싯 몸 / 안흥규 옮김
28 **지옥** 앙리 바르뷔스 / 오현우 옮김
★▲ 29 **젊은 예술가의 초상** 제임스 조이스 / 여석기 옮김
▲ 30 **검은 고양이** 애드거 앨런 포 / 김기철 옮김
★ 31 **도련님** 나쓰메 소세키 / 오유리 옮김
32 **우리 시대의 아이** 외덴 폰 호르바트 / 조경수 옮김
33 **잃어버린 지평선** 제임스 힐턴 / 이경식 옮김
34 **지상의 양식** 앙드레 지드 / 김붕구 옮김
35 **체호프 단편선** 안톤 체호프 / 김학수 옮김
36 **인간 실격** 다자이 오사무 / 오유리 옮김
37 **위기의 여자** 시몬 드 보부아르 / 손장순 옮김
●▽ 38 **댈러웨이 부인** 버지니아 울프 / 나영균 옮김
39 **인간 희극** 윌리엄 사로얀 / 안정효 옮김
40 **오 헨리 단편선** 오 헨리 / 이성호 옮김
★ 41 **말테의 수기** R. M. 릴케 / 박환덕 옮김
42 **파비안** 에리히 케스트너 / 전혜린 옮김
★▲▽ 43 **햄릿** 윌리엄 셰익스피어 / 여석기 옮김
44 **바라바** 페르 라게르크비스트 / 한영환 옮김
45 **토니오 크뢰거** 토마스 만 / 강두식 옮김
46 **첫사랑** 이반 투르게네프 / 김학수 옮김
47 **제3의 사나이** 그레이엄 그린 / 안흥규 옮김
★▲▽ 48 **어둠의 심장** 조지프 콘래드 / 이덕형 옮김
49 **싯다르타** 헤르만 헤세 / 차경아 옮김
50 **모파상 단편선** 기 드 모파상 / 김동현 · 김사행 옮김
51 **찰스 램 수필선** 찰스 램 / 김기철 옮김
★▲▽ 52 **보바리 부인** 귀스타브 플로베르 / 민희식 옮김
53 **페터 카멘친트** 헤르만 헤세 / 박종서 옮김
★ 54 **몽테뉴 수상록** 몽테뉴 / 손우성 옮김
55 **알퐁스 도데 단편선** 알퐁스 도데 / 김사행 옮김
56 **베이컨 수필집** 프랜시스 베이컨 / 김길중 옮김
★▲ 57 **인형의 집** 헨리크 입센 / 안동민 옮김
★ 58 **소송** 프란츠 카프카 / 김현성 옮김
★▲ 59 **테스** 토마스 하디 / 이종구 옮김
★▽ 60 **리어왕** 윌리엄 셰익스피어 / 이종구 옮김
61 **라쇼몽** 아쿠타가와 류노스케 / 김영식 옮김
▲▽ 62 **프랑켄슈타인** 메리 셸리 / 임종기 옮김
▲●▽ 63 **등대로** 버지니아 울프 / 이숙자 옮김
64 **명상록** 마르쿠스 아우렐리우스 / 이덕형 옮김
65 **가든 파티** 캐서린 맨스필드 / 이덕형 옮김
66 **투명인간** H. G. 웰스 / 임종기 옮김
67 **게르트루트** 헤르만 헤세 / 송영택 옮김
68 **피가로의 결혼** 보마르셰 / 민희식 옮김

(뒷면 계속)

★ 69 **팡세** 블레즈 파스칼 / 하동훈 옮김
70 **한국단편소설선** 김동인 외 / 오양호 엮음
71 **지킬 박사와 하이드** 로버트 L. 스티븐슨 / 김세미 옮김
▲ 72 **밤으로의 긴 여로** 유진 오닐 / 박윤정 옮김
★▲▽ 73 **허클베리 핀의 모험** 마크 트웨인 / 이덕형 옮김
74 **이선 프롬** 이디스 워튼 / 손영미 옮김
75 **크리스마스 캐럴** 찰스 디킨슨 / 김세미 옮김
★▲ 76 **파우스트** 요한 볼프강 폰 괴테 / 정경석 옮김
▲ 77 **야성의 부름** 잭 런던 / 임종기 옮김
★▲ 78 **고도를 기다리며** 사뮈엘 베케트 / 홍복유 옮김
★▲▽ 79 **걸리버 여행기** 조너선 스위프트 / 박용수 옮김
80 **톰 소여의 모험** 마크 트웨인 / 이덕형 옮김
★▲▽ 81 **오만과 편견** 제인 오스틴 / 박용수 옮김
★▽ 82 **오셀로 · 템페스트** 윌리엄 셰익스피어 / 오화섭 옮김
★ 83 **맥베스** 윌리엄 셰익스피어 / 이종구 옮김
▽ 84 **순수의 시대** 이디스 워튼 / 이미선 옮김
★ 85 **차라투스트라는 이렇게 말했다** 니체 / 황문수 옮김
★ 86 **그리스 로마 신화** 이디스 해밀턴 / 장왕록 옮김
87 **모로 박사의 섬** H. G. 웰스 / 한동훈 옮김
88 **유토피아** 토머스 모어 / 김남우 옮김
★▲ 89 **로빈슨 크루소** 대니얼 디포 / 이덕형 옮김
90 **자기만의 방** 버지니아 울프 / 정윤조 옮김
▲ 91 **월든** 헨리 D. 소로 / 이덕형 옮김
92 **나는 고양이로소이다** 나쓰메 소세키 / 김영식 옮김
★ 93 **폭풍의 언덕** 에밀리 브론테 / 이덕형 옮김
★▲ 94 **스완네 쪽으로** 마르셀 프루스트 / 김인환 옮김
★ 95 **이솝 우화** 이솝 / 이덕형 옮김
★ 96 **페스트** 알베르 카뮈 / 이휘영 옮김
▲ 97 **도리언 그레이의 초상** 오스카 와일드 / 임종기 옮김
98 **기러기** 모리 오가이 / 김영식 옮김
★▲ 99 **제인 에어 1** 샬럿 브론테 / 이덕형 옮김
★▲100 **제인 에어 2** 샬럿 브론테 / 이덕형 옮김
101 **방황** 루쉰 / 정석원 옮김
102 **타임머신** H. G. 웰스 / 임종기 옮김
●103 **보이지 않는 인간 1** 랠프 엘리슨 / 송무 옮김
●104 **보이지 않는 인간 2** 랠프 엘리슨 / 송무 옮김
▲105 **훌륭한 군인** 포드 매덕스 포드 / 손영미 옮김
106 **수레바퀴 아래서** 헤르만 헤세 / 송영택 옮김
▲107 **죄와 벌 1** 표도르 도스토옙스키 / 김학수 옮김
▲108 **죄와 벌 2** 표도르 도스토옙스키 / 김학수 옮김
109 **밤의 노예** 미셸 오스트 / 이재형 옮김
110 **바다여 바다여 1** 아이리스 머독 / 안정효 옮김
111 **바다여 바다여 2** 아이리스 머독 / 안정효 옮김
112 **부활 1** 레프 톨스토이 / 김학수 옮김
113 **부활 2** 레프 톨스토이 / 김학수 옮김
▲●114 **그들의 눈은 신을 보고 있었다** 조라 닐 허스턴 / 이미선 옮김
115 **약속** 프리드리히 뒤렌마트 / 차경아 옮김
116 **제니의 초상** 로버트 네이선 / 이덕희 옮김
117 **트로일러스와 크리세이드** 제프리 초서 / 김영남 옮김
118 **사람은 무엇으로 사는가** 레프 톨스토이 / 이순영 옮김
119 **전락** 알베르 카뮈 / 이휘영 옮김
120 **독일인의 사랑** 막스 뮐러 / 차경아 옮김
121 **릴케 단편선** R. M. 릴케 / 송영택 옮김
122 **이반 일리치의 죽음** 레프 톨스토이 / 이순영 옮김
123 **판사와 형리** F. 뒤렌마트 / 차경아 옮김
124 **보트 위의 세 남자** 제롬 K. 제롬 / 김이선 옮김
125 **자전거를 탄 세 남자** 제롬 K. 제롬 / 김이선 옮김
126 **사랑하는 하느님 이야기** R. M. 릴케 / 송영택 옮김
127 **그리스인 조르바** 니코스 카잔차키스 / 이재형 옮김
128 **여자 없는 남자들** 어니스트 헤밍웨이 / 이종인 옮김
129 **사양** 다자이 오사무 / 오유리 옮김
130 **슌킨 이야기** 다니자키 준이치로 / 김영식 옮김
131 **실종자** 프란츠 카프카 / 송경은 옮김
132 **시지프 신화** 알베르 카뮈 / 이가림 옮김
133 **장미의 기적** 장 주네 / 박형섭 옮김
134 **진주** 존 스타인벡 / 김승욱 옮김
135 **황야의 이리** 헤르만 헤세 / 장혜경 옮김
136 **피난처** 이디스 워튼 / 김욱동 옮김
137 **이상한 나라의 앨리스 · 거울 나라의 앨리스** 루이스 캐럴 / 이순영 옮김
138 **빨강 머리 앤** 루시 모드 몽고메리 / 이순영 옮김